本书为海南省哲学社会科学博士点建设专项课题"当代抒情小说的诗学研究"成果，项目编号：HNSK（B）12-5

本书获海南省重点学科海南师范大学中国现当代文学资助

20世纪
中国文学
研究丛书

诗意的探寻

——中国现当代抒情小说研究

THE EXPLORATION OF POETRY:
RESEARCH ON THE MODERN AND CONTEMPORARY CHINESE LYRIC FICTIONS

席建彬 ● 著

中国社会科学出版社

图书在版编目（CIP）数据

诗意的探寻：中国现当代抒情小说研究／席建彬著. —北京：中国社会科学出版社，2012.6

（20世纪中国文学研究丛书）

ISBN 978 - 7 - 5161 - 1336 - 3

Ⅰ.①诗…　Ⅱ.①席…　Ⅲ.①抒情性—现代小说—小说研究—中国—文集　Ⅳ.①I207.42 - 53

中国版本图书馆 CIP 数据核字（2012）第 199692 号

出 版 人	赵剑英	
责任编辑	门小薇	
责任校对	黄　静	
责任印制	戴　宽	

出　　　版	中国社会科学出版社	
社　　　址	北京鼓楼西大街甲 158 号（邮编 100720）	
网　　　址	http://www.csspw.com.cn	
	中文域名：中国社科网　　010 - 64070619	
发 行 部	010 - 84083685	
门 市 部	010 - 84029450	
经　　　销	新华书店及其他书店	

印刷装订	三河君旺印装厂	
版　　　次	2012 年 6 月第 1 版	
印　　　次	2012 年 6 月第 1 次印刷	

开　　　本	710×1000　1/16	
印　　　张	16.25	
字　　　数	217 千字	
定　　　价	40.00 元	

凡购买中国社会科学出版社图书，如有质量问题请与本社联系调换

电话: 010 - 64009791

目 录

上编 文学思潮论

"20世纪中国文学研究丛书"
总　序

著名历史学家余英时先生在谈及自己的学术研究时说："我研究中国文化、社会、思想史，一向比较重视那些突破性的阶段，所以上下两千年都得一一涉及，但重点还是观其变。比如上至春秋战国之际，魏晋之际，唐宋之际，明清之际，下到清末民初之际，都做比较深入的研究。而至于一个时代定型之后没有什么太大波动的，往往置之不论，所以在学术思想史方面，我并没有从事前人所谓'述学'或'学案'式的工作。"余英时对"变动"的兴趣给人以极大的启发，而20世纪的中国正是这样一个极具"变动"特色的时代。在这一百年里，不仅发生了由大清到民国、由民国到共和国的转变，涌现出了各种各样的主义与思想，也诞生了与传统迥然不同的新文学。时间虽然短暂，但由于处于历史的剧烈变动期，却留给了中国的革命家、思想家、文学家巨大的活动空间。也正是这样的原因，近百年来的中国社会、历史、思潮、文学等等也成为当代中国学术研究的重镇。"20世纪中国文学研究丛书"就是我们作为当代学人对这个时代文学思考的成果。

本丛书的作者都是海南省普通高等学校省级重点学科、海南师范大学中国现当代文学学科的中青年教师。海南师范大学成立于1949年，迄今已有60余年历史。由于历史的原因，它经历了由学院到师专，由师专到师院再到师大的曲折过程。但无论什么时候,海南师范大学的中国现当代文学都是学校的优势学科。20世纪50年代初,全国高等学校进行院系调整,海南师范学院调整为海南师专,五四时期北京大学的五大学生领袖之一、全国学联主席、中国新诗的开拓者、时任华南联合大学文法学院院长的康白情,也被调到海南师专任中文系教授。虽然这是作为学者、诗人的康白情人生中与海南的一次短暂交集,且不乏贬谪的苦涩意味,但他的到来还是为当时海南这所惟一留存下来的高等学校刻下了一道深深的印记。康白情在海南师专工作期间,虽然主讲的是中国古代文学,但他作为五四运动的组织者、新文学的直接参与者,却给当时中文系的师生们以很大的影响。特别是当师生们得知郭沫若是因为读了康白情的《草儿》等新诗,"委实吃了一惊,也唤起了我的胆量"才开始写作新诗之后,他们对中国新文学的感受更直接了。海南师范大学的学生一向有写诗的传统,海南师范大学中文系一向有现当代文学研究的热情,与此不无关系。20世纪80年代,随着改革开放政策的实施,一大批优秀人才怀着创业的激情从内地来到海南,特别是海南建省之时,更出现了十万人才下海南的盛况。本学科现在还在工作的几位骨干老师就是那时候从内地高校来到海南的。这些老师的到来不仅强化了当时尚在发展的中国现当代文学学科,而且,他们还以辛勤的努力和众多的学术成果让地处一隅的海南的中国现当代文学研究步入了国内学界的先进行列。20世纪90年代以后,海南师范大学的中国现当代文学学科有了更好的发展机遇,不仅被批准为海南省普通高等学校省级重点学科,还被国务院学位办列为博士学位授予权建设学科进行立项建设,海南师大的中国现当代文学学科从此进入快速发展的新时期。"20世纪中国文学研究丛书"就是我们这些年来学科建设成果的集中展示。

本丛书的编写原则,以集中体现个人的研究方向、特色为主,不强求体例上的一致性。总体上看，这套丛书有两个比较明显的特点。明确的问题意识，是丛书的第一个特点。丛书的作者虽然都从事现当代文学的教学与研究，但普遍有着自己的专长与学术兴趣，有些问题已经研究了多年，有着比较深厚的学术积累，因而使丛书具有较强的理论建设意义。积极的创新意识，是丛书的第二个特点。丛书的作者特别是年轻的作者多是近些年来新毕业的博士，思想束缚少，学术上有冲劲儿，虽然有许多论题并非人所未论，但由于观点新颖，故而研究也不乏新意与创意。当然，我们也知道，由于研究者自身的局限，丛书的一些观点未必完全正确，学术质量也有待进一步提高，但是不管怎样，如果这套丛书能够对读者在学术上有所启迪，我们的目的与愿望则庶几达成矣。同时，借丛书出版的机会，我们更加期望得到学界同行和热心读者的指教。

本丛书既是海南省普通高等学校省级重点学科中国现当代文学学科的重点建设项目，也是海南省哲学社会科学博士点建设专项课题的成果，特记。

是为序。

房福贤

2012 年 5 月 1 日

于海口金花村

在文学史命名的背后（代序）

——关于当下"现代抒情小说"研究的思考

20 世纪 80 年代以来，由于文学观念的开放，以沈从文为代表的现代抒情小说家开始被重新发现。二十多年来，对于这一谱系作家作品的重评充分提升了这一类小说创作的文学史地位。钱理群先生曾断言，在现代文学作品中，"艺术水准最高的作品往往是（当然不是'全部是'）带有抒情性的，或者说是具有某种诗性特征的"的"现代抒情小说"谱系的作品①，就充分肯定了这一点。然而关于这一谱系创作的"诗性"文学精神问题，目前却并不为人们所看重，也缺乏具体深入的研究实践。述及这一问题时往往难以摆脱诸如诗化、诗体、意境等"诗"性文体范畴的影响和限制，而缺乏对"诗性"文学价值的深层精神透视。这不仅造成了当前这一领域研究的形式化倾向，陷入了命名的芜杂和混乱状况，也影响了对这一类创作深层意义的认识和理解。由此，越过形式层面，探求现代抒情小说创作的诗性意蕴，对于缝合、纠改当下研究存在的偏失，深化研究对象和视阈，就显得必要了。

---

① 钱理群主编：《诗化小说研究书系·序》，广西教育出版社 2003 年版，第 3 页。

一

现代抒情小说是"诗性"的。在目前的研究评论中，研究者普遍注意到了此类创作跨文体的写作倾向，比较普遍的看法是"向诗倾斜"使小说获得了抒情性的审美品格，对意境、语言的诗化、故事情节弱化等文体特征的注重使我们在较大程度上把握住了这类小说的"诗"性特质①。但现代抒情小说的"诗性特征"是否就停留于此了？显然不是。海德格尔曾将一切艺术定义为源于作家"存在之思"的"本质上"的诗②，雅克·马利坦也认为诗"离不开从内部使之有生命的词语形式"，是在一种基本的、最普遍的意义上被理解的③。类似观念的提出表明文学具有超越文本表层的审美终极之境，由此也就不难理解，现代抒情小说的"诗性特征"理应孕育着更深层次的本质意蕴。要而言之，作为"产生美感的东西以及来自审美满足的印象"④，小说的诗性价值当不仅关涉文体层面辞藻的优美，韵律的音乐化，话语的象征性、暗示性、意境性等"诗"性特征，还更在于文学的深度思考和表现，具有审美生命本质上的理想意义。因此，对于现代抒情小说的研究就需要越过外在的文本话语层面，进入深层的"诗性价值"关注。虽然说在目前的研究中，也有学者曾指出现代抒情小说"形式美"之中也有"偏重于表现人的情感美、道德美"以及人性美、风俗美方面的性

---

① 这方面的成果众多，主要有凌宇的《中国现代抒情小说的形式美》（载《上海师范学院学报》1984 年第 2 期），方锡德的《现代小说的情调结构》、《现代小说家的意境追求》（见《文学变革与文学传统》，北京大学出版社 2003 年），杨联芬的《中国现代小说中的抒情倾向》（北京师范大学出版社 1996 年）等等。

② ［德］海德格尔：《海德格尔选集》，孙周兴等译，上海三联书店 1996 年版，第 292 页。

③ ［法］雅克·马利坦：《艺术与诗中的创造性直觉》，刘有元等译，生活·读书·新知三联书店 1991 年版，294 页。

④ ［法］让·贝西埃等：《诗学史》，史忠义译，百花文艺出版社 2002 年版，第 533 页。

质①，但谈论的更多还是感性层面的抒情性、印象性等文本外在特征，并不看重对作品内在"诗性"价值的深入阐发。显然，这反映出部分研究者对于现代抒情小说"内在深度"价值的某种疏忽，而离开了这种整体质的规约，也就容易造成理论批评视野向外在形式层面的倾斜与泛化，进而形成当前抒情小说命名的芜杂、多样以及文体化等现象了。

事实上，"现代抒情小说"这一说法本身也就留有这样的缝隙。赵园早在 1980 年代中期就对"抒情小说"的命名提出了质疑，主张对命名进行规约，认为其"太过空泛"，"不是通常意义上的'抒情'，而是充满感情意味的具体场景……这是一些较之'情感性'、'抒情性'远为细腻、微妙的美感"②。显然，作为和"叙事"并列的文学范畴，宽泛的"抒情性"并不具备定义这一类创作的针对性、具体性。而至目前，对"现代抒情小说"的重复命名又还有"诗化小说"、"诗意小说"、"诗体小说"、"诗小说"、"抒情诗小说"、"意境小说"、"写意小说"等多种。"诗化小说"倾向于"小说是一个诗篇，不是诗歌的小说并不存在"③，侧重"语言的诗化与结构的散文化，小说艺术思维的意念化与抽象化，以及意象性抒情，象征性意境营造等诸种形式特征"。④ "意境小说"是"借助'意境'这一诗学范畴"把作家的文本归结到一起来进行研究⑤等等。众多概念的提出往往基于不同的尺度，但基本指向某一方面的文体特征。文体特征的多样性为命名提供了丰富的可能性，但命名如果离开本质"呈现"，也就往往沦为一种表层的标

---

① 这一观点较早见于凌宇的《中国现代抒情小说的发展轨迹及其人生内容的审美选择》（载《中国现代文学研究丛刊》1983 年第 2 期），后人多有沿用，也有人提出现代抒情小说的人性美、人情美、人物美、诗情画意等等，内容多重复，不少文章辗转抄录，大同小异，缺乏有新意者。

② 赵园：《关于小说结构的散化》，载《批评家》1985 年第 5 期。

③ 吴晓东：《象征主义与中国现代文学》，安徽教育出版社 2000 年版，第 171 页。

④ 吴晓东、倪文尖、罗岗：《现代小说研究的诗学视域》，载《中国现代文学研究丛刊》1999年第 1 期。

⑤ 郑家建：《中国文学现代性的起源语境》，上海三联书店 2002 年版，第 198 页。

记。这样一来，混乱就在所难免了。

命名是"说出本质性的词语"，而不在于"仅仅给一个事先已经熟知的东西装配上一个名字"①，也就是说命名要具备涵盖特定文学现象的辐射性和理论生命力，能够真正体现此类文本整体质的规定性。而上述概念无疑达不到这一境界。"意境"、"写意"、"诗意"、"抒情诗"等往往只是抒情小说的局部形式特点，在不同的文本中也有着很明显的差别。比如沈从文，几乎所有的命名都以为范例，众多命名往往侧重于其诗意、"写意"、"意境"的一面，要么是"风俗美、人情美、人性美"的诗情画意，要么是融诗入小说的语言诗化追求、意象性抒情、意境营造等诸种形式特征，但这类如《边城》一般的艺术风貌并不总是其作品的主导，其笔下也并非一派祥和安宁，相反，在他湘西的边地风俗、军旅等题材的作品中，乞丐、妓女、强盗，抢女人，"烧房子，杀人……"是常事，阴森、杀风景的一面比比皆是；而在其一直被贬抑为非理性、人性萎缩的城市题材小说中，其实也有着对于人生诗性意义的具体而丰富的表现。因此，如何在上述命名下统摄其小说创作的复杂"诗性"意义，就成为一个小说文体学和形态学上的难题。抒情小说家大都有文体家的称号，他们表现出的形式主义倾向往往被我们放大了，这在较大程度上导致了目前研究对他们的"覆盖"现象，削弱了关于诗性义学精神开掘等方面的深入认识。其实，形式对于他们来说主要是一个"框置"，关键在于其内中之物。文学是人学，是"生存的学问"，应该说，正是对个体、民族、人类、存在等人生层面的形上思考与表现才构成了现代抒情小说由表入里的价值递进和本源意义上的"深处的丰盈"（施塔格尔语）。沈从文小说的根本在于"对于生命的偶然，用文字所

---

① ［德］海德格尔：《荷尔德林诗的阐释》，孙周兴译，商务印书馆 2002 年版，第44页。

作的种种构图与设计"中的"生命向深处探索的情境"①；而萧红看到了人生命运的"新奇的花纹"、"古怪的图案"，乡土生死场上的"人的价值"；冯至是"一个有弹性的人生"的生命过程的哲理图式②；汪曾祺则视小说为"一种思考方式，一种情感形态，是人类智慧的一种模样"。③或许只有进入这一层面才能充分认识他们作为现代意义上的"众声嘈杂的叙述体"的丰富意义，在生存论、人性论、审美论、存在论等意义上探究其丰富意蕴，洞察这一谱系小说创作历经沉浮而魅力不减的原因。凡此，对文学人生"内在深度"的思考和表现就构成了现代抒情小说文体价值之后的人生世界的特殊性、复杂性和丰富性，必然建构出文本的深层诗性价值。

文体是一个"怎么写"的问题。现代抒情小说的产生、发展得益于文体交叉带来的"怎么写"这一实验性，在一定阶段内其革新意义是明显的，但当其已然"经典化"，再将一个"怎么写"的问题作为阐释的重心，本身就意味着一种滞顿，一种人为的封闭。当然，这并不是要否定形式，形式和内容是一个共同体，但当一个个命名因其向形式层面意义的倾斜而"狭义化"了研究对象本身，就需要引起注意了。而且，在世人将这一谱系文本的"诗性特征"与意境、写意等特征联系起来时，也容易强化其中的传统意义，从而阻碍意义空间的现代拓展。比方说，对艾芜作品崇高壮美品格的诗性意义就缺乏足够重视，甚至将他遗忘在这一谱系的创作之外。又比如对诸如冰心、许地山等人，关于他们"爱与美"方面的思想与创作多限于"问题小说"层面的阐释，而忽视诗性的审美意义、宗教意义之于他们创作的重要意义等等。同样，这也容易造成对部分作家"诗性特征"的

---

① 沈从文：《看虹摘星录·后记》，《沈从文选集》第五卷，四川人民出版社1983年版，第243—247页。

② 冯至：《〈伍子胥〉后记》，《冯至选集》第一卷，四川文艺出版社1985年版，第369页。

③ 《汪曾祺全集》第一卷，北京师范大学出版社1998年版，第8页。

悲剧性一面的忽视或认识不足，比如汪曾祺，由于我们习惯上以其 20 世纪80 年代前后的创作为评判对象，往往突出其意境和谐的意义，而忽视"生活悲剧性"的存在主义思考和表现在其小说中的重要意义；至于沈从文，我们也曾一度对其"创作字里行间的孤独感"，"深心里的孤独"（凌宇语）认识不足。或许正如一位论者所言，"这种关注也往往局限于一种文体学的范围之内，却很少有人深入探究这种文体背后的文化依托，或者只将它归结于传统文化的范围之内，浅尝辄止。这种现象的背后是对价值理性的无视，怀疑和动摇"。①而近年来部分研究者提出的"力图从小说的形式诗学走向文化诗学，从而在诗学视野中统一文本、文学史和文化动力注重层面"的文化诗学研究思路，也不乏应对相关问题的针对性意义②。

二

小说体式的探讨，如果失去了对文学本质性精神的把握，就难免陷入局部，甚至迷误，多年来关于"现代抒情小说"多种命名界说的歧异也正根源于此。故此，提出现代抒情性小说的"诗性价值"问题，促进这一领域的文体研究与内涵研究的沟通，就有利于建构一种全面、深刻的理解秩序，进而将既有的概念纳入这样一种秩序之中，探询文本蕴涵的生存、生命、存在等深层意义。应该说，诗性价值的获取使得这一谱系小说成为"人的文学"本体意义上的现代文学现象，以一种艺术的方式述说了对现代人性、人生的理解，形式已不仅是形式，而成为探问人生意义的方式和途径。或许这就是它们的价值和意义所在。现代文学是"为人生"的，周作人在"五四"时就指出，"人的文学"要以人道主义为本，不仅要"写人的平常生活，或

---

① 王学谦：《自然文化与 20 世纪中国文学》，吉林大学出版社 1999 年版，第 140 页。
② 吴晓东、倪文尖、罗岗：《现代小说研究的诗学视域》，载《中国现代文学研究丛刊》1999年第 1 期。

非人的生活……"，也要"写这理想生活，或人间上达的可能性"。①但后者的价值显然没有受到现代文学评判体系的重视，其实，若在文学的审美本体意义上看待这一点，"人的文学"关于"人间上达的可能性"观念也就蕴涵着文学的诗性价值旨向。诗性意味着人生向自由与澄明的理想状态的攀升，用西方诗性哲学的话说就是，"绝不是任意的道说，而是那种让万物进入敞开的道说"。②作为艺术活动的本质和核心，这在东西方文化中也是共通的。中国文化就是一种诗性文化，传统的田园生存和性灵理想就是这一文化的主要形态，而西方的诗性价值观念则又带有宗教的神性色彩和形而上学的诗思色彩。显然，现代抒情小说和"诗性"艺术观念有着内在的通联，都提供了人生的理想精神意义。在此基础上，审视现代抒情小说，废名、沈从文等人的田园化、意境化，充满灵性、感受性的一些文本固然是诗性意义表现的典范作品和类别，然而仅限于此显然不能全面呈现这一谱系创作的多元诗性价值内涵，这就需要打破目前偏向传统的思维定势，拓展、深化研究对象和视阈，笔者认为至少还需要在以下方面着力：一是强化对于"残酷的诗意"，或"荒原之中的诗意"等意义的理解。现代文学生命情怀更多是在现实、历史中展开的，因此，他们的痛苦远胜于前者，民族国家、救亡启蒙等宏大情感以及死亡、痛苦、孤独恐惧、荒诞等"边缘情绪"对他们形成了持久的压迫。负荷这样的"生命之重"，他们对人生诗意的思考和表现有着明显的"创伤的记忆"的精神特征，是以个体的巨大痛苦为基础来提升思考、转化现实人生的。如果忽视这一点，文学的诗性价值就会沦为虚幻的乐观，进而削弱、消解这一问题的现实根基和丰富意义。萧红、师陀等人面对故乡和现实的双重失落，普遍表现出批判意识和原乡情怀的

---

① 严加炎编：《二十世纪中国小说理论资料》第二卷，北京大学出版社1997年版，第60页。
② ［德］海德格尔：《海德格尔选集》，孙周兴等译，上海三联书店1996年版，第319页。

矛盾统一，作品呈现出乡土诗意和向荒原沦落的混合状态；孙犁的作品在战争的背景中描写诗意，将战争的残酷与诗意并置，超越性文学精神的举重若轻验证了"诗性"理想的无所不在；同样，废名小说"田园沦落"主题下的"哀愁"也应具此意义。这种冲突和裂散中的诗性精神由于其变动性、对比性而变得更富有张力。由此可见，创伤层面的痛苦记忆对于现代抒情小说的诗性价值建构具有重要的理论现实意义。

二是对于指涉宗教、诗思等层面诗性价值的认识。在"现代文学之世界化"（郁达夫语）的背景下，现代抒情小说显然受到了"他者"化西方理论资源的影响。西方文化不仅是现代文化，还是一种宗教文化，基督教以伊甸园式的天堂给予人生诗意的安顿，在自然、人生问题上倾向以神性来诗化。"人能否诗化，取决于他的本质在何种程度上顺服于那垂青人因此需要人的神。"①神性或宗教的诗意显然也是诗性价值的题中之旨。在此参照下，这一谱系作品具有的宗教意味就为我们提供了"爱与美"、神圣之光"朗照"下的家园等启示意义。比如许地山作品的浓重宗教氛围中渗透着爱的温柔的神灵光照的人与自然，苏雪林的"基督教的神活泼，无尽慈祥，无穷宽大"②，冰心的"十分温柔的调子"；小说《蚕》也虚拟了一个近于伊甸园的场景，是萧乾的"一点点宗教哲学"。他们在宗教、神性的意义上思考人生、生命的存在价值，在多种向度上提供了丰富的历史性文学经验，其目的已不仅是个体生命的完善问题，在更深的意义上，这已是人类共同的生存母题。延于当代，又如北村、张承志、史铁生等等都可以在这一领域里加以相应观照。不妨认为，"或许正是这样的传统的与外来的文化精粹的汇合，成为中国现代文学中诗性特征能够得到比较充分的发展（发挥）的资源性的原

---

① 刘小枫：《拯救与逍遥》，上海三联书店2001年版，第195页。
② 苏雪林：《棘心》，《苏雪林文集》，安徽文艺出版社1996年版，第165页。

因"。①

三是关于诗性价值的欲望向度问题，也需有所重视。作为人性的本质性力量，欲望也具有诗性的意义，如尼采等人所言，审美状态的"第一推动力永远是在肉体的活力里面"②，"创造性的肉体为自己创造了精神，作为他的意志之手"③，"从整体上看，这恰恰就是那个未被撕碎的，也撕不碎的身心统一体，就是被设定为审美状态之领域的生命体，即人类活生生的'自然'"④。然而在现代文学进程中，欲望往往被人为分割、异化为人性的负面力量，常常联系着身体性的消极颓废、淫欲和癫狂等非理性内容，难以得到正确的评价和对待。一方面，在现代都市题材等通俗小说中，欲望被都市化、生物化；另一方面，在阶级论的左右下，革命小说等主流文学又一度将人性等同于阶级性，欲望被贬抑、丑化为道德败坏、作风腐化等政治伦理问题，进而排斥欲望的存在。在此背景下，看待现代抒情小说创作呈现的欲望诗性价值问题也就具有完善人性的重构意义。郁达夫小说"性的要求与灵肉的冲突"中的欲望提升、沈从文小说欲望的"生命力与美"色彩也都可以在诗性精神层面予以阐释，意味着欲望与文学人生之间的诗意调适，也就跨越了现代小说非理性化欲望叙述和主流文学去欲望化叙述之间的深大鸿沟，表明了诗性欲望之于现代文学的重要理论意义。比较于当下基于欲望张扬形成的包括下半身写作在内的感官化、消费化的文化语境，相信这也不乏反思性的价值参照意义。

---

① 钱理群：《对话与漫游：四十年代小说研读》，上海文艺出版社1999年版，第151页。
② ［德］尼采：《悲剧的诞生》，周国平译，生活·读书·新知三联书店1986年版，第351页。
③ ［德］尼采：《查拉斯图特拉如是说》，严溟译，文化艺术出版社1987年版，第32页。
④ ［德］马丁·海德格尔：《尼采》上，孙周兴译，商务印书馆2002年版，第104页。

三

诗性是一个丰赡的范畴，具有多元的思想意义。而提出现代抒情小说的诗性价值问题既出于探问现代小说精神本源意义的考虑，还受到目前文化语境的影响。之所以这样说，一方面是因为文学的诗性意义作为理论和现实问题，已然受到学界的重视；如受到海德格尔"诗意栖居"等西方诗性哲学思想的影响，文学作为诗性精神的主要承载已被普遍认同；又如，针对商业化语境下现代人的精神困境问题，诗性精神的存在也被普遍视为反抗现实异化的重要力量。而近年来诗性文化研究也成为学界的热点，诗化哲学、"中国传统文化是一种诗性文化"等理论与观念作为共识得到流播。这是一个背景。

在更大程度上，这一问题的提出则是基于传统与现代的合流与转变所带来的理论空间。现代文学产生于中西对话的开放文化语境下，这个交汇过程使西方的理性主义、人性主义、宗教关怀等文化精神影响了现代文学的形成，也带来了现代文学主体人格的重塑，使得抒情小说家们得以吸纳现代西方文化的思想资源，转化传统人格的"儒、道互补"等内容，形成以人文精神为根柢的主体性品格；同时，现代文学"人之发现"的宏大主题也使充分的主体性进入了这一过程，使得他们对价值关系、社会、人生等也有了明显的实体化、对象化诉求，文学在某种程度上成为探求人生、社会、时代价值意义的途径，是"合目的性"的理性行为，生成了明显的在世结构和精神向度。现代文学这一"二重性"动力结构催生了传统诗性文化的转变，形成了传统色彩的"田园"与现代意义上的"乡野"、"国土"、"大地"、宗教的和谐诗意、形上超验等并存的文化景观，从而构建出诗性价值系统的多重意义。在更深层面，诗性也是人生的本体性内容，是文学的价值和意义所在，"文学作为虚构与想象的产物，它超越了世间悠悠万事的困扰，摆脱了束缚人类天性的种种机构的框范"①。凡此，必然使现代抒情小说在走出传统小说情节叙事范式的同时，又能够挣脱主流意识形态单纯演绎的时代要求，形成对文学精神的丰富寄喻，以一种诗性的方式述说自己对现代生存境况的理解，传达出现代作家乃至现代人对生存理想境界的祈求与渴望。

这一问题的提出也有利于利用诗性价值的规约防范将欲望化、平面化、世俗化的存在性表达张扬为诗性的东西。诗性固然是一种感性化的生命力，但它指向"肉身的澄明性"，目光盯视着生命本真的方面，是世俗人生的审美创造。生命本身没有涤尽的原始本能，人生的荒诞和苦难，人对现实的不满和愤怒等等构成的只能是对诗性的反证，而并非诗性本身。作为一个尺度，这将有助于辨识当代欲望化、感官化、消费化文化语境的症结，对于当前滥用、盗用人性资源的身体写作、欲望写作也能起到一定的警示作用。如此，"诗性"精神的探讨就将有助于纠正当下现代抒情小说研究中对象、意义的泛化现象，凸现现代文学的人学本体意义。而对于近年来学界倡导的文学本体性研究，问题的提出也不乏此意。海德格尔说，"诗乃是一个历史性民族的原语言"②，现代抒情小说无疑 "贴近"诗的精神。这样的研究具有一种本体论性质。凡此，对诗性价值的认识，使我们有理由作上述理解。理论的建构努力有望带来研究广度和深度上的变化，当然要想促成这种变化还需要多方面的努力，但针对当下不利于纯文学发展的普遍商业化的"非文学"语境，恐怕更多意味着来自文学外部的挑战。

---

① 〔德〕沃尔夫冈·伊瑟尔：《虚构与想象：文学人类学疆界》，陈定家等译，吉林人民出版社2003年版，第12页。
② 〔德〕海德格尔：《荷尔德林诗的阐释》，孙周兴译，商务印书馆2002年版，第47页。

上 编

文学思潮论

关于现代小说诗性存在形态的历史思考

在考察现代文学生成、发展以及有着怎样的传统等问题时，现代小说的诗性存在已成为一个常识性的论题。然而，时至今日，我们对它的认识似乎还局限于"片面的深刻"，对现代小说诗性形态的传统认同已成为述及这方面问题的定势思维，这在一定程度上造成了对所包含的精神焦虑、心理失衡等现代性价值转化的轻忽，对于其间蕴含的丰富的"人的文学"的意义存在着简单化趋向。为此，笔者将力求开放地辨识、观照现代小说诗性存在的多元形态，这不仅关系到对一种现代文学传统美学品格的建构问题，还意味着在一个"诗性普遍失落"的时代里，中国现代知识分子随着自身生存境况的变迁，精神与价值的分化与构成，对一种具有文化、哲学、宗教、存在意义命题的思考和探寻，从而以文学方式展开独特的"诗与思的对话"。

一、和谐：传统诗性品格的现代延伸

现代小说的产生名义上是以牺牲传统文化为代价的，但事实上没有，也不可能使传统文化消亡。正如高力克在《五四的思想世界》一书中所指出的，中国文化传统在近代—五四时代虽经西学的侵蚀而陷于解体，"但其道德理想，人生理想和人文宗教，仍如'游魂'（余英时）附丽在知识分子的思想深处"。[①] 由此，诗性文化精神作为这一传统的基本因素也必然会保持传承的稳定性，进而成为建构一种新文化的重要部分。而随着"五四"的

---

① 高力克：《五四的思想世界》，学林出版社 2003 年版，第 83 页。

落潮，一种注重审美主义的倾向也开始形成了，文坛上出现了一股专心营造"以清淡朴讷的文字，原始的单纯，素朴的美"的文学风度，以至于"支配了一时代一些人的文学趣味"①。周作人、废名等就是这一转向的代表性人物，在他们的影响和参与下，出现了《竹林的故事》、《桥》、《桃园》、《边城》以及后来的《小学校的钟声》、《受戒》等一大批近乎田园诗般的作品，文本意境化，充满灵性、感受性、诗意和温情，弥散着乡土民间素朴的亲和力，表征了现代小说诗性存在的传统形态。

作为传统文学精神在现代的延伸，这一形态追求淡泊超然、和谐的文化品格，其理想的境界仍是陶渊明式山水自然时间中的田园栖居，"自愿、消极地受领"乡土自然的和谐与诗意。它涉及了三层含义：① 土地上的诗意；② 诗人的心灵顺依自然，主客体融合；③ 理性判断、现实的纷扰暂已缺场，近乎封闭的伦理空间随物婉转。面对这样一种业已在现代文明冲击下趋于解体的"过去时间"回忆时，现代作家仍然表现出了一种相对稳定和一致的品格认同和接受。传统的诗性形态致力于营造意境化的文本氛围，常常以儿童、故乡为表现对象，偏爱儿童的真率自然、乡土的和谐诗意。与之相适应，童年、乡土和自然也是现代小说寻求表达这一诗性的常见方式，形成"三位一体"的代偿性"情感链条"，受到尊崇。作为现代小说诗化抒情倡导者的周作人就宣称自己是一个儿童本位主义者；而废名则"用儿童一样明亮而敏感的眼睛观察周围世界，用儿童的笔墨来记录……有天真的美"。②汪曾祺也认为，"一个作家，童年生活是起决定作用的"，"我的童年是很美的"③。他们大多过早地离开了故乡，曾有着远大的抱负，并为之奔走、寻求不息。对于他们，离家意味着失去庇护，开始独立艰难的人生，

---

① 沈从文：《论冯文炳》，刘洪涛编：《沈从文批评文集》，珠海出版社1998年版，第167页。
② 《汪曾祺文集·文论卷》，江苏文艺出版社1993年版，第51页。
③ 汪曾祺：《我的父亲》，《汪曾祺散文随笔选集》，沈阳出版社1993年版。

是告别童年的成人仪式。然而社会的动荡和变幻使作家经历了成人过程中太多的困惑和伤痛。于是，因为现实的比照童年就成为一个美丽的话题，凸显了自身的意义。对于这群漂泊的游子而言，回忆童年不仅慰藉了情感，平抚了身心，还意味着对人生理想的渴望和寻找，构成对现实遇挫的排斥和疏离，帮助个体脱离现实困境，进而生活在另一个世界之中。正如苏联著名作家康·巴乌斯托夫斯基所声明的那样，"对生活，对我们周围一切诗意的理解，都是童年时代的最大馈赠"。[1]故此，这一类作品常常隔离掉苦痛的成分，凸显那些表现生命意志的部分，将对象诗化。正如汪曾祺所言，"要小说除去感伤主义"，甚至只"追求的是和谐，不是深刻"。[2]

童年是从故乡开始的，回忆使人们回到了童年，也就回到了故乡，回到了质朴的自然。如此，故乡成为现代小说表现诗性存在的另一方式。对于漂泊的中国作家而言，乡关之恋已是深入骨髓的情感。周作人声言"我的故乡不止一个，凡是我住过的地方都是故乡……"[3]沈从文庄严宣告自己是乡下人。这些作家多置身在"'我'——'乡'——'城'这个三角情结的旋涡之中"[4]，城乡精神的巨大反差加之对城市的陌生和隔膜等加深了他们对故乡的怀想与渴望。因此，对故乡的诗意书写就获取了一种"'掩蔽性记忆'的意义"（弗洛伊德），求得一种与童年乡土体验美好一面相对应的心理平衡。如废名的乡土作品"用思乡的浓情对'乡'进行'诗'的处理，最后凝聚在他笔下的都是一个美境"[5]。沈从文善于"把丑恶的材料提炼成功一篇无瑕的玉石"[6]，使湘西近于一个"原乡神话"。汪曾祺在离家数十

---

[1] [苏] 康·巴乌斯托夫斯基：《金蔷薇》，李时译，译文出版社1980年版，第22页。
[2] 《汪曾祺文集·文论卷》，江苏文艺出版社1993年版，第45页，第208页。
[3] 周作人：《故乡的野菜》，《周作人散文精编》，浙江文艺出版社1994年版。
[4] 范培松：《论京派散文》，载《文学评论》1995年第5期。
[5] 同上。
[6] 《李健吾批评文集》，珠海出版社1998年版，第55页。

年之后一旦拿起笔，吐露的仍是故乡高邮的温情。墨西哥作家胡安·鲁尔福说："我非常怀念我的童年和小时候住过的地方。对那些年代的怀念永远不会消失……怀念是一种冲动，使你回忆起某些事情。一心想回忆那些岁月，这就逼使我写作。"①这是一种普适情感，创作源于怀念的冲动。于是，创造一个关于故乡的记忆幻象世界也就成为作家精神还乡的形式。

童年与故乡代表的是人类的原初状态，这一状态永远是人性完满的象征，也是诗性精神的本原形态，那时人与自然是"我—你"的和谐关系，人以一种非对象性的眼光看待自然。这正是传统田园诗性形态"人与自然"合一的本真意义。从总体上看，废名、沈从文、汪曾祺等人的创作表现了对此的明显贴近，在近年来相关研究的推动下这一品格也已得到彰显，成为他们较为稳定的文化印象。然而若仅仅将他们固定在这一方面加以认识则又显得片面了。事实上，他们都具有很强的现代意识，深刻地影响到创作。因此，不同程度的偏离是合乎逻辑的，废名小说中频繁出现的"死"的意象，"莫须有先生"不时的时事、家国之思；《边城》中"塔"的倒掉以及汪曾祺《落魄》中"南京人"的"每况愈下"、《大淖记事》巧英的"不幸"等等，都可以看做是一种危险性的征兆，表明了诗性衰落的存在，同时也渗透了一种焦虑的成分。作为现代意义上的知识分子，在启蒙心态的支配下，文学理想渗透着智性的现代价值，明确的目的性无疑根本区别于传统文人。同时，源于现实对诗性存在深入侵蚀的清醒认识，因而即便在自觉致力于对诗性精神的表现时，焦虑、矛盾、彷徨等"边缘情绪"也仍会构成潜在的心理结构。而在文学的本体意义上，现代小说传统诗性形态的出现则预示了文学乌托邦主义从传统的伦理性向现代的社会性、政治性、民族性与

---

① ［墨］胡安·鲁尔福：《回忆与怀念》，朱景冬选编《我承认，我历尽沧桑》，中国社会科学出版社1993年版，第65页。

审美性融合的转化。这种对自我、家园的关怀，并不是所谓"自己的园地"里的自娱，而是文化现代性题旨下人文关怀的又一形式，和社会化的群体关怀有着同等的意义。貌似古典的诗性精神正是进入这一具有现代存在意义之域的通道，这正是现代文化否定品格的曲折表现。

作为一种具有古典美学色彩的诗性品格，即便在 1949 年以后，由于背离时代精神而被迫退隐出现代小说，也只是一种相对的说法。作为一个特殊的历史时期，政治意识形态的强大已是不争的事实。然而政治意识形态的挤压并没能完全扼杀这一古典诗性的光彩，相反，在文化沦落在政治想象的年代里，诗性仍有着独特的表达方式：周立波的作品，"在国家权力意识的观念宣传中，也暗含了传统文人对田园自然的审美情结"，在外部势力对乡土民间的作用下，"也有着优美自然风光的诗意穿插"①，诗情不时在文本中闪动。老作家孙犁仍保持对乡土的浪漫想象，作品简单、明净、单纯、乐观，对诗意的喜爱使他成了"革命文学的多余人"。虽然他们的诗意已处于一种被"遮蔽"的状态，然而仍不难看出诗性情怀在当代中国的某种连续。正是有了这样的艺术感觉，才使我们对诸多"红色"时代的作品保持着清新的记忆。也正是由于它们的出现，才使现代文学在启蒙、救亡、翻身等主流话语之外总回荡着令人神往的琴音，给社会、政治的人性提供了别样的注释和版本。同样，1980 年汪曾祺《受戒》的出现，也可以视为一个标志性事件，标识了这一诗性精神在一个新的历史时期的苏醒和重生，预示了现代小说发展过程中一个新时代的到来。

二、荒原与诗意：现代意识的深度侵入

现代意识的深度侵入，不妨称之为"荒原上的诗意"，某种程度上这一

---

① 王光东：《民间理念和当代情感》，广西师大出版社 2003 年版，第 70 页。

形态对传统和现代文化交汇下的诗性精神的表现和上述作家有相似之处，只不过由于重心的转移，造成了截然不同的价值趋向。此类作家面对故乡和现实的双重失落，寻求批判意识和故乡情怀的矛盾统一，因此，作品呈现出诗意乡土和荒原并存的二元状态。这一表现可以溯至鲁迅的《社戏》、《故乡》等作品，鲁迅在注目童年、故乡诗情画意的同时，也正视其破败、萧条。在他的这类作品中，看不到建构"理想社会"和"理想人性"的刻意努力，更多的是诗意乡土向废墟、荒野的沦落以及作者的批判意识和感伤情绪，表现出明显的荒原意味，有论者称之为"残酷的诗意"[①]，不乏合理之处。作为启蒙后的现代知识分子，理性的观念使他们无法忽视甚至遗忘这一面，而改造社会、民族的责任意识又使他们常常不由自主地施以批判的目光。这往往使他们的创作呈现出一种"混合"的状态，时而瞩目于诗性的温情，时而又直面着荒凉和冷酷。师陀承继了这一点，只不过他没有像鲁迅那样成为一个战士，而更像一个荒原上的寻梦者、苦吟者。师陀曾不止一次表达他对故乡的复杂感受："我憎恨那里的人们，却怀念那广大的原野。"这种爱憎交织的心态影响了其创作的走向。在作品中，作者怀有温情和希望，"那里日已将暮……落日在田野上布满了和平，我感到说不出的温柔，心里便宁静下来"(《〈落日光〉题记》)。在《邮差先生》、《灯》等作品中，作家也展示了原野的平和、温暖，以及生活的安适、温情。这和他文本中频繁出现的废墟、荒原意象形成了鲜明的比照，《果园城记》、《百顺街》、《荒野》呈现的是残缺、震惊和丑陋，情感上发生了巨大的逆转，悲伤、虚无、荒诞徘徊文中。类似的还有萧红等人，萧红的人生承负了太多的不幸：带着痛苦的记忆逃离了"父亲的家"，又带着"半生尽遭白眼的冷遇"的悲愤与无奈，走完了短暂的一生。然而在漂泊的人生苦旅中，那双忧郁的眼

---

① 参见梁鸿《论师陀作品的诗性思维》，载《中州学刊》2002年第4期。

睛仍不时穿透有二伯的凄凉的哭声，"小团圆媳妇"孤魂的悲诉……注视着呼兰河，后花园，给她爱和温暖的祖父……"向这'温暖'和'爱'的方面，怀着永久的憧憬和追求"。① 不乏悲悯的诗意深深感动了世人。

现实性因素的侵蚀性导致了此类诗性存在形态的二元结构。"俗世的生活是无法预料和控制的，这才是对于人的最大威胁。"② 乡土的冷酷、凄凉和丑陋是现代作家所不得不面对的，抽去了这一点，也就背离了乡土的本意，从而带来接受上的困境，这可以说是困扰现代作家的难题，而对这一问题的化解方式也就决定了现代小说诗性叙述的具体走向。是像沈从文、废名等人一样隔离"实在"和感伤，走审美超越的路数，还是像心仪宗教者，将之交还给超验的力量，走彼岸性的道路呢？这似乎都不属于师陀他们。他们首先获得的是一种自由支配"不幸"的权利，这样的"不幸"受到了诗情的适时关照，更具想象的活力。现实的苦难是难以超脱的，日常生活中的人常常谈到它，却无法直面这一点。在此意义上，师陀等人的小说在诗性和荒原之间的大幅游移和失衡，表现了一种直面和救助的力量。不难看出，自由地面对现实的鄙陋层面成为他们对生命超越问题的最终解答。"真实的天堂是人所失去的天堂"③。或许，眺望中的天堂对人生才是最有意义的，一旦得到了，也就失去了它的意义。"常在"的荒原恰又成为"偶在"诗情的对比性力量，意义在比照中产生和增补。

现代意识的深度侵入造成了作品中诗性形态的失衡，它们在赋予作品清晰的批判意识和悲剧色彩等品格的同时，也削弱了乡土的诗意。但在某种意义上，清醒的现代意识在打破了诗意世界自足性的同时，又会迫使人们走向更深的思考。诗性和现实何以成为两种截然不同的生存图景，诗意又

---

① 《萧红自传》，江苏文艺出版社 1996 年版，第 3 页。
② 尚杰：《归隐之路》，江苏人民出版社 2002 年版，第 51 页。
③ 同上。

何以成为对生命永恒的召唤……对此类问题的追问必将导向思维的澄明境地。20世纪的中国文学经历了太多的动荡和磨难，从开始就基本处于一个"失诗"的状态，正因如此，我们才看到诸如京派作家的"寻诗"行为的意义和令人感动的虔敬，废名要营造"公共花园"，沈从文要在"希腊小庙里供奉人性"，汪曾祺执意地抒写和谐……看到师陀、萧红等人作品中"偶在"的诗性魅力，同时也深刻体认了"失诗"后人性和社会的狂热和虚浮。伴随着现代性和后现代性的东移带来的文化溃败、社会失序、人性的扭曲，难道不都昭示了人类前行中诗性的不可或缺？人不仅是物质的，更是精神的，失去了精神上的诗性追求，人注定只能在荒原上流浪而不知所归。或许加达默尔能给我们启示，诗是一种保证，一种承诺，使不安于现世而又不肯离弃现世的人在生存世界的所有不完满、厄运、片面和灾难性的境遇中，同如歌的真实相遇。[1]

三、"神性度测"：诗性存在的限度

如果说沈从文们表现的诗性精神偏于中国古典的美，师陀们偏于现代意识的话，现代小说诗性存在的另一形态则明显具有神性的光辉，表现出神秘的宗教诗意。这些作家多受到西方宗教文化精神的影响，倾向于诗化文学行为的神性意味。在西方文化看来，如果没有神圣者的光照，是无法诗化人生的。"人能否诗化，取决于他的本质在何等程度上顺服于那垂青人因此而需要人的神。"[2]作为"欧风美雨"沐浴下的中国现代知识分子在承受西方文化科学精神的同时，也必然会将作为这一文化根柢的宗教质素承接过来；同时，跨文化语境下本土和外来文化相遇产生的认同和排异又必然会对传统的诗性文化进行重塑，或多或少会影响他们的观念和创作。现代

---

① 刘小枫：《拯救与逍遥》，上海三联书店2001年版，第52页。
② 同上书，第195页。

作家许地山就是一个例子。他在佛都仰光住了两年多，1922 年又在燕京大学获得过神学学士学位，并曾留学英美专攻宗教史，后来又曾加入了基督教，宗教深刻地影响了他，使他的作品弥散着浓重的宗教氛围。沈从文在谈及这一点时说："这调和，所指的是把基督教的爱欲，佛教的智慧，近代文明与古旧情绪，糅合在一起，毫不牵强地融成一片。"① 和中国传统的皈依自然和性本的"朴质真性"的诗意不同，他笔下的诗意主要不是由自然田园来负载的，而主要体现为宗教"爱"的诗意，是"在世的同情心"，是神圣的救恩惠临众生。正如海德格尔所说"只要仁爱之惠临尚存，人将常常地以神性度测自身。只要此种度测出现，人将居诗意之本质诗化。只要诗化呈现，人将诗意地栖居"。② 他描写了形形色色的爱，"尽心尽意地构写爱的篇章，无论是描写宽恕他人的爱，还是描写牺牲自我的爱，抑或描写爱人如己的爱，都充溢着基督教的色彩"。③ 这种爱也是快乐的，只不过不是自怡其乐，而是置身在上帝的恩典之中。诗意是什么，是"回忆上帝的怀抱"（刘小枫语）。同样，其作品中明显的佛教色彩也可以作如是观，也是一种"神性度测"。不仅是人性向神性的顺服，基督教的诗性还表现为崇尚神灵居住与出没的自然，和谐与宁静都透出神圣的温馨。故此，这一类作家的自然田园又带有了浓厚的泛神意味。所不同的是，沈从文们眷恋的是本然性的平和自然，是《边城》中朴素、原始风情的山水；许地山则是浸透着爱的温柔的神灵光照的自然，是《缀网劳蛛》神性光照下的祥和、安宁的村落。和他类似的还有苏雪林、冰心等人。像其小说《棘心》中的杜醒秋一样，苏雪林认为，基督教的神活泼，无尽慈祥，无穷宽大④；她的小说《绿

① 杨剑龙：《旷野的呼声》，上海教育出版社 1998 年版，第 53 页。
② 刘小枫：《拯救与逍遥》，上海三联书店 2001 年版，第 195 页。
③ 杨剑龙：《旷野的呼声》，上海教育出版社 1998 年版，第 60 页。
④ 苏雪林：《棘心》，《苏雪林文集》，安徽文艺出版社 1996 年版，第 165 页。

天》还写了一对厌弃尘世的夫妇对水木清华的清静之地的向往，描写了绿草、古木繁茂的地上乐园的图景。冰心则认为"基督教义的影响，潜隐地形成了自己'爱'的哲学"。①在她的作品中，有着"一个道德的基本，一个平和的欲求……作者生活的谧静，使作者端庄，避开悲愤，成为十分温柔的调子了"。②以往我们评说现代小说与诗性精神关系的时候，常常走不出古典诗性的框架，而忽视宗教层面上的意蕴，其实，宗教性也是诗性形态的题中之意。在此向度上，他们的写作无疑丰富了现代小说的内涵和意义，在一个重视启蒙理性、忽视深渊与救赎的时代，又赋予现代小说以神性意义。

　　某种意义上，作为一种文学传统的呼应，新时期以来的创作也存在着相近的品格。北村是其中比较突出的作家，《施洗的河》中的刘浪在现世的恶中经受了无尽的扭曲、疯狂和恐惧，灵魂一刻不得安宁。最终，只有在"属天的主的言语"中才获得心性的平和，也才获得了诗性观照世界的可能："刘浪第一次发现河水是如此清澈，它清澈得如同人本来的面貌，让光进入水中，呈现出河里洁白的鹅卵石"；"……月亮银色的清辉洒在河滩上，篝火在那里闪耀。刘浪在朦胧中看见很多人站在水里，他们唱着歌。歌声击打着水面，一切都是和谐的。"③如果说北村的宗教色彩尚属纯正的话，另一些作家则倾向于对宗教进行泛化的诗性理解和关注，表征了"无形宗教"的广义文化情怀。张承志从《黑骏马》、《金牧场》到《心灵史》呈现的就是宗教人生的寻求之旅；史铁生则顶礼膜拜宗教，从《遥远的清平湾》的乡土诗意走向了《我与地坛》、《务虚笔记》中关于此岸和彼岸、生与死的"神性度测"；张炜则在"九月寓言"中"融入野地"，以悲悯的情怀浸润大地，寻找守护生命的精神滋养；世界呈现了一种诱人的魅力，一种通向神秘深处，

---

① 《冰心全集·自序》，《冰心文集》第五卷，上海文艺出版社1990年版，第160页。
② 杨剑龙：《旷野的呼声》，上海教育出版社1998年版，第81页。
③ 北村：《施洗的河》，花城出版社1996年版，第251—253页。

神性的,与宗教关联的,令人困惑,几乎难以名状的情感。人的存在是神秘的,而诗离这种神秘性最近,马利坦说:"正是为了获得这种美的偶然性,伟大的诗作才以种种方式在我们心中唤起神秘的统一之感而把我们引向存在之源。"①神性光辉的烛照,使他们的作品关涉某一个存在主题,成为存在的质询和探索,以诗意的方式述说自己对人类存在境况的理解。这里的诗意打上了形而上的印记,同"诗意的居住在大地上"这一隽语一样,传达出人类对生存理想的渴望,溢出了基督教神义论的广义宗教情怀,体现出存在的诗思,无疑赋予自身更深刻的意义。而如果将现代小说的诗性存在视做一个过程的话,那么,这就是一个寻找、发现、沉思的过程,其目的地已不仅是个体生命的完善问题,在更深的意义上,这已是人类共同的生存母题。

文学给人以美的享受和情感的关怀,这是它的根本目的,当"诗性作家"将之作为自己的理想追求时,他们走向了一个诗的世界。这个世界有两层意义,一是它只对属于自己特有的"经验""动心",利于现实个体精神人格的平衡;二是使生命趋于一种本真的境界。现代小说的诗性存在捍卫了文学的本源精神,对生存境界透明性表达的追求,避免文学滑入主流意识形态、俗媚文学的泥潭,也避免了艺术心灵滑入无聊、麻木甚至绝望,而在现阶段,它又有助于避免消费化的商业陷阱,为文学观照人生、社会、历史提供出超越视阈。不妨说,对一方诗性世界的追求,保有了人的精神自足和温情,充实了生存的价值意义,也就使一种诗艺问题上升到本体论水平。

---

① [法]马利坦:《艺术与诗中的创造性直觉》,刘有元译,生活·读书·新知三联书店1989年版,第139页。

文化整合中的文学建构与意义生成

——论现代小说的"诗性传统"

就目前的现代小说研究而言，"诗性"问题已是一个常见论题。这主要在于这一特征下的小说文本随着艺术魅力的释放在现代文学格局中占据了重要的地位，提供了巨大的研究空间。钱理群先生就曾断言，具有某种"诗性特征"的"现代抒情小说（或称'诗化小说'）"是现代文学艺术水准最高的作品[①]。在众多成果中，研究者普遍注意到了此类创作跨文体的写作倾向，比较普遍的看法是"诗"作为一种文体在形式和内蕴上对现代小说的渗透和化入，使小说获得了抒情性的审美品格，对意境、语言的诗化、故事情节弱化等文体特征的注重使我们在较大程度上把握住了这类小说的"诗性"特质[②]。但从整体上反思目前的研究现状，尚缺乏一种整合性的理论视野，并不具备一种文学本体意义上的"诗性"特征认识构架，存在着研究对象的泛化和评价的歧异，不仅讨论的问题多集中于作家作品的文体形式层面，而且命名等问题也存在着明显的随意、模糊甚至混乱等状况，这在很大程度上遮掩了这一小说现象具有的文化诗学意义，影响了这一谱系创作文学史意义的经典性建构。故此，本文提出"诗性传统"这一概念，也

---

① 钱理群主编：《诗化小说研究书系·序》，广西教育出版社 2003 年版，第 3 页。
② 此方面成果较多，主要有凌宇的《中国现代抒情小说的形式美》（载《上海师范学院学报》1984 年第 2 期），方锡德的《现代小说的情调结构》、《现代小说家的意境追求》（见《文学变革与文学传统》，北京大学出版社 2003 年版），杨联芬的《中国现代小说中的抒情倾向》（北京师范大学出版社 1996 年版），等等。

就在于以此整合现代小说所蕴涵的传统与现代、现实和理想、生命与存在等多元意义，意在建立一种较为全面、深刻的"诗性"理解秩序，以这样一种整体质的规约，弥合、改变目前现代小说研究中存在的某些不足或误区，为研究提供一种本体论的理论思路。

一、关于现代小说的"诗性"特征

在现代文学研究中，"诗性"问题因其意义的丰赡而被广泛关注，目前理论界对它的认识主要集中于三个方面：其一，文体学层面的意义。这类观点主要集中于现代小说形式特征的诗意，杨义的观点颇具代表性，"所谓对风格的诗化处理，指的是诗对小说艺术的渗透"，"或讲究白描传神，或提倡以诗作小说的素质，或追求短篇小说的'浑然的美'，从不同角度注意到小说的写意抒情须形神统一、情理统一，创造出一种深远的，气韵生动的真实境界来"。①观点注重意境化、和谐、故事弱化等文体特征的把握，切近了小说"诗"的特征。而其他一些将"诗性"与抒情诗、诗体、写意等相等同的一些观点，也主要集中于语言的优美、韵律的音乐化、文本氛围的意境化等类似层面，变化不大，同样有着过多文体学层面的考虑。其二，美学层面的意义。受西方象征主义诗学的影响，"诗性"被理解为"产生美感的东西以及来自审美满足的印象"，是"朦胧"或"谜语般的"，"暗示的"或"神秘的"，"十足的个性行为，因此，他是无法描述的，无法界定的"。②这一认识往往注重印象性、神秘性的笼统感受，对于"诗性"意义缺乏深层次的开掘。还有一些学者将"诗性"理解为"抒情性"，由于"抒情性"是现代小说的共性，也就显得"太过空泛"了。其三，本体论层面的意义。受维柯的"诗性智慧"，尼采、海德格尔等"艺术拯救人生"、"诗意的栖居"

① 杨义：《中国现代小说史》第一卷，人民文学出版社 1986 年版，第 149 页。
② ［法］让·贝西埃等：《诗学史》下，史忠义译，百花文艺出版社 2002 年版，第 533—534 页。

等西方诗性思想的影响，"诗性"往往被看做是世界的本体，决定了诗人在"失落于历史之中"，通过语言中介去寻访、表现诗意、信仰、爱、神性，追求人生皈依等本体性问题从而"诗化"人生①，有着较为明显的价值哲学、人生哲学、存在哲学的意义背景。李扬在分析曹禺戏剧的"诗性"特征时曾指出，诗性"并不取决于语言的华丽、韵律的整饬层面，而是主要体现在其反映生命的'内在深度'方面，对人的存在、人类的命运及生命意义的追问与探询"。②坚持从形式向生命深层的掘进，可以说，这一观念为曹禺研究和现代话剧研究注入了文学本体论的内容。

从整体上看，上述关于"诗性"的观念都有着明显的合理性，涉及了文体学、美学、哲学、宗教等多层面内容，从中不难看出"诗性"作为现代文学形式特征和一种人性、人生的本质内容已受到了较广泛的关注，客观上指明了"诗性"对于文学或人生的本体意义。问题在于，各类观点之间显得相对分散和隔绝，尤其是本体论意义的相关观念并没能在现代文学研究中得到明显的回应，这客观上导致了现代小说研究中"诗性"本体论意义的缺乏，限制了研究的深度和广度，使"诗性"观念陷入了泛化和歧异的误区，难以构成有效的小说研究话语。鉴于此，将诗性的本体论意义引入现代小说研究领域，综合小说的文体、美学等意义，构建一种整合性的理论视野，对于现代小说（文学）的研究无疑有着重要意义。在此意义上，现代文学的"诗性"问题作为现代历史语境的产物，标明了一种深刻的人生关怀，就是一个有着巨大穿透性和包容性的"元范畴"，具有审美论、人性论、存在论、宗教论等多元意义；它不只是一种诗化的艺术形式，还涉及诗化人生的主体性诉求，沟通着"终极关怀"的精神意旨。在这一理论

---

① 刘小枫：《诗化哲学》，山东文艺出版社 1986 年版，第 39—76 页。
② 李扬：《现代性视野中的曹禺》，人民文学出版社 2004 年版，第 35 页。

视野下，笔者认为王统照、冰心、许地山、废名、郁达夫、沈从文、师陀、孙犁、萧红、冯至、汪曾祺等诸多现代小说家在文学观念、精神心态、文本世界等方面不仅表现出了"诗性"意义，而且在现代文学史进程中保持了明显的连续性和统一性，汇聚出的其实就是一条"诗性传统"的艺术之流。

二、现代小说"诗性传统"的意义构成

所谓"诗性传统"首先意味着现代小说"诗性"特征的连绵不断。美国学者爱德华·希尔斯在其《论传统》一书中给"传统"所下的定义是："代代相传的事物。"他认为，延传三代以上的，被人类赋予价值和意义的事物都可以看做是"传统"①。这不仅有时间上的度量，还出于对其价值观念内涵和承传方式等方面的考虑；而就一种文学传统而言，其价值观念作为决定性的因素，又具有协调、规约作家主体、文体形式等不同要素的功能。故此，"诗性传统"的存在，不仅表明这一小说创作现象在现代文学史进程中的稳定性、长期性和经典化，而且还意味着"诗性"主题在现代小说由传统向现代的转型过程中存在着对传统的赓续与现代性转化和拓展，已然构成关于现代小说意义结构的本体论问题。具体看来，这里的"诗性传统"应包含以下几方面的意义：

其一，诗性传统是在五四时期"人的觉醒"所提供的历史语境和转换动力的基础上产生的，是一种时间性的文学现象。诗性传统的产生关键在于人生本位主义文学思想的建立，这是因为只有人的本体存在得以确立，人的诗性本质才可能被描述清楚；文学人生才可能通过文学主体人生关怀的自觉性和独立性，实现向诗性人生的转化。而传统文学（包括晚清）由于文化结构中整体性的"人的意识"的缺失，并不具备这一点。夏志清就曾

---

① [美]爱德华·希尔斯语，转引自马克锋著《文化思潮与近代中国》，光明日报出版社2004年版，第16页。

指出，中国传统的诗文"对人生问题并没有作了多少深入的探索"，形成的主要是"自得其乐式的个人享受，看不出什么伟大的胸襟和抱负来"[①]；周作人也曾指出"中国人从来没有人的观念"，直言了传统那种依附道统、伦理的人生迷失时代。相当意义上，"五四""人的解放"和"人的文学"观念将"文学视为对人生很切要的工作"，客观上赋予了现代小说清醒的人生意识，奠定了现代小说诗性精神的人学基础，使其在注重文学社会启蒙功能的同时，并不偏废人生的诗性意义，从而导致了现代小说诗性传统的发生。沈从文说过"五四"小说的"清淡朴讷的文字，原始的单纯，素描的美……直到现在还有不可动摇的势力"[②]；瞿世英则在《小说研究》中宣称现代小说"真正成功的，要使人感觉着在现实生活之上（或之外）还有一理想化的生活存在"[③]。就在很大程度上指明了这一点。

诗性传统的形成归功于"人的意识"觉醒等现代人学思想的滋养，而随着人的文学的发展，诗性传统呈现了现代人生形态的复杂性和多样性，和传统文学等思想资源之间又构成了某种灵活性的联系。明确地说，首先是对于传统的田园诗传统的明显融合与转化；作为一种农业时代的诗性精神，田园诗传统曾一度使中国文学弥漫着古典田园的和谐与诗意。在现代人学意义上，这固然是一种缺乏"自觉"人生意识的古典诗性形态，主要是消融了主体性的"物"的诗意，而且有着消极隐逸的色彩，并没有体现出现代意义上的"人的解放"，但其间的田园栖居，作为一种超越性的人生情怀，同样能够唤起人们的诗意感受。虽然五四时期失去了维持既有形态的历史条件，但并不损害它作为一种精神资源对于诗性传统的通约意义。同样，

---

① ［美］夏志清：《新文学的传统》，新星出版社 2005 年版，第 33 页。

② 沈从文：《论冯文炳》，吴福辉编《二十世纪中国小说理论资料》第三卷，北京大学出版社 1997 年版，第 242 页。

③ 瞿世英：《小说研究（中篇）》，严家炎编《二十世纪中国小说理论资料》第二卷，北京大学出版社 1997 年版，第 256 页。

由于西学东渐在这一过程中的主导作用，西方诗性资源对于诗性传统的影响也是明显的。不难设想，若无西方的近现代人文主义思想的激发，现代小说的诗性特征还将沉寂很长时间，因为传统已不可能孵化出本体论层面的现代人生意识。在此意义上，诗性传统作为一个时间性的文学现象，又正是在东西方传统的结合中孕育出来的一个新生儿。如此，诗性传统就是一个历史、动态的过程。如果说五四时期是其发生阶段，意味着诸如王统照、冰心、许地山等现代作家文学诗性观念的觉醒和创作的摸索，那么20世纪30到40年代则意味着这一传统在沈从文、师陀、萧红、冯至、汪曾祺等人创作中的发展与深化；他们抗拒着时代现实对现代小说精神的同化、收编，完善、丰富了"人的文学"意义结构中的"理想性"人生内容，不仅使文学人生在乡土、欲望、宗教等多个层面上焕发出诗性意义，也建构出诗性的艺术表达形式，最终宣示了一种经典化现代小说现象的形成。

其二，诗性传统对于人生诗性意义多样性和复杂性的表现，不仅标识了现代文学的人生本体性意义，也使之成为一种具有普泛文化意义的现代小说现象。在传统和西方文化理论背景的影响下，诗性传统吸纳、转化了多样化的诗性资源，在人生内涵、形态上具有了明显的多义性特征，其间的人生形态呈现出了传统与现代、现实和理想、宗教与诗思等交汇共生的旨向。此情况约略表现为三：

第一，乡土人生的诗性意义。就乡土形态而言，这主要表现为诗性传统对于传统田园形态的通约；虽然还存留着传统雅文化的色彩，但内涵上已发生了向现代人生的深刻转化，不再限于传统形态或人性集体无意识下的消极和懵懂，而转为文学主体的一种自觉诉求。在此意旨下，现代小说家对于乡土的表现无疑存在着理性自觉人生意识的引导和制约。相当意义上，这使乡土或田园转变为人生依存的一隅或背景，不仅能够提升、转化现实乡土的人生状态，而且超越乡土田园的封闭性走向广阔的人生世界，其本质在于现代作家对理想人生方案的寄予和表达。而鉴于现代小说普遍的乡土色彩，认清了这一点，就将有助于我们深入理解现代作家乡土人生表达的着力点，这样或许可以进一步辨识、区分出从鲁迅到废名、萧红、师陀、孙犁等作家所表现出的多样而复杂的乡土田园形态，同时将沈从文、汪曾祺等一些作家从"田园色彩"的评判覆盖中解脱出来，恢复他们文学人生诉求的本真面貌。

第二，身体性欲望的诗性意义。作为"人的觉醒"的后果，身体性欲望这一人性觉醒的标志性要素也是现代小说人生问题的基本内容，由此形成的欲望叙述构成了诗性传统的一个基本层面。相对于现代小说普遍存在的非理性化（如新感觉派）或"去欲望化"（如革命小说）倾向，诗性传统关注了欲望诗性一面对于人生的意义，或将欲望叙述导向"净化"境界，或将生命本能的叙写转化为对生命力与美的诗性人生建构。也就是说，作为人性的本质，欲望不仅包含着身体性的肉欲本能，还有着对欲望健康自然、力与美的澄明化状态的吁求，二者交织在一起，才构成了人性复杂的有机体。欲望应是肉体与灵魂的统一，如果将它们割裂，就会破坏身体的完整性。在此意义上，欲望的诗性意义也就在于对生命本能的适当关注，既有着对人性的尊重，也有着对欲望非理性内容的意义转化和提升。诗化欲望的这一意义将有利于区分现代小说格局中一些本能主义、颓废色彩甚至压制欲望等异化于人生的欲望叙述，在此意义上，诗性传统中郁达夫、沈从文等人的欲望叙述就将构成现代小说非理性化的城市小说、"去欲望化"的革命文学等欲望叙述的反动，标识了现代小说欲望叙述的本体意义所在。

第三，人生的宗教诗性意义。人的生存意义是文学人生的根本内容，而宗教意义无疑是其"精神之鼎"。现代文学发生期的宗教情境激活了现代小说的宗教意义，使它一改中国文学传统"没有一个正视人生的宗教观"的状况，呈现出清晰的宗教关怀色彩。而面对着现代小说普遍存在的宗教色彩，只有在诗性人生的旨向下加以审视，现代文学的宗教情怀才可能成为内在于人生的内容，而不至于沦入背离人生的革命宗教的意识形态热情、世俗宗教的人生虚无等人生偏向。现代小说宗教主题的诗性意义应该在于其"拯救"人生的宗教情怀，涉及爱与美、神性等宗教情感以及"存在之思"，指向文学人生的形上、终极意义。冰心、王统照、许地山、苏雪林等将"爱与美"的宗教哲学引入创作，以"爱"、"乐园"等内容作为救助、提升人生的主导性力量，写出了一批"被人认为神秘的朦胧的"的宗教式人生关怀作品，冯至、汪曾祺对人生的思考则使其作品倾向了"存在之思"，都提供了可资印证的范例意义。他们的文学宗教意识是自觉的，在探询诗性精神超验的意义向度上提供了丰富的历史性文学经验，其旨向已不仅是个体生命的完善问题，在更深意义上，这已是人类共同的人生母题。

其三，诗性传统对于人生的诗性表现还决定了其独特的艺术表达方式，在形式论层面又构成了现代小说符号系统的本体意义。由于诗性精神的内在规约，现代小说语言突破了"中介"意义，体现出文体形式和人生本质之间的明显对应性。在诗性传统的意境化、诗意化、隐喻性、写意性等一系列抒情性特征的建构中，作家借助于意蕴悠远、情意盎然的审美境界的构筑，提供了诗性人生的理想图景，客观上摆脱了传统小说的叙事规范，而成为高度蕴藉性的张力型审美空间；而语言也总是唤起人们对美好的情感体验和人生意义的体悟，客观上就是一种反映生命理想的"诗性语言"，等等。作为人生观念的"物化"和"赋形"，其意义已不仅在于外在的符号形式，更在于作为"有意味的形式"中的诗性"意味"。诗性传统的这一特征，决定了对这一类创作的考察需要重视人生本体意义对于文体形式的价值规约，在形式与人生的综合意义上看待、分析现代小说的文体问题。在此意义上，诗性传统必将有着对目前现代小说研究中存在的诸如抒情、诗体、写意、诗意小说等概念从诗的文体形式到诗性精神内涵的整合作用。

作为现代"人的觉醒"语境中形成的文学现象，诗性传统的存在体现了一种以诗性人生为价值依归的艺术精神取向；从现代文化人学的角度看来，"人的文学"的人文本质在此得到了清晰的描述，由此释放出的多元性文学意义，也就预示了现代小说"为人生"诉求的现代性维度，以一种深度的人生关怀建构出"人学"本真意义上的现代小说范型。

三、文化整合视野下的意义辨识

基于上述，笔者认为，由于指向了现代人学精神的本体意域，诗性传统就提供了一种考察现代小说的本体论思路，赋予我们一种把握现代小说创作的整合性尺度，这使我们可以在现代小说的主体性、内容主题、小说体式等方面对现代小说作出一定程度的重新理解，辨识部分经典作家作品的艺术原貌，弥合现代抒情小说研究理论批评视野的泛化和歧异，进而揭示出现代小说精神的本体意义。

其一，对于诗性人生精神的审美诉求，使得诗性传统建构出一种追求人的自由属性实现的主体性精神范型，这为现代作家表现深广的人生世界提供了人格性的精神动力，进而摆脱传统文学"载道"、"传道"意义下缺乏自主意识的精神理路，制约着现代小说史的进程。诚然，现代小说的主体性是一个有着复杂意义的问题，但涉及"人的文学"的主要践行者，人生问题无疑是其关注的最根本问题，而标识现代小说创作成就和魅力的主要标志也就在于创作主体对于这一问题的思考和表现程度。

认清了这一点，我们就可以在诗性传统的意义框架下审视部分现代小说家的创作实践，而不至于局限于传统文化色彩等方面的阈定。比如说对废名"田园小说"的理解，由于我们往往局限于传统田园的文化意旨，而将其中存在的忧愁、死亡等边缘情绪看做是作家对于古老田园损毁的伤感和失望，就相对忽视了废名在人生表现上的高度自觉性以及艺术世界的复杂性，存在偏限于传统文化色彩的理解倾向。事实上，废名的"桃源世界"主要是一种现代人生意识的产物，其中的矛盾甚至"厌世"思想正是出于作家对于人生追求到了"极致"的一种幻灭，和传统文化有着深刻的对立；或许这才是废名"田园小说"的根本意义，也是周作人所指出的"他（废名）的思想似乎比我更为激烈"的原因所在。①而研究界对于汪曾祺的"最后一个士大夫"、"中国式的古典诗人"等传统意义上的误读，根本原因也在于忽视了这一点，从而将一个具有浓厚的存在主义色彩的作家"覆盖"在传统文化的"雅致"之下。同样的情况也适用于沈从文。隶于传统田园色彩的影响，我们通常把他的艺术世界二分为湘西和城市两个对立的世界，而忽视了其间人生形式的一致性和统一性，而习惯于把他归入"乡土作家"等一类概念下进行观照，等等。事实上沈从文小说追求的主要是一种"不悖于人性"的生命力与美状态，湘西世界和城市空间都只是这一人生形式展开的地域和背景；而且沈从文对于人性萎缩的批判，针对的主要是男性，而较少被赋予女性；这种男性生命力的萎缩和女性生命力"迸发"的对比倾向在其城乡题材的小说中也都有着明显一致的对应性表现。类似的坚持往往导致了文学批评中的"覆盖"现象，既制约了我们对于部分作家作品"另有天地"的复杂性的开掘，也影响了我们对于现代小说人生意义的认识。一定意义上，在诗性传统提供的本体论思路下，我们就可以将这些作家从"陈说"中解脱出来，还原他们小说创作的文学人生意义。比如郁达夫，

---

① 周作人：《〈桃园〉跋》，陈振国编《冯文炳研究资料》，海峡文艺出版社 1991 年版，第 184 页。

其欲望叙述中"欲望净化"现象提供的其实是一种压抑欲望的非"自然化"状态，最终滑向了"禁欲主义"的泥潭，造成的主要是人生的分裂，潜隐了欲望叙述的深刻矛盾以及风格分化的多种可能，又使其具有一种原型的意义。同样，也可以重新观照五四时期"爱与美"主题下的问题小说，辨析其现代宗教意味的诗化人生关怀，而不至于局隅于"提出问题"的社会学阐释模式之下。

其二，诗性传统蕴涵的人生本体意义，昭示了现代小说精神现代性变革的根本路向，理应具有一种母题的辐射性。现代小说在本质上都应该和"人生"有关，然而由于现代中国特殊历史环境的影响和制约造成了现代文学"人生问题"普遍的"非文学"偏向。多数小说创作其实并不将"人"作为文学意义的主体，"文学人生"的本体意义被普遍湮没在泛政治化或欲望非理性化的叙事模式中，显然就不大可能表现出文学本体性意义。在此背景上，诗性传统对人生的诗化表现，追求对现实人生的转化和提升，指向了人生世界的安慰、温馨、神圣的意义，就不仅突破了社会性话语对人生的政治异化和贬抑，也摆脱了个性化话语情感抒发的非理性"分裂"，使人生在现实和理想、生命与存在等多个层面得到了关注。也就展现了生命本源的永恒魅力，昭示出现代小说思想主题的根本意义，成为真正意义上的"人的文学"类型。在此意义上，诗性传统就为我们认识现代小说的思想主题提供了一个基本的参照和依据，可以说，从这里出发，中国小说才真正算得上实现了小说内容的现代性变革。

而以往我们对于中国小说主题现代性的认识，要么局限于小说内容具有的"现代意识"，以为表现了"现代意识"就可以归入现代小说加以看待，常常把从晚清以来的"新小说"等视为现代小说的"发端"；要么认为中国小说在"五四""人的发现"的影响下就直接走向了现代化道路。其实这些观念的得出存在着一个忽视文学人生本体意义的明显误区。晚清由于"人的缺失"并不具有产生真正的"人的文学"的历史条件和土壤，注定了文学人生的缺席；而代表"五四"小说成就标志的"民族启蒙和救亡"主题的现代小说其实也不是一种现代意义上的"人的文学"，它和传统诗文一样都有着明显的"载道"功能。鉴此，我们或许也可以重新梳理一下现代小说精神的历史线索：传统到晚清时期的"人的缺失"导致了现代小说精神的缺席，五四时期"人的文学"观念中对诗性人生意义的兼容在从观念上开启诗性传统的同时也意味着小说现代精神的起步，而在经过了1930—1940年代的赓续和新变之后，当代文学时期的到来则预示了一种真正的"非文学"时期，意味着这一精神的沉潜，等等。而当我们在某种流派、类型等角度看待、区分现代小说家及其创作时，我们同样也需要这样一种理论视野，这是因为对于作家做这样、那样的划分时，即便我们有着其他尺度的标准，也仍不能脱出现代小说作为人生艺术表达方式这一基本文学标准。

其三，诗性传统还标明了现代小说体式的人生本体意义。以之为参照，将不仅有助于解决目前关于现代抒情小说众多命名造成的概念芜杂甚至混乱的状况，也有助于沟通现代小说的形式研究与人文研究，提升研究的理论深度。中国小说形式的现代性转变得益于"小说向诗的倾斜"，在这一过程中，现代小说获得了从形式到内容的"人生"意义。但我们在以往的研究中往往过于侧重文体学的意义，而很少考虑到这一点。比如说小说的诗性问题常常同"诗化"、"散文化"、"随笔化"、"写意化"等小说文体学特征联系起来，而常常被作为形式层面的技术性问题加以阐释。这不仅带来了研究的形式化偏向，也造成了目前诸如"现代抒情小说"、"诗化小说"、"诗意小说"、"诗体小说"、"诗小说"、"抒情诗小说"、"意境小说"、"写意小说"等等命名的混乱。各种命名往往依持小说某种"诗"的形式特征，但对象基本都指向传统意义上的现代抒情小说。众多概念意义的模糊与交叉，不仅造成了概念使用的芜杂甚至混乱，也削弱了这一领域研究的纯度和深度。命名是"说出本质性的词语"，而不在于"仅仅给一个事先已经熟知的东西装配上一个名字"①。形式特征的多样性虽为命名的多种化提供可能，但命名若离开本质"呈现"，往往就会沦为一种表层的标记。即便也有一些观点指出了这一类文本"形式美"之中的人性美、风俗美②，但谈论的一般是文本感性层面的诗意等抒情性、印象性等外在特征，并不注重对作品内在人生价值的深入挖掘。有鉴于此，我们有理由认为，将它们整合到"诗性传统"之下，恢复现代小说"诗性"特征的本体意义，不仅可以消弭歧异与混乱，也可以认清中国小说体式现代抒情转向的根本意义所在。

综之，诗性传统表征了一种普遍意义上的文学原则。主张回到诗性，就是回到文学的本体，回到人性本身，归向存在的本源。而本文提出这一论题，在"人的文学"意义框架下探讨现代小说的本体意义问题，相当程度上，秉持的也就是一种文化诗学意义上的整合性理论思路，力图在整体性、综合性上探讨这一文学现象。而这将有助于勘定文学标准，探询现代小说甚而是现代文学的现代性品格。最终我们将会发现，其实"诗性传统"是一个本体论高度上的文学命题，讨论这一问题不仅是审视当前现代小说研究存在问题的现实需要，还是对现代小说及现代文学本体价值意义的探究。

---

① ［德］海德格尔：《荷尔德林诗的阐释》，孙周兴译，商务印书馆 2002 年版，第 44 页。

② 此类观点较早见于凌宇的《中国现代抒情小说的发展轨迹及其人生内容的审美选择》（《中国现代文学研究丛刊》1983 年第 2 期），后人多有沿用。也有人曾提出现代抒情小说的人性美、人情美、人物美、诗情画意等类似观点，内容多重复。不少文章辗转抄录，大同小异，缺乏新意者。

现代小说抒情转向中的叙事建构

"现代小说的抒情转向"通常指的是现代小说在"向诗倾斜"的跨文体融合中，突破了传统叙事规范而着意抒发主体人生情怀的小说"诗化"和现代化转变过程，涉及从鲁迅、郁达夫、冰心、许地山、废名到沈从文、萧红、冯至、师陀、孙犁等现代文学史上一系列重要作家及其作品。目前这一谱系小说的诗学特征、审美品质及其经典价值已得到了学界的普遍认同，然而当论者普遍在意象、意境、氛围化、"淡化叙事"或"背离了传统的叙事规范"等方面谈论抒情小说等相关文学现象时，却存在着一种对小说做"无事"处理的偏向，弱化甚至消解了作为小说本体的叙事性及其结构性。[①]显然，这不仅使得相关研究目前还停留于相对虚泛的抒情诗学视阈，难以体现小说研究的叙事旨趣，而且将意境、意象一类的抒情范畴直接或间接视为叙事或叙事诗学的主导范畴，还明显存在着传统情节叙事观念的束缚，在构成误读"叙事"的同时也会造成对其蕴含的叙事转型价值和意义的认识不足。由此，也就有必要重新审视抒情转向中的叙事问题，而突出这一研究，不仅是对已趋定型的现代抒情小说研究的拓展和深化，也是一种结构诗学和文化诗学意义上的小说叙事研究，对于丰富、深化现代小说研究具有理论和现实意义。

---

① 如方锡德曾指出现代抒情小说"对诗意诗境的追求，淡化了小说的情节要素，突破了小说要以情节为结构中心的形式规范"（《中国现代小说与文学传统》，北京大学出版社 1992 年版）；杨联芬认为此类作品缺乏故事的完整叙述或典型性格的刻画，是"'小说性'丢失较多、距离小说最远的那部分'不大像'小说的小说"（《中国现代小说的抒情倾向》，北京师范大学出版社 1996 年版）。相关观点多淡化"叙事"，轻视甚至否定小说的"叙事"性。

一、对立、纠结在意义之间的叙事结构

就方法论特征而言，叙事学研究通常需要借助结构主义的文本分析方法考察作品，然后从中提取它们的基本结构，进而建立起一个具有普适性的结构范式。用罗钢等人的话说，就是要找到"隐藏在一切故事下面那个最基本的故事"①，或者说"找出（某一类）叙事文学的普遍框架和特性"②。如果说面对情节性较强的故事，传统叙事学可以做普洛普式的功能分析，从而用多达 31 个因果链条式的"行动"功能去实现这一目标，那么这种侧重情节分析的方法显然并不怎么适用于现代抒情小说这样的对象。由于故事情节的淡化，此类作品叙事的侧重点在于话语过程中的人生印象、生命情怀及其背后的意义蕴含，并不具备相对紧凑的因果性情节与事件。显然，展开类似的"行动"分析，似乎并无多少意义，这一方面是因为此类文本并不着意于虚构受制于历史时间哲学的社会学故事，讲述起伏、跌宕的故事情节；另一方面又在于作家总是有意无意地引导读者偏离"行动性"故事的"迷恋"，对于叙事其实另有怀抱。而如果我们若仍固执于此类分析的话，也就可能背离文本自身旨趣，从而削弱叙事研究的客观性和科学性。在此意义上，或许可以换一个角度进行叙事分析，做意蕴上的结构辨识，以寻求"那个最基本的故事"间的特殊关系。其内在基于这样的设定，即小说叙事并不仅存在一种单一性的"情节"维度，还可以从故事意义层面加以阐释。正如赫尔曼和凡瓦克在《叙事分析手册》中所强调的，"如果叙事分析不结合故事内容的话，那么叙事分析也就失去了价值"。③而在现代解释学看来，叙事"可以是一个故事，也可以是一种'自我叙说'；它是一种说

---

① 罗钢：《叙事学导论》，云南人民出版社 1994 年版，第 22 页。
② 申丹：《叙述学与小说文体学研究》，北京大学出版社 2004 年版，第 7 页。
③ 见尚必武《异质叙事与同质叙事的分野：嵌入叙事的二分法研究论略》，载《西安外国语大学学报》2008 年第 2 期。

法和解释"，是某种关于自己（人）、关系以及生活的"解释"①。

我们不妨认为，文本内在的意义关联最终制约着叙事的生成和展开，而在结构层面上，这其中无疑也会存在支配叙述话语的具体秩序。以此衡量，现代抒情小说作品虽缺乏严密的情节，达不到传统故事的标准，但如果在意义层面上加以审视，不难发现其间也在生成着类型化的结构逻辑。作为现代小说抒情转向的开拓人物，鲁迅的《故乡》、《社戏》等乡土抒情小说首先具有相关性，叙事的意义旨向及之间的对立与纠结，构成语义矛盾的基本层面并制约着叙事的进程。《故乡》并没有明显的情节结构，倒是新与旧、回忆和现实、过去和现在、乡土的诗意与破败、童年与成年等之间的意义对立与纠结构成了叙事的基本单元，闰土、杨二嫂、老屋……缺乏行动性的故乡人、事、物作为意义的符号一直徘徊在单元的两极。《社戏》的三次"看戏"，前两次"远哉遥遥"的时间不详和印象索然、模糊与平桥村的"好戏"、"乐土性质"和跨越时空的铭心记忆构成了一种差异性叙述，记忆中的远与近、好与坏、过去与当下等反差突出了一种理想人生诉求。萧红《呼兰河传》中童年乡土的现实苦难与温馨记忆同样也形成了一种纠结性的意义关系，一边是有二伯凄凉的哭声，"小团圆媳妇"屈死的孤魂，"大泥坑子"里外的生死，父亲祖母对我的冷漠，一边是给我爱和温暖的祖父，后花园天真的嬉闹，看秧歌、野台子戏、晚饭后的火烧云……不连贯的人与事游移在哀伤和诗意的两端，突破情节限制的意义开阔寄寓了作家无限的人生感怀。而郁达夫的"自叙传"小说则在个体与社会、理性与感官等之间的对立与纠葛中谋求人性欲望的表达，一直存在着压抑乃至净化非理性欲望的叙述理路，"对于欲望自然进程的中断，陷入欲望释放直至人性表达的困境，而且现实和理性内容在本质上构成对身体性欲望的压制和转化，又使

---

① 见费多益《认知研究的解释学之维》，载《哲学研究》2008 年第 5 期。

文本人物（或作家）最终臣服于道德伦理、家国观念等社会性主题"①。至于沈从文小说，渗透着女性和男性、蛮性和阉寺性、神性和俗性、原始与现代等普遍文化冲突与纠结的意义诉求同样构成叙事展开的基本语义动力，影响、决定了作家"人性小庙"意义版图的构建，等等。

这一脉小说的意义表达往往寄寓着规避（也不乏逃避意味）人生困境的理想化诉求，语义矛盾的超越一般趋向精神形态中的某个领域，诸如童年、乡土、生命力的健康状态、人性的净化乃至超验情怀等等，而社会现实境遇作为一种总体性的制约力量，一般又阻碍着这一动力的实现。最终，借助于一系列意义的交替转换，人生困顿得以突破非理想人生因素的对立与阻碍，进而在某种超越性的审美意义中形成对于现实的克服。鲁迅、萧红在乡土现实沦落的背景上觅求诗意的存留乃至构建人生的乐园图式；而郁达夫、沈从文则表现了人性欲望在压抑与异化、转化与诗化中的身心净化与自然健康的人性理想。结构性的语义演进轨迹影响、决定着叙事的进程，昭示了意义成为叙事重心的必然性：叙事虽有着或强或弱的情节性，但如果轻视了意义在叙事生成和阐释中的主导作用，意味的将不仅是叙事衡量尺度的窄化，同时也是情节逻辑对于意义逻辑的遮盖，叙事将失去处于人生层面的那个"最基本的故事"。如果说关于抒情小说的叙事研究并不需要在情节层面上进行功能范式的构建，那么，在叙事的意蕴层面却有必要正视这一点。虽然说围绕着意义层面的对立与纠结在具体文本中有着特殊性和复杂性，但仍可辨识出一条较为清晰的脉络，可以粗略地表述为：①理想性的文学诉求（叙述动力）→②受挫（困境中的受阻）→③满足与失败（实现与否）。其中①"理想性的文学诉求"作为一种超越性的精神追求是引导小说语义矛盾走向的基本力量，相当于叙事行为的发送者，推动着叙事活

---

① 席建彬：《论郁达夫小说的欲望叙述理路及文学史意义》，载《文学评论》2010 年第 2 期。

动的演进；而②则主要作为对立性的反对者或敌手在发挥作用，阻碍意义诉求的实现和表达，可以是某种现实性因素，也可以是心理上的某种创伤性记忆乃至道德、社会意识形态观念等等；至于③则是叙事的结果，意味着语义矛盾的最终存现状态。这一机制作为一种普遍性的秩序在发挥作用，使得抒情小说叙事不得不游走在诸多矛盾对立之中，觅求着语义冲突的调适。

很大程度上，由此呈现的某些深层对立和融合的意义关系也就具有功能性的叙事学意义。这也部分印证了格雷马斯的叙事观念，"二元对立是产生意义的最基本的结构，也是叙事作品最根本的深层结构"。[①]而"这种潜藏在不同故事背后的共同意义模式便是一定文化环境中叙事的核心要素"[②]。显然，开放性地看待小说"叙事"问题，在叙事的语义背景上，现代小说的抒情转向反映了一种以对立与纠结为表征的叙事转变，结构性的意义逻辑也就浮现为理解、阐释现代抒情小说的重要思路。

二、人生意阈中的规范移位与叙事转型

作为一种话语形式，现代小说的背后其实存在着一个以人生为基础的意义背景。小说抓住了人类生活经验的故事特征并以叙事的形式呈现出来，使得叙事成为展现生活意义的张力结构。就像哈维尔所说的，生活总有将自己进入故事的道路，我们总是在书写我们的故事。[③]人类生活基本上是故事经验，进入故事，其实就是进入我们生活本身，叙事话语中存在某种意味深长的东西。"每一个有效的故事都会向我们传送一个负荷着价值的思想，

---

① 申丹：《叙述学与小说文体学研究》，北京大学出版社 2004 年版，第 41 页。
② 高小康：《中国古代叙事观念与意识形态》，北京大学出版社 2005 年版，第 9 页。
③ 见徐岱《故事的诗学》，载《江汉论坛》2006 年第 10 期。

实际上是将这一思想楔入我们的心灵，使我们不得不相信。"①在叙事中，当生活通过话语元素被组合成各种形态的生活故事时，隐藏在故事后面的人生意义便可能被揭示出来，传达出个体人生的生命体验和价值吁求。而这也是近年已渐趋"热"的叙事伦理学的一个基本观点②。由此看来，与其认为叙事属于如何结构"情节"的话语形式，倒不如说还是传达人所感知的生活和世界本身，而"情节"不过是通向这一世界诸多途径的一种而并非惟一。"故事是生活的比喻"，"对故事的嗜好反映了人类对捕捉人生模式的深层的需求"③。显然，作为人类认识、叙说经验世界的基本方式，叙事的关键更在于那个凝聚故事的生存"世界"本身。

现代叙事的这一趋向，意味着关于人生的"意识形态"内容上升为话语活动的中心，"从最根本的意义上说，任何叙事所要表达的首先就是贯穿在叙事内容中的世界观"④，预示了传统意义上的历史和道德生活故事将被内在的、难以完全把握的体悟性的意义张力所消融，叙事将深入现代人生意阈。"我们每个人也有一部个人的历史，亦即有关我们自己的生活的诸种叙事，正是这些故事使我们能够解释我们自己是什么，以及我们正在被引向何方。如果我们从一个不同的视点来解释这个故事中的各种事件，从而修改这个故事，那么很多可能都会改变。"⑤华莱士·马丁的论述指出了叙事领域的转换所带来的对生活的全新理解、认知和反映的多样性和不确定性，涉及了叙事功能的现代转变问题。叙事不仅成为人们理解生活的基本途径，取

---

① ［美］罗伯特·麦基：《故事——材质、结构、风格和银幕剧作的原理》，中国电影出版社2001年版，第154页。

② 刘小枫在《沉重的肉身——现代性伦理的叙事纬语》（华夏出版社2004年版）一书的引言中就指出了这一点。

③ ［美］罗伯特·麦基：《故事——材质、结构、风格和银幕剧作的原理》，中国电影出版社2001年版，第30、14页。

④ 高小康：《中国古代叙事观念与意识形态》，北京大学出版社2005年版，第17页。

⑤ ［美］华莱士·马丁：《当代叙事学·前言》，北京大学出版社2005年版，第1—2页。

得普遍意义，而且成为一个具有文化意义的范畴，转变为反映生活本质的文化方式。或许正如本雅明所言，"写一部小说的意思就是通过表现人的生活，把深广不可量度的带向极致。小说在生活的丰富性中，通过表现这种丰富性，去证明人生的深刻困惑"。①由此，"叙事"这一原本浸染过重实证色彩的小说范畴，就从单纯的结构和功能延展开去，取得认识世界、理解生活的深刻意义，以生活反映的深入性与丰富性为特征的现代意义表达已非传统叙事形态所能容纳，从而导致对于传统"情节"叙事观的反驳。传统意义的人物性格刻画、情节组织、叙述构成和语义空间等叙事元素都将发生相应转变，形成叙事效果的整体变化。故事不可避免地突破了传统叙事完全性的事件序列，开始抵制、逃避甚至拒绝连贯、完整、有着明显因果链条的"统一性故事"而转向碎片化与开放性，人物外在的行动更多被内在的情感波动、人生体验等心理内容所取代，必然导致情节在速度上的迟滞，进而可能"淡化"甚至"没有情节"。从文体演变的角度看，现代叙事对于传统文体秩序的解构，主要是对既有小说秩序中"占支配性的规范"移位②，有利于介入心理性的审美感受、人生情怀等无限性生活内容的表达，拓展叙事的意义空间。

如此，关于抒情小说叙事的分析也就不必拘泥于情节观念，而可以在人生意阈中辨识表述结构。这一结构不仅制约了故事的讲述，影响到故事各要素的变化关联，而且对于叙事的整体效果也具有审美导向作用。由于抒情小说对立、纠结的意义结构对于小说风格生成的规约、决定作用，功能性的结构叙事分析也就将深入此类小说的语义世界。这不仅在于人类生存总是介入不断地对立之中，在普遍的二元对立中寻求着人生的解放。从理

---

① 《本雅明文选》，中国社会科学出版社1999年版，第295页。
② 陶东风：《文体演变及其文化意味》，云南人民出版社1994年版，第15—18页。

论上讲，人生及其表达方式虽是多种多样的，但从整体上看，人生态度不外乎积极和消极两类，前者在于超越困境的努力，后者则在于顺从现实的自欺与不承担。由于文学对于消极人生状态的固有排斥，我们暂且可以抛开后者不谈。虽然说社会学意义上的人类进步一直被认为是积极人生的基本方式，但这并没有削弱甚至排除审美化人生的理想意义。马尔库塞认为人的审美解放"确立了领悟真正存在的可能性，以及打破虚伪存在而进入实存的可能性"①。存在主义则将之界说为在生存的消极"自在"和积极"自为"状态的整体性对立中谋求存在的价值与意义。二元对立构成了人类生存的本质对立，而由于受到个体、现实、思想观念乃至文化语境等多种力量的共同影响和作用，具体作家作品也各有其具体性和特殊性，这类对立又必然是相对、复杂和多样的，抒情小说叙事的展开还存在着意义诉求的诸多可能性。和萧红等人有所不同的是，废名的田园小说更多体现为一种纠结于传统和现代之间的冲突与两难，一方面作家对于传统田园的雅致世界有着"酣醉于此"的深刻眷念，另一方面又怀有"寻找中华民族和知识分子的出路"的良苦"用心"②。然而废名却难以调和二者之间的深刻对立，使得田园诉求一直暴露在历史光影之下。《浣衣母》的李妈起始就是一个残缺的存在，丈夫早死，儿女不成器，要么早夭，要么不知所终，内外交困中的"公共母亲"只是一种虚幻的假象，布满冲突的乡土注定不可能成为田园；而近乎"禅境"的《桥》一直笼罩着"坟"所预示的死亡与虚无阴影，孕育的未尝不是"盛极而衰"的幻灭与失落；到了《莫须有先生传》，则不仅陷入"我是这样的可怜"的自怨自艾，而且沉迷于"哲学家"的玄思，叙事的"理障"异化使得创作成了"渐渐失了信仰的一个确实的证据"③。

---

① ［美］赫伯特·马尔库塞：《审美之维·译序》，广西师范大学出版社 2001 年版，第 5 页。
② 钱理群：《二十世纪中国小说理论资料·前言》第四卷，北京大学出版社 1997 年版，第 8 页。
③ 废名：《莫须有先生传·序》，《废名集》第二卷，北京大学出版社 2009 年版，第 660 页。

一定意义上,从《浣衣母》、《桥》到《莫须有先生传》,昭示的也正是意义冲突的两难纠结而成的某种审美偏至。而孙犁则在乡土的革命背景上开掘着民间生活的诗意情怀,一直面对着革命的政治"规训"和审美诉求的本然冲突,然而借助于理想主义诗情的投注,"骑马挎枪"、"打仗有什么出奇,只要不着慌"等朴素的战争想象以及概述、简化战争场景等叙述转化,使得对立性的意义纠结得到了艺术性的超越与消融,战争造成的苦难、侵袭破坏最终弱化为背景性的环境因素,呈现出"革命"语境下乡土叙事的经典样式和意绪。而被后人奉为"不可重复的绝唱"的《伍子胥》将子胥的逃亡转化为一系列人生意义的不懈探寻,叙述没有把意义诉求固着在某一类形态上,伦理、自然、宗教等人生状态构成了意义在现实和理想之间的一次次对立与超越,一个古老复仇故事的传奇和惊险也就此为彼岸性的存在之思所转化。他们提供的文学经验,又以相对独具的艺术品格丰富了抒情转向中的现代小说叙事形态。

这种以二元对立为基础的结构分析也是叙事学研究的基本方法,正如乔纳森·卡勒所言,"其实,结构主义分析中最重要的关系又极其简单:二项对立"[1]。列维·斯特劳斯早在1950年代就开始采用二元对立来研究神话,"为打破情节的线性发展,寻找隐藏在情节下面的逻辑结构提供了一个范例"[2]。对后世的结构叙事学产生了很大影响。威·赖特等人在西部片研究中发现了诸如荒野／文明、善／恶、强／弱等二元对立不断地出现于西部片中,构成西部片语义世界的主要矛盾[3]。至于小说等作品中的二元对立,不仅元杂剧、明清话本中常见的善恶、忠奸的尖锐对立,而且诸如霍桑的《红字》、福克纳的《我弥留之际》、莎翁戏剧等外国文学作品中的光明与阴影、

---

① [美]乔纳森·卡勒:《结构主义诗学》,中国社会科学出版社1991年版,第37页。
② 张隆溪:《故事下面的故事》,载《读书》1983年第11期。
③ [美]威·赖特:《西部片的结构》,载《世界电影》1984年第6期。

美丽与丑陋、犯罪与赎罪、恶魔与天使、身体与灵魂、生存与死亡、存在与非存在等一系列二元对立形式，也多为研究者所注意[①]。显然，叙事结构的对立意义一直受到学术界的关注，也已成为叙事研究的重要理论资源。

对叙事作上述理解和处理更多受到了现代生活和文学观念转变的影响，然而意义层面的结构分析并不意味着对于"叙事"的泛化与消解，抒情转向中的叙事问题仍具有相对稳定的所指。首先，故事仍是此类小说的基本内容，只不过在形态、功能上发生了一定的变化。随着情节的淡化，人物的行动因素被削减，意义包容性更强的环境功能得到了凸显，成为喻示意义的主要力量。也就是说，所谓"淡化"叙事并不意味着故事的"消除"，故事要素也无增减性变化，只是发生了结构性的消长，叙事节奏趋于放缓或停滞，是故事元素重新调整、组合的方式和结果。其次，叙事突出了主体的内在感受性，情绪性、体悟性的心理内容得到了加强。相当意义上，情意化的人生内容开始成为叙事主体，空间化的故事结构形成了一种含纳和喻示人生世界的意义系统。再次，小说叙事形态涉及话语体式、价值观念、艺术趣味和文化想象等多个方面，而由于现代抒情小说往往浸润着诗情画意，我们还有理由展开对于人性的深度、生命的灵性、文学关怀的终极价值等叙事深层文化意蕴的分析。这是因为"在优秀的文学作品中，诗情画意与文化涵蕴是融为一体的，不能分离的。……从文学的诗情画意和文化涵蕴的结合来开拓文学理论的园地"[②]。显然，作为整个文化活动的重要部分，叙事借助于结构性的意蕴表达，拓展了话语活动的空间，反映了特

---

① 如冯季庆的《二元对立形式与福克纳的〈我弥留之际〉》(载《外国文学评论》2002 年第 3 期)、毛凌滢在《冲突的张力——〈红字〉的二元对立叙事》(载《国外文学》2010 年第 4 期)、傅隆基的《〈三国演义〉中观念的二元对立与价值取向》(载《华中理工大学学报》1998 年第 4 期)等。

② 童庆炳：《〈文艺学与文化研究丛书〉总序》，陶东风、徐艳蕊《当代中国的文化批评》，北京大学出版社 2006 年版，第 3 页。

定历史时期人们深层次的普遍精神需求，促生了现代小说的"叙事学转向"。一定程度上，传统完整的、充满戏剧性且具社会学意味的故事，轻忽了具有多种可能性的人生形态，其实就属于一种反生活叙事，最终就将面临改变。

三、走向"别样"的叙事诗学

不难看出，关于现代抒情小说的结构叙事分析突出了现代人生观念的影响，以对立、纠结为表征的意义逻辑和叙述方式的确立，由此彰显了叙事活动的意义维度，突破了叙事的形式功能进而深入到文学的深层意阃。作为一种"叙事的解放"，这一思路更多考虑到了叙事的功能结构与生成语境之间的关系，体现了一种文化视野中的叙事学研究。在此意义上，通过叙事学的规约和作用，或许就可以达到恢复现代抒情小说研究叙事学旨趣的目的。事实上，关于现代抒情小说的叙事问题虽一直为学术界所注意，但基本上还停留在1980—1990年代抒情诗学的研究视野中，多年来并没有取得多少进展。[①]应当承认，面对现代抒情小说这样的对象，显然难以用传统的情节叙事观来进行释读，而当下流行的情境、意象、氛围、写意叙事等范畴也存在着阐释乏力的现象。由于抒情诗学自身的体验性和艺术感知的不确定性，使得相关阅读与传播往往成为某种追寻缥缈和高蹈之境的"艰难的感悟"。对于抒情小说经典的阐释固然有这样一种趋于无限意味的特征，但如果缺乏叙事研究的学理规约，关于经典的阐释也就可能沦为某种玄学而难以承载叙事的基本所指。而将抒情诗学范畴直接作为叙事范畴去使用，在说明抒情诗学之于叙事研究的强势和屏蔽的同时也多少表明这一研究理

---

① 目前流行的意境叙事、意象叙事、写意叙事等观点的形成背景主要为1980年代以来学术界对于抒情小说意境化、意象化、写意化等美学特征的确认，如"意境叙事"就受到凌宇、方锡德等关于"意境"成为现代小说家的"自觉的创造"和现代小说"重要范畴"、"审美追求目标"等论述的影响（参看《从边城走向世界》、《中国现代小说与文学传统》），其他观点也多由此衍生。

论资源的某种局限。

相当程度上，此时的"叙事"已不仅属于一种话语形式，还将成为对文学人生意义的表达方式和"阐释模式"，所呈现的叙事学特征和负载的文化意蕴以及诗学价值不仅具有介入现代文学人文情怀的空间和自由度，也有着阐发现代小说抒情转向的针对性，对于深化、完善抒情小说研究具有积极作用。首先，这样的分析有利于我们更好地了解现代人生观念在作家文本中的具体赋形与表现。任何具有经典意义的文本对于意蕴的表达都不应该是宽泛和笼统的，它往往有着具体的运行理路和方式。正如上文所述，这种表达并不具备情节的跌宕波澜，呈现的往往是意义维度上的对立、纠结与转化，其间的叙事问题就是一个颇具意味的领域。在此意义上，这一谱系的作品也都可以得到深入辨识。冰心借助于宗教之爱和人性之爱的统一激活着叙事的神圣意义，小说的一个突出印象就是"没有爱的生活——过去的追忆——爱的实现"[1]；许地山糅合了多种宗教情绪，创造出一个"同'人生'实境远离，却与艺术中的'诗'非常接近"的文学世界[2]，使得俗世为爱的温柔和神性光照所浸染，趋向祥和与安宁；而师陀的乡土描写总不忘穿插大量的废墟、荒原等意象，在自然原野与记忆的"诗意"和芸芸众生的丑陋、现实生活的庸常与僵死的明显比照中，尽量将这一世界"装饰得美点"。他们淡化了故事的情节逻辑，但又在意义维度上投诸深情。可以说，正是借助于这类意义诉求方式，使得他们穿行在现代文学的多种精神资源之间，开掘着文学人生的返乡诗情、人性构成的诗化内涵乃至人生的超验情怀等深层文化涵蕴，并传达出自身的困惑、游移、矛盾并有所取

---

① 成仿吾：《评冰心女士的〈超人〉》，见范伯群编《冰心研究资料》，北京出版社1984年版，第335页。

② 沈从文：《论中国现代创作小说》，见《二十世纪中国小说理论资料》第三卷，北京大学出版社1997年版，第123页。

舍和创造的精神丰富性和复杂性，为现代小说开发出人文张力。其次，借助类似的叙事分析也可以更清晰地辨明叙事行为的具体层面，有利于澄清抒情转向中的小说文体嬗变，彰显现代小说的叙事转型。如前所述，普遍对立与纠结中的意义表达对叙事张力提出了更高要求，而突破传统叙事的线性结构，人物、环境等叙事元素的结构性变化有利于叙事话语弱化对现实的指称功能，也就为叙事容纳自由度更高的情绪体验与意义的深衍提供了空间。而诸如叙事的"视点"问题，也在形成适应性改变。为了和文本的整体氛围保持基本一致，现代抒情小说的视点往往是有限性的，讲求视点的"节制"和"静态"，淡化了传统视点再现性的认识论功能而转向注重想象与体悟的聆听、回忆、眺望等视点。这些方式较之传统视点更能进入人物的情感、精神世界，有利于借助主体心灵的自由特性延展叙述者的视阈，超越叙述视线的客观局限而指向遥远之域，延展文本的艺术空间。或许，与其说叙事的意义况味是在情境、意象等抒情氛围的体悟中被"洞见"的，倒不如说是通过具体叙述行为的结构性"组织"被"生产"出来的。

至于语言问题，同样存在着意义维度。抒情小说的语言表现出对于形式的意义超越，淡化了现实功利性和工具性而普遍具有较强的"意味"。关于这些特征的分析也不必拘泥于形式修辞技巧，而可以考虑语言意义层面上的制导作用，尝试建立叙事语言之于意义的承载方式和途径，辨识语言风格的形成。一定程度上，意义的具体表达就制约着这一点。郁达夫的小说语言在清新、优美之中不乏神经质的紧张与撕裂，这固然有着作家人格等因素的影响，但在具体叙述中，这种风格则多与意义结构形态有关，当意义对立、纠结在极端层面上，语言也就趋于跳跃、断裂、紧张并伴随着节奏的明显波动。而当意义的纠结与对立逐步淡化与融合，语速也就趋于舒缓，自然性的景物描写也就浮现、穿插进来，语言也就趋向清新、优美①。意义的存现状态对于语言风格的影响同样表现在沈从文、萧红等人的叙述中，沈从文小说的牧歌性多体现在湘西题材的小说中，诸如《边城》、《萧萧》等作品的意义对立和纠结并不激烈，于是语言的节奏和韵律也较舒缓和悠长，也更多对于自然的诗意描写，而到了诸如《篁君日记》等城市题材小说中，由于语境的变化，人物身心深陷困惑、矛盾甚至扭曲的困顿，于是语言一改牧歌格调，紧张、起伏甚至充满不知所云的呓语，反映出意义的纠结趋于极端和失衡。至于《呼兰河传》，语言舒缓而低沉，从场景、意象到语句的过多重复，在强化了语言的节奏感和音乐性的同时造成了盘绕全篇的语言旋律感，其语言风格的底色和在"回忆中诗化"、淡去了纠结的极端与对立的意义诉求一直保持着格调上的基本一致，等等。显然，在这一领域内看待语言，语言问题远非形式修辞所能涵盖，个中的具体性和艺术价值颇有意味。如此，关于叙事语言的研究也就有别于抒情诗学的观照。我们以往一般习惯于将语言问题归结为某种形式问题，将抒情小说的语言看做一种与抒情诗、诗体等相关联，由对事件、人物的叙述而转向了写景状物、抒情，以雅正与简洁的书面语为基本的叙述话语，侧重对文辞的非陈述结构、音乐化、意境化的情景交融等方面的考量②。过于看重诗歌语言对于小说形式的跨文体影响，而且依赖主体的诗性体悟，抒情诗学理论的灵动和主体的差异性使得相关语言分析多较空泛。固然这对于认识小说语言的诗语品质和文化意义的阐释较少羁绊，但也显然造成对于语言内在生成机制等问

---

① 《沉沦》、《茫茫夜》等中的"他"们深陷现实和精神的困境，伴随着心理变态、自戕等人生极端状态的语言描述往往灰暗、紧张和神经质，表征诗意的自然景物描写只是碎片化地装点且缺乏诗意况味。而《蜃楼》中的人生失衡虽不乏游移和痛苦，但已趋于调和，语言也就趋于舒缓和优美，诗意的景物描写明显增多；至于《迟桂花》，"欲情净化"表征了人性纠结于欲望和道德等冲突之间的最终转化，大量倾注在翁家山田园风光上的笔墨，使其成为郁达夫"最具诗意的作品"。

② 杨联芬：《中国现代小说中的抒情倾向》，北京师范大学出版社 1996 年版，第 136—160 页。

题缺乏深入和研究中的畏难心态。

小说是叙事的艺术，没有叙事也就不能成为小说。可以说，这是现代小说研究所不能规避的问题。如果碍于抒情诗学的"覆盖"而难以彰显现代抒情小说的叙事旨趣，无疑会造成对于相关文学现象叙事意义的遮蔽，难以正视其间蕴含的叙事转型价值。事实上，突破传统叙事规范的小说抒情转向凸显出一种别样的叙事传统和诗学形态，叙事在淡化情节和强化情意喻示之间的转化挪移，无疑丰富了现代小说的叙事理论和历史经验。我们不妨认为，抒情诗学虽然对这一过程的研究产生过重要贡献，但如果不能继续有所突破，也就应该考虑另辟蹊径。故事的面目已然不同以往，作为小说的规约要素，"叙事"也在融进变化、发展的文学现代化过程。在此背景下，对观念有所调整并以此进入现代抒情小说研究也就不失为一种可资尝试的途径。当然，任何研究都有其相对性和局限性，而本文撷取现代抒情小说作为现代小说抒情转向过程的基本文学现象加以分析，也就不乏在相对性和局限性的观照中唤起对相关问题的重视，以期有所启发的意图。

诗性意蕴的缺失和萌生

——文化转型中的晚清小说

在一个历史性的时间过程中考察现代小说意蕴的诗性生成，中国文学传统提供了一个缺失性的背景。这不仅在于古代中国的小说传统并不发达，作为叙事文类的小说长期居于"丛残小语"、"小道"、"闲书"等被歧视地位。相关考证认为，班固以后，"小说"还是一种"杂撰"类文体，"各种内容的著作，只要不是宏论长文，都可归于此类"，直到明中叶才形成"很接近"现代小说的概念①。而传统文学世界中的叙事，普遍性的忠奸、善恶、才子佳人等故事承载的多是家国社稷、道德伦理等社会文化观念，偏重教化、臣服于因果逻辑的情节叙述追求戏剧性的起伏波折，"不险则不快，险极则快极"②，本然地排斥着个体生命体验、自我精神追求等内容。在普遍背景上，小说作为一种依附于历史叙述的文学存在，诗史互证的史传传统一直在影响着叙事的发展。至于蔚然成风的山水田园诗派，似乎提供了传统生存诗意超越的一面，然而叙事并不是传统诗歌的本性，这样的古典诗性精神也难以融进传统小说的叙事格局③，而且其间的诗情抒发更多属于一种缺乏人生自觉意识的山水描写和自我消遣。在梁实秋、夏志清等人看来，"偶

---

① 谢绍新：《中国现代小说理论史》，安徽大学出版社 2003 年版，第 4—5 页。
② 参见饶芃子《中西小说比较》，安徽教育出版社 1994 年版，第 139 页。
③ 在古代文化传统中，田园诗是作为一种士人的风雅传统而存在的，而传统小说则是"小道"、"街谈巷语"，其底层性的浅俗历来为士人所轻视。如果前者是"阳春白雪"，后者显然属于"下里巴人"，文化的差异性隔膜和社会心理上的阶层区分使得田园诗传统与传统小说被"人为"隔绝。

以人为点缀"，"表现的只是一种意境，一种印象，一种对于实际人生之轻蔑"①，这"对人生问题倒没有做了多少深入的探索"，"主要也是自得其乐式个人享受，看不出伟大的胸襟和抱负来"②。

　　显然，传统小说离现代叙事还有较远的距离。这不仅因为小说远未获得相对独立的文学地位，有待摆脱对于史传传统的依附；在更深层次上，作为现代叙事思想基础的"人的觉醒"，传统文化尚无法提供。众所周知，中国传统文化不过是一种"非人"的文化，以纲常伦理为基础的传统文化秩序造就的基本是封建权力关系中的依附性"臣民"和奴隶，而非具有主体意识的生命个体。在此背景上产生的传统文学也就不可能真正成为"人的文学"，所谓"淳人欲、美人伦"、"哀而不伤"、"乐而不淫"等等，强调的都是文学的道德功能。人要么被理解为"帝王将相"，要么被理解为"才子佳人"，一直没有走出"经"、"道"人生观的窠臼，文学仅是"载道"、"传道"的工具与手段。诸如作为人性"标识"的欲望问题，一直被视为一种道德上的禁忌，要么是一个讳莫如深的黑洞，要么就是一个滋生阴暗心理的温床，以致中国文化成为一种禁欲主义的"没有身体的文化"。③晚明以来如李贽、王夫之、龚自珍等一批有识之士虽也有着对个性解放、身体觉醒等方面的"求变思想"，但主要是"在传统中变"，并没有形成突破"道统"束缚的真正"人的觉醒"④。朱光潜曾总结过中国文学的这一特点，认为"中国人用很强的道德感代替了宗教的狂热。……他们的文学也受到他们的道德感的束缚。对他们来说，文艺总是一件严肃的事情，总有一个道德目的"⑤。由此，在儒家思想仁、义道德原则的排斥下，个体的正常人性诉求也就普

---

① 梁实秋：《现代文学论》，徐静波编《梁实秋批评文集》，珠海出版社 1998 年版，第 157—158 页。
② ［美］夏志清：《新文学的传统》，新星出版社 2005 年版，第 33 页。
③ 参见汪民安主编《身体的文化政治学》，河南大学出版社 2004 年版，第 192—203 页。
④ 参见程文超《欲望的重新叙述》，广西师范大学出版社 2005 年版，第 50—56 页。
⑤ 朱光潜：《悲剧心理学》，《朱光潜全集》第二卷，安徽教育出版社 1996 年版，第 425 页。

遍处于被压制、贬抑的状态，受到主流文化的不公正对待。而传统文化中所包含的相对自由的归隐生活向往也与士大夫"穷则独善其身，达则兼济天下"的"儒道互补"人格模式密切相关，蕴含着传统诗性智慧的田园隐居明显渗透着传统文人消极避世的"无为"哲学，反映了一种"犬儒"的生活态度，并不具备积极自觉的人生意识和情怀。一定意义上，"人"在中国传统文化中的整体性失落，使传统文化中的一些个人主义思想，也在封建威权主义的钳制之下，失去了生发的空间，最终导致了传统人生观的失衡，"贫瘠"的文化也就难以催生主体性向度上的审美样式。

这一状况一直持续到了晚清，这一时期社会语境有了较大程度的改观。然而作为一个古老王朝的尾巴，在相当长的时间内，既有的文化结构并不会发生根本变化，"时光还早。新文化运动的先驱们还在历史的通道上赶路，他们出场的时间还未到"。①而且，"晚清"特殊的社会文化现实也限制了文学发出"人"的声音。由于近代中国历史的累累创伤，带来了民族主义意识的高涨，"救亡图存"成为一个时代的主题。严复、梁启超等人提出的鼓民力、开民智、新民德、兴自由等等所谓从"民"到"人"的"新民"措施，都是一种实用的社会话语，并没有赋予人性、人生以合法地位。与此相适应的是，小说虽从"丛残小语"变为"大道"，也主要是基于它对"群治"有"不可思议之力支配人道故"②。从梁启超的《变法通议·论幼学》的"小说……近之可以激发国耻，远之可以旁及彝情，乃至宦途丑态"到《论小说与群治的关系》"欲新一国之民，不可不先新一国之小说"等等，虽然"人"已成为小说的主要内容，但仍局限在"民"的政治功利性层面，并没有改变人的根本依附地位。小说作为一种新文学体裁，主要是在工具

---

① 程文超：《〈1903：前夜的涌动〉小引》，山东教育出版社1998年版，第1页。
② 梁启超：《论小说与群治的关系》，陈平原、夏晓红编《二十世纪中国小说理论资料》第一卷，北京大学出版社1997年版，第50页。

论层面上被认识和反复强调的。

晚清文学可以看做是一种久远传统的惯性和回声，不仅意味着"文以载道"的传统文学观将继续得以维持，而且也意味着"新民"等实用性社会话语将主导文学的基本格局，获得对其他话语的优先权。然而历史毕竟已发生变化，文化的传统格局也在松动。在这样一个社会动荡、转变的时代，由于社会变革的现实需要以及新文学"先驱们"的积极倡导，小说地位有了根本性的提升，已经为现代叙事意识的觉醒提供了文类性的支撑。而随着一大批新小说家的出现，传统诗文的写景传统、田园诗意等古典诗性精神，也开始作为小说创作的思想资源随同其他文化元素一道进入小说世界。虽难以摆脱传统的窠臼，难以促生传统小说的本质性蜕变，但必然在"新小说"的历史语境中发生变化，融入近代小说家对于小说文体的重新思考和实践。一定意义上，这期间就可能孕育着现代性的诗性叙事萌芽。

一般来说，小说若要构建出诗意，往往需要借助于叙事空间非情节因素的强化，"当作家只是诉说一段思绪、一个印象、一串画面或几缕情丝时，读者的关注点自然转移到小说中那'清新的诗趣'"，非情节的细节、场面、印象、梦幻等，"容易体现作家的美学追求"[1]。显然，对于情节叙事规范的突破，其实就预示着更多不具有因果性的非情节因素，从而淡化小说情节的整体结构而转向对于情趣和体验的传达。就部分晚清新小说来看，由于叙事还有着比较明显的传统特征，叙事话语所涉及的非情节因素并不具有较为显在的印象、梦幻、哲思感怀以及主观情绪的漫漶等现代特征，而主要是一种与写景相关的叙述内容和技巧开始构成对于情节结构的冲击，导致小说形式和美学形态上的一些改变，形成与审美意义某种程度的关联。

写景本是中国古典诗文的传统。作为一种诗意的"物"，显示了传统文

---

[1]　陈平原：《中国小说叙事模式的转变》，北京大学出版社 2003 年版，第 131 页。

人对于自然的审美态度，从而构成古典诗性精神的基本载体，"'返归自然的思想'又往往以写景的文学表现得最清楚"。①然而它显形于小说，历史并不长，只是从《西游记》、《红楼梦》、《官场现形记》、《聊斋志异》等传统白话小说中才可以看到较多的景物描写。胡适曾认为，"古来作小说的人在描写人物的方面还是很肯用气力的；但描写风景的能力在旧小说里简直没有"②。虽然绝对了些，但也说明"写景"作为一种诗歌艺术手段和技巧，在传统小说中并不流行。以情节结构为中心的传统叙事往往并不需要多少景物描写，因为景物的静态和情感包容性与情节结构的动态和线性封闭明显不合拍，而诗歌因为要"借景抒情"，所以才看重写景，是顺应情感表达的要求。由于写景与传统情节叙事的本然性冲突，传统"说部"对于写景往往并不十分投入和用心，"由于说唱文学注重其商业性，以及观众的大众化、审美趣味的世俗化使得景物描写不可能大段地出现；而史传文学对言行的关注以及尽量客观化的叙事方式也限制了景物描写"。③即便是被鲁迅誉为打破了"传统的思想和写法"的《红楼梦》，写景的技巧也并不被看好，胡适就曾说过，"《西游记》与《红楼梦》描写风景也都是用几句滥调的四字句，全无深刻的描写"。④景物并不构成传统小说话语的有机元素，不仅有着程式化倾向，零散而随意，而且基本属于叙事过程的一种点缀，缺乏"个性"和艺术独创性，叙述的诗意基本局限于自然景物本身，缺乏心理体验

① 梁实秋：《现代文学论》，徐静波编《梁实秋批评文集》，珠海出版社1998年版，第157页。
② 胡适：《〈老残游记〉序》，刘德隆、朱禧等编《刘鹗及老残游记资料》，四川人民出版社1985年版，第383页。
③ 汪花荣：《章回小说景物描写及其转变》，载《重庆社会科学》2009年第2期。
④ 胡适：《〈老残游记〉序》，刘德隆、朱禧等编《刘鹗及老残游记资料》，四川人民出版社1985年版，第383页。

和背景氛围的环境渲染。①

晚清新小说的景物描写一时还难以摆脱上述传统的限制，按照陈平原的说法，"小说中充塞的是从古书中抄来的'宋元山水'。山是纸山，水是墨水，全无生趣可言，咏之不知今世何世"，"只是基本停留在'表态'，而没有真正落实到创作中"。②而且"骈文诗词"化色彩还很重，未脱程式化写景的格套。胡适说过，新小说家"一到了写景的地方，骈文诗词里的许多成语便自然涌上来，挤上来，摆脱也摆脱不开，赶也赶不去"。③不可否认，"新小说"的景物描写还"令人失望"，然而新小说家已经意识到了风景对于小说的重要性，景物描写在叙事中的分量有了明显增加，写景也逐渐趋于自觉。《新小说》取"图画"入小说以资观感，"其风景画，则专采名胜、地方趣味浓深者，及历史上有关系者登之"，"每篇小说中，也常插入最精致之绣像，其画者皆由著译者意匠精心结构，托名手写之"。④"若风景则山川树木也，而一经描画，则峰峦秀气，江湖水景，如在目前。而阅之者性情为之旷达，襟怀为之活泼者。"⑤虽然对于写景的理解还存在着简单化倾向，但对于写景之于小说艺术效果、读者性情影响等方面的积极作用已有了一定认识。写景开始成为晚清新小说的一种"新的表现手法"，对仍然占据主体地位的情节叙事形成了一定程度的冲击。比如说新小说中一些关于自然风光的描写：

---

① 《红楼梦》的写景并没有逃出传统的藩篱。鲁迅在《中国小说的历史的变迁》一文中曾有"自有《红楼梦》出来以后，传统的思想和写法都打破了"一说，其本意在于肯定《红楼梦》"作者自叙"写法具有的革新意义，而对于其他方面并没有明确的论断，"它那文章的旖旎和缠绵，倒是还在其次的事"。（《鲁迅全集》第九卷，人民文学出版社 2005 年版，第 348 页）

② 陈平原：《中国小说叙事模式的转变》，北京大学出版社 2003 年版，第 111—113 页。

③ 胡适：《老残游记·序》，刘德隆、朱禧等编《刘鹗及老残游记资料》，四川人民出版社 1985 年版，第 383 页。

④ 新小说报社：《中国唯一之文学报〈新小说〉》，《二十世纪中国小说理论资料》第一卷，北京大学出版社 1997 年版，第 58 页。

⑤ 棣：《小说种类之区别实足移易社会之灵魂》，《二十世纪中国小说理论资料》第一卷，北京大学出版 1997 年版，第 239 页。

千岩万壑，上蟊云霄，两旁古木丛生，浓荫夹道两旁碗口大的黄菊，开得芬芳灿烂。往上去（瀑布)烟云缭绕，底下潦腾澎湃，有若雷鸣。(《文明小史》)

山之麓，水之滨，牧童樵叟，行歌互答，往来点缀其间。桥边老树数株，权桠入画。归鸦点点，凌乱纵横，哑哑之声，不绝于耳。(《玉梨魂》)

只见对面千佛山上，梵宇僧楼，与那苍松翠柏高下相间，红的火红，白的雪白，青的靛青，绿的碧绿。更有那一株半株的丹枫夹在里面，仿佛宋人赵千里的一幅大画，做了一架数十里长的屏风。(《老残游记》)

类似的写景介入对于传统叙事的情节链条造成了一定程度的"延宕"和变异，延缓了叙事的节奏和速度，为戏剧性的故事叙述增添了一抹自然、风物的诗意，情节结构也就不那么紧密了。而在苏曼殊的《断鸿零雁记》中，也随处可见情景交融的文字，"人与景，景与情，共融互生，一派诗的意境"，形成了"中国小说审美表现空间的新开拓"。①从整体上看，写景虽在不同新小说家笔下有着程度性的差异与区别，但是构成了新小说的"新"意之一，说明写景虽难以摆脱传统体式的束缚，但地位已有了明显提高。新小说"行文结构显得自由，增添了人物心理描写和自然景物烘托主题种种新的表现手法"②。虽说从个性和生趣的"描写技术"等方面来看，还难以企及现代小说的高度，存在不足之处，然而在本文看来，却已蕴含了现代叙事意识觉醒的可能，"这一时期小说艺术的更新，正符合整个文学由旧变

---

① 杨联芬：《晚清至五四：中国文学现代性的发生》，北京大学出版社 2003 年版，第 240—242 页。

② 时萌：《中国近代文学大系·小说集导言》，参见吴组缃等编《中国近代文学大系》，上海书店 1994 年版，第 39 页。

新的过渡过程中的辩证发展，也意味着小说家们的艺术思维正在向现代化方面日益靠拢"。①相当意义上，景物描写已构成部分晚清小说的重要部分，标识了源自古典诗文传统的艺术样式在晚清小说中的一种跨文体实现。

而田园（桃源）图景在《老残游记》等小说中的出现，虽数量较少，却又使相对分散的写景获得了更为集中的呈现，写景还有着相对完整的艺术形态和深入的意义寄寓。在中国传统文化中，田园代表了传统诗性智慧的基本形态，其理想境界是陶渊明式的山水自然时间中的栖居，"自愿、消极地受领"自然的和谐与诗意。在意义上一般脱不出下述内容：①　乡土是和谐的，诗意源于自然的客观属性和传统伦理的道德属性；②　主体顺依自然和伦理的节奏，清静无为，主客体合而为一，主体性消融；③　生存空间相对封闭而自足，超稳定性的文化伦理规避了现实、社会等外在力量的侵袭和纷扰，渲染了一种避世的隐逸哲学。对于"桃源"世界的表达，存在着明晰可辨的传统自然思想和庄禅避世哲学的文化基础。这固然属于一种缺乏自觉人生意识的古典诗性形态，但归隐田园的无奈仍然流落出一种超越性的文学情怀，同样能够唤起人们的诗意感受，虽然在今天看来纯为传统文人的空想，但并不损害它的理想意义。刘鹗在《老残游记》中营造了一个名为"桃花山"的田园世界，其景物优美："月色又清又白，映着那层层叠叠的山，一步高一步的上去，正是仙境""上去有块平地，都是栽的花木，映着月色，一场幽秀。且有一阵清香，清新肺腑"；男女皆仙风道骨，"有林下风范"，女子更是仙女一般："眉似春山，眼如秋水；两腮浓厚，如帛裹朱，从白里隐隐透出红来"；其间人伦和谐，"发乎情，止于礼仪"，且"诱人为善"，"爱河"与"功德水"相得。而苏曼殊的《绛纱记》也有一个桃花源式的世外之境：

---

①　时萌：《中国近代文学大系·小说集导言》，参见吴组缃等编《中国近代文学大系》，上海书店 1994 年版，第 39 页。

"余"昏睡醒来，但见竹篱茅舍，"周环皆水，海鸟明灭，知是小岛，肆其近崖州西南。……及归，见老人妻子，词气婉顺，固是盛德人也"，"明日，天朗无云，余出庐独行，疏柳微汀，俨然倪迂画本也，茅屋杂处其间。男女自云：不读书，不识字，但知敬老怀幼，孝悌力田而已；贸易则以有易无，并无货币；未尝闻评议是非之声；路不拾遗，夜不闭户"。在《断鸿零雁记》、《焚剑记》中也有类似的描写，同样有着关于田园生活情态或隐或显的表现。

桃源世界的营造体现了一种超越现实乱世、个体悲愁的意味，也就在较为明显的人生分裂中显示出理想意义的寄寓。《老残游记》在"社会矛盾开掘很深"中寄寓着一种"理想主义"的"救世"心态，"桃花山"被置换为一个指向封建大同社会的"想象复合体"，其中"宋儒"被肯定为社会的原则，"发明正教的功德"，"理"、"欲"、"主敬"、"存诚"等字，"虽皆是圣人之言，一经宋儒提出，人尽由此而正，风俗由此而醇"。人欲之产生，"发乎情，止于礼仪"且"诱人为善"，真正一个儒教的伦理之邦；而"桃花山"本身也是一次改变现实的寻访结果，为的是探访一位能够除暴安良的"救世者"。这就预示了田园实际上转变为了一种社会现实问题的解决方案，而不仅是怡情养性的山水乡土世界，不再局限于传统"小国寡民"境界中的"自得其乐"，功能发生了重大改变。而《绛纱记》则反映出苏曼殊的"难言之恫"和浪漫感伤，自叙中的"余"落难后的"田园"逗留与现实离散、生死未卜的妻子五姑和好友"梦珠事"以及"争端起矣"、"海贼"等构成了明显的对照性，渗透着作家对于"举世污浊"的感愤以及人生"出路"的寻找，而"难言之恫"其实也就是一种创伤性情绪，是苏曼殊文人诗情的流露，正所谓"人谓衲天生情种，实则别有伤心处"。

传统田园在晚清小说中的这一变化，或许就预示了古典诗性精神在晚清甚至现代小说中的命运，它再也不能保持纯正的传统之身，而面对了现实、政治等各种力量的改写，注定要成为对现实的某种想象物，进而构成现代小说人生意识觉醒的一种思想资源。不过这一由写景、田园诗意标志的叙事变化仍然过于"传统"，一方面，诗意色彩显得"过于单薄"，基于普遍对立的审美超越在小说中并不明显，写景、田园和社会话语、现实之间的比附关系显得过于简单与直接，且难以生成结构性的叙事逻辑。另一方面，田园所指称的理想生存意义在小说话语构成上并不占据优先性，以情节为中心的外向型生活情景的"真实模仿"、历史性的"载道"仍是新小说的主要功能，而叙事的诗情画意在上述作品中并不普遍，多数时候还停留在一种"表现手法"或开阔"性情"、"襟怀"的地步，意义蕴含相对浅显，缺乏整体美学风格的构建。郁达夫曾批评曼殊小说"太不自然"、"做作得太过"①，鲁迅则说苏曼殊近乎一个"颓废派"②，而《老残游记》则被认为是一种"封建理想主义小说"的代表作③。显然，这些新小说与后世的诗性小说还有着很大差异，而晚清也没有给弥补这一差异提供更多的机会，"人的觉醒"这一现代叙事的思想基础仍处于一种普遍的阙如或"沉潜"状态，在传统小说内部也就无法产生根本性的叙事裂变。事实上，在当时流行的"鸳鸯蝴蝶派"等写情小说以及狭邪、公案侠义、科幻等小说中我们基本上看不到多少景物描写的诗意身影。历史似乎注定，晚清小说还处于一个向现代过渡的"前叙事"阶段，这几次"亮相"又必然会陷入一种现时性的孤独。

在此背景上，我们或许就可以将《域外小说集》的出现看做是对晚清小说的一种突破。作为周氏兄弟人道主义情怀"不合时宜"的"早产"，《域外小说集》的一个显著特征就是关注个体生命体验和普遍、抽象的人性，

①　郁达夫：《杂评曼殊的作品》，柳亚子编《苏曼殊全集》第5卷，中国书店1985年版，第120页。

②　[日]增田涉：《鲁迅的印象》，钟敬文译，湖南人民出版社1980年版，第48页。

③　时萌：《中国近代文学大系·小说集导言》，参见吴组缃等编《中国近代文学大系》，上海书店1994年版，第39页。

有着诗化的意境与语言，叙述方式比较"前卫"，"作品所体现的对心灵世界的关注，以及象征、隐喻、诗化叙事等表现方式，不但超越了晚清，即便在当时的西方文学中，也是前卫的"。①《晚间的来客》、《月夜》等基本是由思绪漫漶而成的抒情小说，写景状物，语言清新，意蕴深远，淡化了情节结构叙事话语往往濡染了个体的生命体验，显然有诗的氛围。固然这些小说并非本土意义上的中国小说，但作为一种译介过来的诗化小说风格，反映出周氏兄弟对于小说审美本质的深切体认。相当意义上，一种"异域文术新宗，自此始入华土"②，这就构成了现代中国小说"诗化叙事的范本和先例"③。然而作为一种超越时代审美习惯和能力的文学趣味和审美倾向，它所显示的艺术风格此时显然还缺乏被接受的普遍社会基础，"这种浓烈的现代意味似乎出现得过早，在当时的社会文化环境中无法弥漫开来，注定了《域外小说集》无声无息的孤独命运"。④而杨联芬也指出"这种既缺乏情节、也缺少故事性的小说""确实超越了中国读者的审美限度"⑤。由此，也就沦为一种"梦幻似的无用的劳力"，注定将被时代淹没，难以获得历史性认同。

综上，晚清不是一个能够形成现代小说叙事根本变革的时代。作为一种人生意义上的现代小说转型，它需要社会文化层面上普遍的"人的觉醒"，而这显然要等到"五四时期"。然而在这一时代新小说的"众声喧哗"中，小说叙事的诗性品质已在历史性背景下开始了累积性的变化，借助于景物、田园图景描写乃至域外小说资源对于传统叙事规范和观念的冲击与突破，向着现代叙事悄然过渡。

---

① 杨联芬：《晚清至五四：中国文学现代性的发生》，北京大学出版社 2003 年版，第 143 页。
② 鲁迅：《域外小说集·序言》，《鲁迅全集》第 10 卷，人民文学出版社 2005 年版，第 168 页。
③ 杨联芬：《晚清至五四：中国文学现代性的发生》，北京大学出版社 2003 年版，第 156 页。
④ 张新颖：《现代困境中的语言经验》，载《上海文学》2002 年第 8 期。
⑤ 杨联芬：《晚清至五四：中国文学现代性的发生》，北京大学出版社 2003 年版，第 138 页。

关于人生的深度关怀

——"五四"小说的诗性形态和内涵

　　"五四"小说存在着明显的诗意色彩。从 1920 年周作人提出"抒情诗小说"的观点，到 1934 年沈从文的"自五四以来，以清淡朴讷的文字，原始的单纯，素描的美，支配了一时代一些人的文学趣味，直到现在还有不可动摇的势力"的论断①，都直指这一旨向。作为一种审美意义上的文学创作，一度被指认为缺乏"透彻的时代性"，其具有的积极人生意义在长期的文学评价体系中并没有得到正确的认识，往往被片面视为对现实的逃避而加以社会学的批判，难以得到"正宗文学观点平等对待的宽容与尊重"②。事实上，作为一个转折时代的产物，这一类创作的出现不仅没有背离介入现实的积极人生精神，反而以一种深刻的人生关怀精神呈现出现代文学"为人生"诉求的根本性内质，预示了一种文学诗性精神的形成。伴随着中国文学在现代的整体转型，外来文化与本土文化传统的碰撞与对接，由此释放出现代小说精神的生命与存在、现实和理想、传统和现代等多重意义，从而使"五四"小说真正彰显出文学现代性意义。

一

　　"诗性"是文学的本体论内容。雅克·马利坦曾指出："诗是一种精神

---

① 沈从文：《论冯文炳》，《沈从文批评文集》，珠海出版社 1998 年版，第 201 页。
② 陈思和：《中国新文学发展中的浪漫主义》，载《学术月刊》1987 年第 10 期。

的自由创造……它超越一切艺术又渗入一切艺术之中"，"是在一种基本的、最普遍的意义上被理解的"。①维柯认为，一切艺术都起源于诗，"在世界的童年时期，人们按本性就是些崇高的诗人"②。当我们仔细分析"诗性"的内涵和形态时，其中最核心的内容就是人，它的产生和存在，都以对人的关怀为旨归；人决定着文学的本质，也决定了诗性的本质意义。在文学人生的意义上，"诗性"其实就是人性深层对人生本源性和谐境界的共通性向往，是对现实人生的自觉提升和转化，使之趋向于人生理想化状态的人生智慧和审美旨向。作为人生的本源性精神，这不仅是寻求"产生美感的东西以及来自审美满足的印象"③，还是"对存在的探询与追问"。用当代著名哲学家E·贝克的话说，就是在人身上的那种要把世界诗化的动机，"是我们有限生命的最大渴求，我们的一生都在追求着使自己的那种茫然失措和无能为力的情感沉浸到一种真实可靠的力量的自我超越之源中去"。④在上述意义上审视"五四"小说创作，我们会发现其中存在着明显的"诗性"创作取向。

这一时期，一方面是具有诗性色彩小说的大量出现，对此，杨义曾指出："意境高明的一批小说的出现，为开端期现代短篇小说趋于成熟的一个标志"⑤。另一方面是作家、批评家们业已自觉地将诗意、情调等诗性尺度作为了文学追求的标准，"喜欢以'诗意'许人，似乎以此为小说的最高评价"，"作家、批评家越来越关注小说的'情调'和风格这一点已毋庸置疑"。⑥"五四"文学创作中出现的这一现象，客观上指明了五四作家在"为人生"

① ［法］雅克·马利坦：《艺术与诗中的创造性直觉》，刘有元等译，生活·读书·新知三联书店1991年版，第294页。

② ［意］维柯：《新科学》，朱光潜译，人民文学出版社1986年版，第98页。

③ ［法］让·贝西埃等：《诗学史》，史忠义译，百花文艺出版社2002年版，第533页。

④ 转引自刘小枫《诗化哲学》，山东文艺出版社1986年版，第32页。

⑤ 杨义：《中国现代小说史》，人民文学出版社1986年版，第150页。

⑥ 陈平原：《中国小说叙事模式的转变》，北京大学出版社2003年版，第122、231页。

的现代文学追求中，选取的是对人生"诗性"意义的呈现。显然，这一取向使他们"用'艺术的'文字来表现他们的思想与情感……都在'美'上注意"①，表现出形式的美感和内涵的诗意。审视他们对人生的表现方式，我们不难辨识出这一时期小说诗性精神具有的清晰意旨和多元形态：

一、诗性的乡土。对乡土的自觉是"五四"小说的一个重要特征，"影响了二十年代的创作空气"，这客观上使乡土成为诗性精神的重要内容和形态。和新文化普遍将乡土视为"一个令人窒息的、盲目僵死的社会象征"，"固定在一个阴暗悲惨的基调"②的表现方式不同的是，其间部分作家往往钟情于乡土、自然乃至田园、牧歌等富有审美意蕴的概念。其深层的文化与主体动机，就是一种对乡土负载的生命精神顺依认同和憧憬的诗性情怀。鲁迅的《故乡》由于交织着对于"美丽的故乡"的浓厚乡土情怀被称为"东方伟大的抒情诗"；许钦文的《父亲的花园》写得哀婉真切，具有浓厚的怀乡情绪等等；而废名保持着乡土的诗意想象，在《凌荡》、《竹林的故事》等中营造了一个个近于田园诗的静观世界，表现的"正是陶渊明一般的浩然胸次"③，再现了古典礼仪之邦的牧歌情调等等。

在人生意义上，乡土是不可或缺的内容，这是因为人生首先是从乡土开启和展开的。乡土象征了生命的源头、根基和家园，能够提供人生的亲近感和安全感，天然地具有诗性"美"的意旨和平衡人生的效能。从乡土中国的"安土重迁"、"叶落归根"、"天人合一"到西方卢梭的"回归自然"、海德格尔的"诗意的返乡"等等思想已不难看出乡土或土地早已被视为人生的根基。显然，乡土作为人生世界的一个象喻，不仅指向人生活的土地，还是生命的理想境界的象征，这是人类必须守护的栖居之地。在"诗

① 严加炎编：《二十世纪中国小说理论资料》第二卷，北京大学出版社 1997 年版，第 245 页。
② 转引自李扬：《50—70 年代中国文学经典再解读》，山东教育出版社 2003 年版，第 140 页。
③ 杨义：《中国现代小说史》，人民文学出版社 1986 年版，第 451 页。

性"的乡土中,乡土成为一个广阔而独立的空间,彰显出生命个体自由向美的诗性精神。作家们否定现实和人生的丑恶面,对情感进行过滤和净化,从和谐的一面去建立一种人生、生命的诗意境界。他们或追忆童年往事的灿烂多姿,缅怀故里的淳朴诗情,乡俗情趣,或沉醉于"情感的真与美",或审视、感叹现实的鄙陋,寻找着"爱,生趣,愉快"的理想世界等等;在现实人生和诗性精神存在的差异和冲突中疏离了现实,诗化乡土、自然,创造出带有意境化的画面。这不仅体现了对传统"田园"观念的继承,诗性的乡土一直是中国文化典型的"诗性"境界,是"农业文明所能理解的最高自由……成为一种最具现实意义的诗意栖居与自由活动的在世结构"①,而且,在更深的层面上,也沟通了人性的深层心理。

二、诗性的欲望。五四小说是在"人的发现"的意识觉醒中产生的,这使人的个性得到了充分的展露,人从传统的依附性关系中解脱出来,就成为自由独立的生命体。与此相一致的是,人身体性的本能欲望也就冲破了传统"天理／人欲格局"下的道德禁忌得以释放,并获得了合法性的肯定。周作人在提出"人的文学"时,就对"人"做出了"欲望化"的界定,认为人乃是"从动物进化的人类",人的"灵肉本是一物的两面,并非对抗的二元。兽性与神性,合起来便只是人性",在他看来,人的一切生活本能都是善的美的,应该得到满足②;陈独秀也认为人有"兽性","吾人之心,乃动物的感觉之继续。……强大之族,人性,兽性,同时发展。其他或仅保兽性,或独尊人性,而兽性全失,是皆堕落衰弱之民也"。③欲望改变了现代人生的图景,成为影响现代小说发展的深层动因之一,也决定了对欲望

---

① 刘士林:《中国诗性文化》,江苏文艺出版社 1999 年版,第 698 页。
② 周作人:《人的文学》,张明高、范桥编《周作人散文》,中国广播电视出版社 1992 年版,第122—123 页。
③ 陈独秀:《今日教育之方针》,《独秀文存》,安徽人民出版社 1987 年版,第 20 页。

的表现成为五四小说不可或缺的内容。比照于当时鸳鸯蝴蝶派和创造社如张资平等人欲望叙述的灰色情调,五四小说存在的对欲望的诗性处理倾向,彰显了欲望的诗意光辉。郁达夫小说具有明显的"欲望净化"现象,人物徘徊犹豫甚至不乏变态的欲望历程往往以欲望的提升、净化而告终;而周全平的《林中》则抒写了湖光树影的秀丽、天真男女的欢爱、月夜黄昏的朦胧、飘零人的感伤、欲情与美景交融等等。相当意义上,他们构成了现代小说诗性欲望叙述的开启,在后来的沈从文、汪曾祺等人的笔下有了进一步的生发。

作为人性的本质,欲望不仅包含着身体性的肉欲本能,还有着对欲望健康自然、力与美的澄明化状态的吁求,二者交织在一起才构成了人性复杂的有机体。也就是说,欲望是肉体与灵魂的统一,如果将它们割裂,就会破坏身体的完整性。在此意义上,欲望的诗性意义也就在于欲望既不是本能主义肉体崇拜,也不是灵魂幻灭的颓废,更不是对欲望的压抑和扭曲,而是对生命本能的适当关注。它既有着对人性的尊重,也存在着对人生意义的转化和提升。故此,就文学人生而言,欲望非理性的放纵和去欲望化的道德排斥都不是欲望的合理状态,意味着欲望的异化,背离了欲望的灵魂——人性自然、健康的生命状态,充当着诗性人生的对立面。欲望叙述需要文学主体的自为努力,将欲望导向诗性状态。

三、宗教式的人生关怀。五四时期,"各种宗教的传入……对新文学运动的帮助,是应该可以确定的"。宗教文化成为"新文化运动所依赖的独特思想资料之一"[①]。五四时期进入中国是经过了宗教世俗化运动之后的现代宗教,其基本精神是一种将神世俗化和人道化的人道主义,它一改过去轻视今生、看重来世的传统立场,关心人的现实人生,其特有的"二元式"

---

① 谭桂林:《百年文学与宗教》,湖南教育出版社 2002 年版,第 3—4 页。

特征使其笼罩下的此岸人生具有神性的诗意光辉。作为人生意识高度发展的产物，宗教是个体意识的强化而意识到"为了给自我找到克服广场恐惧的靠山"的产物①。旧论认为中国缺乏宗教，恰说明了中国传统文化不能回答这一问题。夏志清就曾指出，"中国文学传统里并没有一个正视人生的宗教观。中国人的宗教不是迷信，就是逃避，或者是王维式怡然自得的个人享受"。②五四文学的宗教情境激活了新文学意义的多种可能性，使作家笔下的文学精神表现出超验性的神秘、宗教意味的诗意世界。冰心、王统照、许地山、苏雪林等人将"爱与美"的宗教哲学引入创作，"为人生"体现为"在世的同情心"，写出了一批"被人认为神秘的朦胧的"的宗教式人生关怀作品。冰心的《最后的安息》中翠儿的死笼罩在基督教式的"爱"的灵光之中，许地山被称为"佛教小说"的《商人妇》、《缀网劳蛛》"处处含勇往奋斗的精神，于人生应该究竟怎样的问题，以正确完满的解答"等等③。他们的宗教性是倾向于自觉的，在探询诗性精神超验的意义向度上提供了丰富的历史性文学经验，其指向已不仅是个体生命的完善问题，在更深意义上，这已是人类共同的人生母题。

"五四"小说置身于中西文化交流的语境中，这使它们能在一个较为宽松的文化氛围中汲取不同的文化资源，从而建构出现代小说的诗性精神。如果我们不局限于社会学的价值评判，而以一种开放的视野看待它，其意义就在于以小说艺术的方式述说了对现实、人生的理解，关注人的存在状况，其深层的文化与主体动机，是对生命理想状态的"憧憬"，形式已不仅是形式，而成为探询、追问人生意义、价值的途径与工具。

---

① 刘士林：《中国诗性文化》，江苏文艺出版社 1999 年版，第 99 页。
② ［美］夏志清：《新文学的传统》，新星出版社 2005 年版，第 33 页。
③ 方兴：《〈商人妇〉与〈缀网劳蛛〉的批评》，载《小说月报》第 13 卷第 9 期，1922—9。

二

在一个以启蒙与救亡为主流的转型时期，"五四"小说表现出的诗性精神显然和时代形成了错位。事实上，作为小说向"诗性精神"转向过程的外显和效果，其中蕴含了小说艺术思想观念的变革。作家们借助于对人生和现实的诗性想象，将现实和诗性并举，注重情感抒发的多元性，彰显的是融合现实和理想的现代人生意义。如果说现代文学从开始就存在着将文学作为变革社会现实的精神器物倾向的话，那么这一倾向其实也存在于此类创作之中。而当我们将它们视为对现实的简单逃避，其实也就忽视了这一类创作所包含的"改造"现实的主动精神。其实，诗性的向美追求也是一种"审美的解放"，同样体现出对现实发言的主动精神，是一种代之以理想人生的现实人生关怀。

现实和理想是现代小说的两个基本维度，走向任一极端都会丧失文学的精神，要么成为政治、道德等的附庸，要么沦为一种虚妄的幻象，从而失却文学与人生的对接意义。"五四"小说给我们的启示是二者并存和共生的融合性，即对现实的否定和人生理想状态的艺术表达，这种"融合"使他们一方面得以与人们深层心理结构中的审美趋向发生沟通，一方面融进历史性的内容，获得某种自由的张力，从而共生出小说的诗性精神。相当意义上，这构成了一种"调和"的创作立场。而这一立场的建构，使他们有可能对传统诗性精神既实行了创造性的转化，又兼容了社会性的群体关怀。

首先，诗性精神偏离了传统文人间的消闲行为和隐逸的避世情怀，具有明显的现实干预功能，打破了传统诗性精神的自足、保守和封闭。作为现代意义上的知识分子，在启蒙心态的支配下，他们"为人生"的智性写作目的性无疑根本区别于传统文人，他们再也不可能自足于所谓的"田园诗"境界了。而且随着"五四""人的意识"的发现和强化，文学精神必然会融进对价值关系、社会、人生现实的人文诉求。如果说时代的主流仍在要求文学的批判与战斗功能，他们则通过这一转化依靠艺术的美来制衡现实，在人生关怀的多样性中表现个体对社会化沦落的否定与超越。这一人生的意义又正是"在污秽现实中虚构一个理想净土的真诚感情与求索精神"，是"对现实的不妥协"。①换言之，他们对于现实其实只是换了一个方位而已，现实仍是观照的对象和参照。而以往我们侧重于社会学层面的评判，恰是因为忽视了这一点。事实上，将"五四"小说诗性精神与"逃避现实"相等同更多出于一种误解，是从作家的人生实际出发而对应性地单一理解其创作的产物，其结论带有较强的功利性、实用性等非文学意义。

其次，诗性精神的多元化、复杂化。传统诗性精神的虚静、谐和已然发生了裂变。这在一定程度上根源于晚清以来的社会变动带来的民族心理的挫败性创伤，用陈子展的话说，"它所给与中国民族的刺激，教训，苦恼，悲愤，愿望，要求……该是何等的深厚，沉痛，丰富，热烈啊！"②出于"创伤性的记忆"，"五四"小说的诗性转变伴随了明显的焦虑、矛盾、彷徨等"边缘情绪"，这些情绪往往和作品中的诗意情调构成共存关系。传统诗性文化的乐感精神已在痛苦的智慧中被转化。废名等人虽寄情于山水田园，仍念念不忘"对中国传统文化的传承续绝之义"和"现代文明的开拓之举"等等③；《故乡》的"萧索的"的荒原气息；《沉沦》"生的意志与现实的苦闷之冲突"，等等。可以说，他们是以个体的巨大痛苦为基础来提升生命进入诗境的。一定意义上，诗性精神可以看做是对创伤经验的深刻回应，痛苦的智慧也有着本体论意义。当然，这在使"五四"小说的诗性精神在表达美的憧憬同时，也可能被现实、社会问题等功利性主题所混淆或借用，

---

① 陈思和：《中国新文学发展中的浪漫主义》，载《学术月刊》1987 年第 10 期。
② 陈子展：《最近三十年中国文学史》，上海古籍出版社 2000 年版，第 125 页。
③ 陈星：《白马湖作家群》，浙江文艺出版社 1998 年版，第 156 页。

传达某种现实的声音或成为现实的"想象"体。这就是为什么"五四"小说的诗性精神往往又会和问题小说、社会小说、"为人生"派等具有明显功利意味的概念相联系的原因。其实从晚清小说《老残游记》中桃源般的"桃花山"是一种大同社会的"国家想象"到"问题小说"中为人生问题开一些诸如"爱与美"的药方等等,都带有现实、社会内容对传统诗性内容和思想的互相求证和想象倾向。这都在一定程度上削弱了诗性精神的纯粹性,使其变得"众声喧哗了"而贴近了当时的历史环境。

再次,诗性精神的二元取向避免了现实和理想的割裂和决然对立,共生出现代意义上的文学人生精神。在这方面,"五四"小说表现出的"调和"提供了二者之间的分寸感。当然,绝对的分寸是不存在的,只是在相对的意义上,二者的冲突和共生并没有导致文本诗性的失落。《春雨之夜》、《银灰色的死》置身现实但弃绝庸俗,接受欲望而远离本能主义,在世而不沉沦等等;《桃园》、《浣衣母》、《故乡》等中乡土田园在现实侵袭下的维持和损毁。这反映了一种深层的主体意识变革,形成了抒情主体内涵的丰富性、复杂性。这一"主体"已然突破了传统的"主体"的淡化或消融的单一性结构,而变为多样性的聚合,革命主体,启蒙主体,诗性主体,世俗主体等等,它们在此都有可能构成一种并存的结构关系。这使创作结合了人生的"在世结构",对情感进行过滤和净化,力求建立一种生命的不朽与永恒形式;不仅存在着防止生命实体化,排斥本能主义的"灵与肉"冲突等等,而且防止了人生的幻灭和虚无化,维系了文学精神的内在统一性。

"五四"小说诗性精神在现实和理想之间的二维取向无疑是一种自为的价值选择,建构了"五四"小说诗性精神的双重品格,其间渗透了现代知识分子对社会、人生、生命的清醒认识。这种在现代"启蒙和救亡"立场下的理性自觉立场,预示了文学从晚清以来的注重社会性、政治性、民族性向注重审美性的分流与转变，引导、拓展了现代小说"为人生"的基本理念和功能。在转化、融合传统和现代、现实和理想的同时，也就标识了诗性精神作为现代小说的基本品格的形成。

三

作为一个过渡时代的产物，"五四"小说诗性精神的出现是伴随着中国文学在近现代的转型而发生的。关于"五四"小说的转型，学术界普遍注重"西洋小说的输入"以及"中国文学结构的调整"等因素的作用。这固然从挑战和应战的互动模式中说明了"五四"小说转变的主要原因。可作为"五四"的基本文化语境，类似观点提供的主要是这一时期中西文化交汇语境下现代文学发生发展的基本阐释背景，而并不能具体说明"五四"小说诗性精神的成因，尤其缺乏文学人生意义上的关注和分析。

应该说，"五四"小说的诗性精神首先是"人的文学"观念的衍生。因为文学本质上都是为人生的，而人生又是多样的。周作人关于"人的文学"观念似乎就已预示了这一点，"用这人道主义为本，对于人生诸问题，加以记录研究的文字，便谓之人的文学。其中又可以分作两项，（一）是正面的，写这理想生活，或人间上达的可能性。（二）是侧面的，写人的平常生活，或非人的生活……"①。周作人的观点反映了五四时期对"文学表现人生"的两种倾向对立的基本理解，前者"人间上达的可能性"可以看做是文学反映人生诗性精神的一面，属于人生的人道主义、理想化诉求，后者则倾向于对人生做现实化、功利化的诉求。基于对人生的共同理解，前者在部分作家那里得到了不断强化，周作人不断声言"乃是一种个人主义的人间本位主义"，"要讲人道，爱人类……占得人的位置"②，叶绍钧认为，"人

---

① 转引自李扬《50—70 年代中国文学经典再解读》，山东教育出版社 2003 年版，第 60 页。
② 严加炎编：《二十世纪中国小说理论资料》第二卷，北京大学出版社 1997 年版，第 60 页。

生本是充满着生趣和愉快的，但却给附生物纠缠住了，以致成了枯燥的社会"①，郁达夫则更具体，"小说的目的，在表现人生的真理，表现的材料，是一种想象的事实，而表现的形式，又非美不可的"。②及至后世沈从文"读者从作品中接触了另外一种人生，从这人生景象中有所启示，对'人生'或'生命'能作更深一层的理解"等等主张③，都可以看做是对小说"人间上达的可能性"意义的肯定和具体化阐释。这可以说在理论上确立了现代文学的诗性精神，为"五四"作家的创作转向提供了一个备选方案。在此意义上，"为人生"文学观念存在的差异和缝隙诱发了"五四"小说诗性精神的产生。而随着现代文学历史的展开，作家们对此的艺术实践则不仅验证了文学诗性精神跨历史、时代鸿沟的活力，也折射了时代为之提供了适宜的历史导向，昭示出存在的合理性和合法性。

同时，"五四"转型期的纷繁变化造成的社会文化现实的巨大反差，在客观上也决定了"五四"小说的诗性精神必须"有效地与产生它的一定社会形态相联系，这种体系必须适应于一种文化自身的形式和环境条件，做不到这一点，就会毫无存在价值"④。这一方面是因为中国传统诗性精神是农业文明的产物，提供的是小国寡民式"人生学问"，而"五四"的转变则是在社会体制、文化秩序、社会心理等深层而广阔的变革，业已偏离了传统、进入现代的轨道，传统的农业人生智慧已不能为"五四"小说"为人生"的现代诉求提供完全的思想资源。现实在迫使着改变。另一方面，多年来对西洋的接受也已使"中学为体，西学为用"等融合性思维成为时代的基本思路。凡此使得"五四"作家能够较为从容地汲取"他者化"的理论资

---

① 转引自谢绍新《中国现代小说理论史》，安徽大学出版社 2003 年版，第 29 页。

② 郁达夫：《小说论》，载《创造周刊》第 1 卷第 2 期，1924 年 4 月 16 日。

③ 钱理群编：《二十世纪中国小说理论资料》第四卷，北京大学出版社 1997 年版，第 102 页。

④ ［乌拉圭］安赫尔·拉马：《拉美小说作家的十个问题》，《当代拉丁美洲文学评论》，漓江出版社 1998 年版。

源，对传统进行创造性转化，使其适合"五四"一代作家对人生问题的理解和应对。正如上文所述，这种转变带来了传统的分化和裂变，必然建构出诗性精神的现实和理想的双重结构和意义。废名的"牧笛"吹出了他对故乡、人情以及古老纯朴的民间风习和文化的热爱，变相的"是与堕落了的半殖民地都市文化相对立的"抗争和不妥协①；创造社的部分作家带着"觉醒"后的个性意识的自觉与扩张，以个人对抗社会，抒情具有较强的主观性、个人性；而由于"五四"作家多受到西方宗教文化精神的影响，对宗教之于人生的诗性意义的清醒认识又使他们对宗教的博爱、神性等诗性因素有着接受和认同，又赋予一些作品以"深渊与救赎"的意义等等。文学是"人生的反映"，勃兰兑斯说，"在现代，我们晓得文学所以能活着，是在其提供问题之点的"。②透过"五四"小说这一作家心灵的镜像世界，看到的正是思考着时代、人生、生存等等问题的现代求索者身影。

诗性精神是一种人生的智慧，通过削弱、消解现实、社会、情感等问题带来的纷扰和冲突，达到人生的谐和，旧语"诗是禅家切玉刀"就是这一意思。"五四"小说从传统中继承了这一"生命的学问"，并杂糅进历史赋予的新内容，使之转化、上升为一时代的美学追求，正是因为"五四"时期破而未立，人生的诸多问题已非传统文化所能解决，故此诗性精神适时填补了不成功的"转型"所带来的人生、艺术、文化观念的断层，成为转型期的文学选择。这些作品的出现时间也可间接说明这一问题，它们基本上出现在1920年代初期，其时"五四"已然开始落潮，经历了"一个政治激情压倒一切的时代"，激情冷却后带来了普遍的幻灭和无措，因为"旧的东西似乎倒下去了，而新的并没有站起来"，造成的普遍空虚和失落必然需

---

① 陈思和：《中国新文学发展中的浪漫主义》，载《学术月刊》1987年第10期。

② ［丹］勃兰兑斯：《十九世纪文学主潮·序》，韩侍桁译，人民文学出版社1958年版，第6页。

要引导和填补。废名愿意读者从他的作品中理出"哀愁"①，郁达夫"因为对现实不满，才想逃回到大自然的怀中，在大自然的广漠中徘徊着，又只想飞翔开去"等等②。

这种实践客观上带来了转变后的文化印象：政治上，他们已逐渐离开主流文学阵营，甚至处于与之对立的位置；文学上不满于主流文学工具性的"载道"取舍标准，坚守自己的艺术追求，回归乡土、回归自我、回归生活的"生命"审美价值取向；价值立场上，则代言了一种人的文学话语，卫护了文学的本源性品格，为文学观照人生、社会、历史提供了超越性的视阈，与强调"为人民"、"为革命"等功利目标的主流文学之间形成了鲜明的思想分野。可以说，"五四"小说表现出的诗性精神活力已不仅是一个时代的现象，也可以说是现代文学发展的一条绵延的源流，这业已为文学史实践所证实。

---

① 废名：《竹林的故事》，广西师大出版社 2003 年版，第 5 页。

② 郁达夫：《忏余独白——〈忏余集〉代序》，载《北斗》第 1 卷第 4 期，1931 年 12 月 20 日。

乡土人生的现代性想象

——现代乡土小说的"田园"形态及其审美特征

以田园精神来指称现代乡土小说的诗性主题，是目前研究界的一种普遍做法。的确，从田园的角度不仅可以解释相关作家文本中所普遍存在的传统文化色彩，也可以通过其诗化内涵来说明乡土小说的审美特征。然而在既有成果中，却普遍存在着一种将田园精神加以传统化和简单化的倾向，主要表现为对这一问题有着过多传统性和共性层面的考量，而对其间的现代性和特殊性关注不够。不知从何时起，田园色彩就成为一种反现代性的传统主题，而且属于"远离尘嚣的田园牧歌"。于是，具有田园色彩的乡土小说就被普遍简化为"这个路子"，"废名有意地在这一路径上进行开辟、营造、前行，在废名之后，沈从文、萧红、师陀、孙犁、汪曾祺等也走这个路子，于是这一路小说好看煞人，其共同的特点是他们的小说不同程度地诗化和散文化，而不论其哲学背景和政治倾向的异同。这一路风景实好，废名先行"①。受此影响的相关研究，盘桓于田园的传统伦理，不仅湮没、混同着不同作家田园表现的具体性和复杂性，而且常常由于传统文化色彩的"覆盖"而被指认为缺乏"透彻的时代性"，自身所蕴含的现代性内涵难以得到客观评价。诚然，现代乡土小说中的田园抒写有着明显的传统意义所指，但旧有思想需要在已变化的语境中进行重新的阐释和发展洞见，才

① 冯健男：《梦中彩笔创新奇》，艾以等编《废名小说》，安徽文艺出版 1997 年版，第 21 页。

能够拥有并证明其活力，故此，惟有明确现代意识具体而深刻地介入与重构，方有可能呈现其真实的历史形态，凸显有别于传统的艺术特征。

一、乡土田园的人生重构

对于"田园"这样一个传统性的审美范畴，文学史上的描述虽比较清楚，但往往很少涉及现代性的转化，缺乏体现现代文学历史性特征的意义描述。比如有不在少数的学者就偏重于田园桃源式的和谐、自然等古典诗意特征，认为现代小说的田园抒写属于一种传统文化价值立场上的反现代性叙事。而相关的理论著述也往往以传统田园诗为参照，意义的概括一般脱不出下述内容：① 乡土家园的伦理和谐与自然诗意；② 诗人的心灵顺依自然，主客体合而为一，主体性消融；③ 生存空间相对封闭而自足，缺乏现实、社会等外在侵袭和纷扰。意义构成有着显然可见的传统天人合一思想和庄禅避世哲学的文化基础。田园的传统文化内涵固然可以被视为现代小说田园抒写的基本精神资源，但并不意味就此可以局限于传统层面而忽视现代语境中的意义重构。就传统文化在现代转型期的历史过渡性而言，"人的文学"观念已经从根本上改变了传统文学的精神指向。正如有的学者曾指出，人的文学"是20世纪中国文学思考的主要对象与建构自身理论体系的内在尺度"，"人的观念发生了根本的变化，且也表现为一系列理论范畴或需要调整，或需要新创，原非旧有概念所能胜任"。[①]精神伦理上的判然有别意味着传统文学的田园精神将向现代文学思想纵深的转变，决定了关于现代乡土小说田园形态的认识理解必然介入到现代"人的文学"这一整体性背景之中。传统虽然意味着"连续不断"，但同时也意味着"推陈出新"，而现代文学对于传统文学精神的重构也已是学术界的共识。

① 刘锋杰：《"人的文学"的发生研究刍议》，载《文艺理论研究》1999年第2期。

在此意义上，传统的田园形态实际上属于一种消融了主体性的"物"的诗意，不仅陷入人生意识的懵懂和弱化，艺术空间的相对封闭和内敛，而且有着消极隐逸的色彩，明显缺乏"为人生"的现代价值立场。用夏志清的话说，这"对人生问题倒没有做了多少深入的探索"，"主要也是自得其乐式个人享受，看不出伟大的胸襟和抱负来"。①显然，面临"五四"前后社会文化的整体转型，这种缺乏现代色彩的文学形态已不可能适应新文学的需要，注定将随着时代的变换而消失。可以说，在晚清时期的文学作品中，已基本上看不到传统色彩的田园表现了。和田园形态密切相关的乡土风情和山水风物的描写让位于"科学理论的选讲"和"怪现状的刻画"，在叙事结构方面实现了对传统的突破②。这一情况直到"五四"前后才有所改观，其时文坛上出现了一股"清新朴讷的文字，原始的单纯，素朴的美"，以至于"支配了一时代一些人的文学趣味"③。一定程度上，这就可以视为田园精神在现代文学语境中的复苏。由于鲁迅、废名等作家的影响和参与，出现了《社戏》、《竹林的故事》、《桃园》等一大批近乎田园诗的作品，文本意境化，弥散着乡土民间古朴的伦理亲和力，以至被世人誉为"田园小说"。然而作为现代作家关于乡土的诗意想象，这些田园色彩背后所蕴含的文化内涵显然已不是传统文化精神所能涵盖了。从整体言，此一情况约略表现为三：① 田园抒写是现代作家对乡土的自觉诗化，偏离了传统文人的消闲行为和隐逸的消极避世情怀，负载着介入现实的积极主体性意识；② 田园成为一种开放式的人生空间，打破了传统田园空间的自足、封闭和保守，兼容着诗意和荒凉、理想和现实、传统和现代等多重意义，存在着传统的乐感精

① ［美］夏志清：《新文学的传统》，新星出版社 2005 年版，第 33 页。
② 陈平原：《中国小说叙事模式的转变》，北京大学出版社 2003 年版，第 100—118 页。
③ 沈从文：《论冯文炳》，《沈从文批评文集》，珠海出版社 1998 年版，第 201 页。

神与田园损毁的情感焦虑、感伤、忧郁、苦难等情感共存的复杂性和丰富性；③田园抒写传达了以现代人生意识为思想基础的文学想象和价值诉求。田园意义结构的上述转变，改变了传统田园世界既有的文学主体性、意义结构、价值理性等方面的内容，成为一种现代性的文学空间。凡此说明，现代文学"人的觉醒"改变了传统文学的价值取向，赋予现代乡土小说家开阔的"人的文学"视野，貌似古典的田园抒写由此成为现代人生意识的文学赋形。而传统田园思想一旦获取了文学精神的人生自觉性和重要性，必然在传统和现代精神资源的汲取和转化中建构出自身的文学历史形态。

二、田园抒写的多元互生形态

从文学形态学的角度看，现代乡土小说的田园抒写有着不同层面的内容侧重，文本空间由此兼容的多元意义使其客观上呈现出多元化形态，相应也就可以区分为传统型、苦难型、革命型、沉思型等不同层面。作为一种现代历史语境的产物，它们既是现代作家在传统、现实乃至形上思想观念等精神资源之间取舍并有所偏重的结果，也是他们对于乡土抒写复杂心态的表现，更是现代作家应和时代变革的精神嬗变过程的折射，其间的精神认同和归属影响到了田园形态的内在变化，释放出现代乡土生活的丰富内涵。

其一，传统型田园。文本的意义结构往往是多维的，是"矛盾事物的同时并存"，不同意义的冲突、融合造就了田园的多样形态。其中传统和现代等意义的冲突一直是写作中的重要内容，而意欲将田园的传统文化内涵和现代文学的人生观念加以调和并以文本形式传达出来，或许就是现代田园抒写的初始诉求了。高力克曾指出，中国文化传统在近代—五四时期经西学的侵蚀而陷于解体，但"其道德理想，人生理想和人文宗教，仍如'游魂'（余英时）附丽在知识分子的思想深处"。①显然，这种根植于文化冲突的言说诉求存在着传统和现代的对峙乃至分裂的危险。这是因为具体作家对于传统和现代观念的认同程度往往存在很大差异，由此很可能造成价值取向的波动和游移，影响到田园形态的审美效果。在此方面废名显然是一个范例，传统和现代遇合的矛盾和优长在他身上有着典范性的表现。一方面，作为一个有着传统文化情结的作家，声称自己写小说"很像古代陶潜、李商隐写诗"②，对于传统田园精神有着明显的认同；一方面，作家又意图以文学"普度众生"，为民族和知识分子"寻找出路"。然而由于没有赋予现代人生观念以超越于传统的价值优势，故此作家一直难以调和传统个人"兴味"和现代知识分子普世情怀之间的固有矛盾，直接影响到人生观中颓废厌世的悲观主义色彩。《桥》、《浣衣母》、《莫须有先生传》等作品一直交织着传统的"隐逸"无奈和现代人生的幻灭，而且愈到后来，这种不乏虚无、悲观的消极情绪愈加明显，直至1947年后作家公开以"厌世诗人"自居，以一种极端的态度宣示了这种调和的两难。作为传统和现代文化冲突过程中作家复杂心态的体现，废名小说无疑展现了传统田园遗留在现代乡土世界的最后几缕诗意以及这一诗意挣扎于现代乡土生活的精神的坚忍和困顿，而意义的分裂又导致了这一世界沦为一种审美的"偏至"，为田园抒写提供了一种纠结于新旧文化冲突的文学历史经验。这多少也意味着，如果不以现代意识作为创作的价值基础，就有可能背离现代文学的时代、社会价值要求，而废名在文学史上屡遭诟病，原因或在于此。由此也就不难理解废名的"寂寞"只在周作人、丰子恺等散文作家那里形成了遥远的呼应，而在现代小说历史进程中却应者寥寥。

---

① 高力克：《五四的思想世界》，学林出版社 2003 年版，第 83 页。
② 《冯文炳选集》，人民文学出版社 1985 年版，第 394 页。

其二，苦难型田园。较之田园抒写在传统意义上的关切，乡土的理想诗意和现实颓败的冲突似乎来得更加普遍而深入。孟悦曾指出，现代文学对于乡土的描绘存在着一个"阴暗悲惨的基调"，"乡土成了一个令人窒息的、盲目僵死的社会象征"①。在此背景上，田园抒写往往浸染着浓重的苦难因素。苦难的介入不仅破坏了田园的乐感情怀，使得田园融入了现代人生的痛楚体验，由此也就意味着田园的现代转化将伴随着痛苦展开，背负现实的沉重负担和"创伤记忆"，存在着乡土诗意和现实苦难显然对立的二元叙述结构。这一表现可以溯至鲁迅的《社戏》、《故乡》等作品，鲁迅在注目童年、故乡诗情画意的同时，也正视其破败、萧条。此类作品中，田园向废墟、荒野的大幅沦落表现出明显的荒原意味，有的论者称之为"残酷的诗意"②，不乏合理之处。而师陀、萧红等人的作品也不乏这一倾向。《果园城记》、《百顺街》、《荒野》等作品在乡土诗意风情的描写总是不忘穿插大量的废墟、荒原等意象，"诗意"和"现实"形成了明显对立。萧红的《呼兰河传》等作品对于童年乡土生活的美好回忆也总是伴随着诸如有二伯、"小团圆媳妇"等人物的凄凉以及乡土众生的苦痛和生存的艰难。而沈从文笔下一度被指认的湘地风情与"牧歌"诗意，同样也萦绕着诗意和现实的冲突焦虑和感伤，伴随着"人性神庙"营造的挫败感。从《边城》到《长河》、《湘行散记》等一系列作品中的忧郁伤怀一以贯之且愈加明显。在此意义上，沈从文的田园色彩其实也有着类似的叙述结构，只不过更加潜隐罢了。刘西渭说过，沈从文"对于美的感觉叫他不忍心分析，因为他怕揭露人性的丑恶"③。或许，"田园"的曼妙诗意总是可望而不可即的理想"楼阁"，作家对此虽然有着

---

① 孟悦：《〈白毛女〉演变的启示》，转自李扬《50—70年代中国文学经典再解读》，山东教育出版社 2003 年版，第 139 页。

② 梁鸿：《论废名作品的诗性思维》，载《中州学刊》2002 年第 4 期。

③ 刘西渭：《〈边城〉与〈八骏图〉》，吴福辉编《二十世纪中国小说理论资料》第三卷，北京大学出版社 1997 年版，第 395 页。

近乎偏执的追求,但却难以摆脱坠入诗化温情和家园失落的痛苦之中。显然,苦难的介入拓展了田园的意义空间和情感维度,在普遍层面上,这将有助于融入时代话语,标识田园叙述的自身社会价值和历史特征。

其三,革命型田园。讨论田园抒写的现代性表达,革命也是一个难以忽视的背景。由于革命话语的影响,部分作家作品中的田园世界往往体现出与革命话语共存的文学风貌,田园意义由此陷入革命的政治"规训"和人性诗意诉求的冲突之中。这虽有利于进一步扩展田园的话语空间,但也孕育着一种背离田园精神的深刻危机。综观现代文学,以此为背景进行田园抒写的作家并不多,也不为主流文学所认同。其间主要的代表恐怕要算孙犁了,然而作家却一直被诟病为"革命文学的多余人",个中甘苦不能不说明这一类田园抒写的尴尬。就孙犁等人而言,这主要体现为一种想象、挖掘日常革命生活场景诗意和美感的乐观主义情怀,进而淡化现代革命战争的残酷。比如《荷花淀》将"月下编席"和"夫妻话别"作为文本诗意的重点,而"湖上歼敌"只是寥寥几语的概述,完全看不出战争场面的惨烈;《嘱咐》中民众对于战争的印象是"拿着大枪骑着大马"。简单而粗糙的想象,反映了乡土生活朴素的告慰。作家曾自述:"文艺这个东西,应该是为人生的,应该使生活美好、进步、幸福的","我经历了美好的极致,那就是抗日战争。我看到农民,他们的爱国热情,参战的英勇,深深地感动了我。我的文学创作,就是从这个时候开始的。我的作品,表现了这种善良的东西和美好的东西"。① 显然,对革命主题的有所取舍策略化地规避了革命的意识形态内容,体现了一种革命背景下质朴自然的田园活力。然而作家殊难兼顾二者而不致损害艺术创作的艺术自足性,田园的诗意情怀与革命的意识形态品性之间的本然冲突,必然影响到作品的艺术价值甚至文学史地

---

① 孙犁:《文学和生活的路》,《孙犁全集》第五卷,人民文学出版社 2004 年版,第 232 页。

位而罕有同道者。

其四，沉思型田园。围绕现实乡土小说的田园表现，还存在着指向人生形上意义的价值追思倾向。由于这些附着于乡土空间的意义诉求最终涉及人生的"存在"之义，也就不妨称之为一种具有存在主义色彩的"田园沉思"，主要指面对乡土人生的"沉沦"状态和悲剧性，以一种人生思考和表现的深度，探询着现实生存的形上之境。在此方面，笔者认为主要有冯至和汪曾祺。他们的存在主义色彩已是共识。但冯至又和汪曾祺不同，一般并不被认为是乡土作家，故此将之置入田园形态进行分析主要基于其作品有着明显的自然风物描写，一般而言，过多的自然风物描写很容易造成文本的田园色彩。就冯至惟一的中篇小说《伍子胥》而言，名为"复仇"实为"含有现代色彩的'奥德赛'"的人生价值"探求"过程[1]，正是在大量的自然、乡土的风物描写中得以展开的，而随着从主人公在"边地"、"林泽"、"韶关"、"延陵"等环节的存在"决断"，表现的正是作家对于人生的终极关怀和精神探询的"存在之思"。而汪曾祺则"带着对生活全部感悟，对生活的一角隅、一片段反复审视，从而发现更深邃、更广阔的意义"[2]。《复仇》、《鸡鸭名家》、《职业》等作品对于乡土生活的思索一直关注着人生的本质，超越着"生活中的悲剧性"，"体验由泥淖至清云之间的挣扎"和人生获救，审美旨趣几乎与存在哲学的"获救"理念如出一辙。对于人生问题做存在式思考，无疑沟通了人生的终极意义，以一种诗意的方式标识了乡土生活的精神限度。

综上所述，基于现代乡土生活的田园抒写，传达了丰富的现代性人生内涵。它们既不乏传统文人气度和现代人生诉求的文化、心理冲突，亦有现

---

[1] 冯至：《伍子胥·后记》，《冯至全集》第八卷，河北教育出版社1999年版，第426页。

[2] 汪曾祺：《认识到的和没有认识的自己》，《汪曾祺全集》第四卷，北京师范大学出版社1998年版，第298页。

代作家直面现实的冷峻深刻和人生形上意义提升的精神高蹈，更有革命话语边缘的诗意捕捉，弥散着现实生存的诗性向往和渴望，这些有着明显个体差异的文学实践呈现了传统、政治、理想、人生哲学等现代文学主题纠缠迎拒的互动关系，共同构成了风格卓具的现代田园景观。

三、田园抒写的现代性审视

审视乡土小说田园抒写的现代性意义，最终是为了寻找这一文学现象进入现代文学的楔入点，"从中挖掘新的文学经验和存在的经验"，以切实呈现田园抒写在现代文学史构建中的历史性地位和作用。为此，也就有必要在现代文学的整体性视野中探讨这一问题，围绕其与主流文学话语的矛盾与抵牾、对抗与对话，反映其文学精神的开阔性和丰富性。

这个问题固然复杂，但从艺术本性上考察，无疑与田园抒写独特的抒情性特点相关。这是由于其"独特的感受世界的方式"和所传达的人生体验所决定的。而这不仅指田园抒写的叙述方式，更涉及其自身所具有的文化内涵。作为文学的基本特征，抒情性在中国传统文学中是作为一种诗歌表达方式存在的，主要体现传统文人闲适自娱的情感抒发。传统诗歌文体上的局限和情感蕴含的非人生化，使得这一世界具有明显的狭隘自我特征。然而现代文学的抒情性已经摆脱了传统的套式，深入到现代文学体式和意义世界之中。首先，抒情性跨越了诗歌文体的界限，被赋予"跨文体性"的广阔形式空间和表意修辞手段。其次，抒情性进入小说文体空间改变了小说再现世界的表达方式，有助于冲破现实性、社会性内容的具体性和有限性限制而深入情感世界的无限性、抽象性境界。而更重要的表现在于这一转化改变了现代小说注重社会效益的实用主义文学机制，为审美主义文学的推行创造了条件。在此背景下，田园成为现代抒情性的一种重要表征，具有选择的优先性。个中原因不仅在于现代社会语境激活了现代作家的抒情需要，也因为作为一种农业文明的诗性智慧，悠久的田园传统是"农业文明所能理解的最高自由"和"一种最具现实意义的诗意栖居与自由活动的在世结构"①，仍是滞留于前现代状态的现代乡土社会面对的主要精神空间；而西方文化的激发和催生又为此提供了丰富的现代思想资源。揭示了这一点，从某种意义上讲，也就说明"田园"乡土地域特征中的情感抒发指向一种"精神的自由创造"，是对现代人生诗意栖居的怀想和生存可能性的探索。文学"变成了一种呈现'可能'或'可能发生'的纷繁复杂的多种事物的百花园。因为文学作为虚构与想象的产物，它超越了世间悠悠万事的困扰，摆脱了束缚人类种种天性的种种机构的框范"②，彰显了文学存在的本体意义。而它在生命个体价值的表现、人的生活和情感复杂性的尊重、人生矛盾情境的表现等方面兼容的丰富人生意义，对现代社会和人生的历史承担和面向理想的精神创造，所蕴涵的人文精神和审美内涵无疑是现代文学现代性内涵的最重要部分。

应当承认，田园抒写表现了审美现代性和社会现代性意义的明显共生关系。"作家所面临的价值选择并非是往常的非 A 即 B 的简单选项，在'哀其不幸，怒其不争'的愤懑中，须考虑另一种文明所隐含的历史进步作用；而他们在选择书写田园牧歌时，也不得不顾及静态之美的农耕文明意识形态的无情批判"。③这种文学上的乌托邦主义一直以现实、社会甚至是个人生存"沉沦"的灰暗面目衬托超越性诗意的出场，意欲以自身的方式表达对现实的发言，审美精神内在的社会性与个体性、功利性和超越性的缠结，

① 刘士林：《中国诗性文化》，江苏人民出版社 1999 年版，第 698 页。
② ［德］沃尔夫冈·伊瑟尔：《虚构与想象——文学人类学疆界》，陈定家等译，吉林人民出版社 2003 年版，第 12 页。
③ 丁帆：《中国乡土小说生存的特殊背景与价值的失范》，载《文艺研究》2005 年第 8 期。

一定程度上就使得审美现代性成为一种"全面"的现代性。现代文学一直有着"综合"审美和社会现代性的传统。"在西方历时性意义上呈现的两种完全不同和对立的现代性，到了我们这里却被抹平和整合在一起。恰恰这种抹平和整合，使中国现代性显得如此矛盾和复杂……但正好反映了中国现代性的综合性和理想性特征。"①如果说社会现代性有着社会效益的务实性侧重，那么审美现代性人文和审美性的"价值判断"对于文学的社会化和功利化就具有"调适"和"纠偏"的作用。田园抒写的多元性结构特征，正是这种现代性融合在现代乡土小说中的折光投影。而审美从自身的情感阈限中相对的抽身出来，被作为一个有机体加以表现，应该说就是审美在现代"人的文学"话语体系中确立的自身存在逻辑，并进而成为标榜现代文学精神的基本条件之一。"审美领域，与其他相关知识领域，审美问题与人生问题的纠结，以致审美作为一种个性解放与时代精神的表征"，被"凸显出来"。②在此意义上，审美现代性的这一姿态无疑是现代文学弥足珍贵的品格。这看似不可思议，实则符合逻辑。它反映了后发现代性国家对于现代性的热切诉求和文学境地的特殊性，从一个侧面说明了现代文学自身建构和国家民族建构话语之间的共生互动关系。当然，作如此的界说并不意味着忽视其间的矛盾和冲突，这种活动还存在着相互否定的制约关系，而否定的程度往往就决定了文学价值走向上的变化与否。事实上，从中国现当代文学史的实际来看，这种制约关系却往往以一种负面的效果呈现出来，故此，对于这种"综合"现代性的文学倾向还应有一种批评上的辩证。社会现代性对于"田园"审美现代性的艺术自足也有着明显的侵蚀和制约，使得这一类文学在政治话语的规训中不断被边缘化，最终影响到现代文学

---

① 吴秀明：《论十七年文学德矛盾性特征——兼谈整体研究的几点思考》，载《文艺研究》2008年第8期。

② 张辉：《审美现代性批判》，北京大学出版社1999年版，第86页。

的历史成就；而在另一方面，田园抒写一度被指认为缺乏"透彻的时代性"，不乏偏见的指责多少意味着这一类写作具有脱离时代的虚幻色彩。

田园抒写的"现代性"反映了现代社会所具有的意识形态、精神价值的取向与特征在现代乡土小说中的投射和表现。一定程度上满足了现代社会对于文学的现代性想象，释放了"文学的焦虑"，也在某种意义上调和了文学现代化的时代诉求和旧有文学形态之间的矛盾，极大提升了现代小说的艺术水平。笔者并不欲夸大它们在这一方面的收获，而只是想说明作为一个传统性的审美范畴，现代性的想象和价值诉求已成为田园抒写的内在逻辑线索，"用现代人的语言来表现现代人的思想"，已不可避免地突破了传统阈限而成为一种现代性的文学现象和审美范畴。

现代小说的欲望诗化叙述

对于现代小说而言，欲望叙述是一个基本主题。然而由于社会历史观念在文学传统中的主导地位，却一直处于偏见之中而"声誉"不佳。欲望往往被视为人性"恶"的本能，或是道德禁忌中的"文化禁区"，或是现代生活中的一种"娱乐性调料"和"低级趣味"，一直难以摆脱时代的嘲弄和打压，作为人性结构合理动力的生命价值难以得到充分的审美观照。在此背景上，审视处于文化冲突之中的欲望叙述问题，辨识人性结构中的本能冲动和伦理吁求等因素，进而确立欲望的诗化品格，不仅有利于彰显人性的欲望尺度，突出文学世界的人性本真和完整性，也有利于呈现社会文化伦理在人性结构中的合理性问题，由此，欲望叙述的诗化表达也就成为一种标示欲望本体价值和意义的文学现象，对于现代文化语境下灵肉调和的欲望美学品格的建构具有理论和现实意义。

一、人性的丰满：欲望的美学向度

欲望是人性的本质内容。按照叔本华的观点，人类就是欲望的化身，而关于性的欲望则是"人类一切行为的中心点"，"较之于其他欲望而言，它的动机是最强烈，它的力量最刚猛"，"如果得不到这方面的满足，其他任何享乐也无法予以补偿"[①]。显然，以性欲为主体的欲望内容是人性的本质构成，欲望的满足能够调适人性结构中的矛盾与冲突，完善理想人性的建

---

① 参见〔德〕叔本华《爱与生的苦恼》，金玲译，华龄出版社1996年版，第55、96页。

构。作为人性固有的平衡机制，这意味着自主、完全的生命欲望能够形成对于人生的有效调节，"它使我们和我们的可能性结合为一，它使我们和促使我们自我完成的其他人结合为一……引导我们，使我们奉献自己，去寻求高尚而善良的生活"①。而现代精神分析学的主要贡献也就在于深刻揭示了人类心理结构的欲望动力因素，指出性欲与"丰满人性"之间的密切关联，彰显了欲望的人性本源意义。

欲望的这一特性决定了诗化欲望必然和本能冲动的宣泄、释放乃至转化带来的幸福感相联系，关乎"人类的'人性生命特质'的毁灭性和建设性的问题"②。在欲望所置身的普遍文化冲突中看待这一问题，欲望似乎一直没有停止过为实现这一"最终目标"而进行的努力，处于"一种永恒的探索，一种永续不竭的扩张之中"，追求着本能压抑的解除③。而欲望要摆脱束缚，进入诗化轨迹又并非通行无碍的，并不是加以忽视和规避那么简单。毕竟，作为现代社会个体，人性结构中的欲望冲动受到诸多现实因素的制约，其中不仅涉及现实生活条件、身体状况的限制，在普遍意义上，身体性的欲望诗化还是一种文化问题，必然牵涉到传统文化伦理、社会话语机制乃至历史语境的制约，而且这种制约是根本性的。因此，欲望的诗化首先要在众多异化元素的牵制、束缚中谋求生命本能的自由舒张，使欲望在释放中趋于满足与松弛。

然而，人性的欲望冲动也不能归附于本能性的肉体崇拜，欲望自身的运动还存在着摆脱非理性本能的境界提升吁求。尼采说过，"至深的本能通常尊崇为最高、最令人向往、最有价值的东西，透露出了本能类型的上升运动，而本能实际上也就在力争这种境界。完满是本能的强力感的异常扩

① [美] 罗洛梅：《爱与意志》，蔡伸章译，甘肃人民出版社 1987 年版，第 99 页。
② [美] 同上书，第 84 页。
③ [美] 同上书，第 97 页。

展"①。为避免坠入幻灭虚无的肉体颓废，人类的欲望冲动还有着一个介入的适度和把握的分寸问题，理想人性的建构只有以此为基础，方可能获得合法性的生命意义。无疑，这就需要借助于社会文化伦理因素的意义规约，对欲望本能的生理性律动加以调适。虽然说社会性意识形态观念存在着导致压抑甚至祛除欲望的人性消解倾向，但文化伦理意义上的欲望转化，也有利于个体人格境界的净化、提升。这种人生形上意义的追寻也是一种"人类精神活动的本质"②，与自然生命本能基础上的欲望释放一样，也有助于人生结构的完善。在此意义上，欲望的诗化追求还需进一步面对与文化伦理因素之间的意义冲突，觅求欲望非理性因素的精神转化。

显然，人性欲望的完整性在于灵与肉之间的分裂与统一，其出发点是对感性而鲜活的生命欲望的尊重，在适度关注生命本能的同时，克服欲望自身的压抑、扭曲、分裂与异化，谋求人性结构的相对平衡，正如刘小枫所言，"肉身有自己的为灵魂所不具有的感受性和认知力，灵魂也有自己的为肉身所不具有的感受性和认知力"，它们的内在统一才有可能构建人性的丰满和理想境界③。无疑，这构成了衡量人性本真的基本尺度，而任何对于欲望的割裂，都将导致人生陷入残破、异化的不完整状态。欲望本身不仅包含着身体性的肉欲本能，还有着对于健康自然的"身心统一体"的审美吁求，二者在矛盾、冲突之间的交织融合才形成了复杂的人性有机体。欲望的诗化不仅要考虑到欲望的释放与满足问题，在解除生命本能压抑的基础上辨识、归属欲望形态，还要考虑到文化伦理在欲望表达上的道德制约和境界提升问题。由此，欲望审美解放中的"替换性满足"将有助于摆脱为现实

---

① [德]尼采：《悲剧的诞生》，周国平译，生活·读书·新知三联书店1986年版，第351页。

② 刘小枫：《拯救与逍遥》，上海三联书店2001年版，第11页。

③ 刘小枫：《沉重的肉身》，华夏出版社2004年版，第93页。

原则所普遍贬抑的人性的紧张与焦虑状态，赋予欲望表达以美学意义，从而奠定欲望诗化的基础。相当程度上，这就是欲望美学的现代性旨归。

二、压抑与放任：现代欲望叙述的困境

现代小说的欲望叙述肇始于"人的意识"觉醒，这使欲望本能的文学表达获得了历史性的肯定。周作人早在五四时期，就曾指出人性是动物性的本能与神性的同一而非"对抗"。在他看来，一切人性本能都是美善的，都应该得到满足，"人类正当生活，便是这灵肉一致的生活"①。而陈独秀也认为，人性本身包含着兽性的一面，人性的发展需要二者的协同，"吾人之心，乃动物的感觉之继续……强大之族，人性，兽性，同时发展"②。现代人性意识的苏醒改变了现代文学的意义图景，身体性的欲望诉求也就浮现为现代人生的重要内容，从而构成影响现代欲望叙述的深层动因。

然而这一渗透着欲望合理要求的人性思潮似乎并没有带来欲望美学意义在现代文学中的流行，相反，现代文学的欲望叙述在意图摆脱既有文化传统束缚的同时，往往又陷入了非理性的欲望放任或伦理性的压制，欲望处于了普遍的异化状态。受封建道德伦理的影响，传统意义中的欲望属于一种道德上的禁忌，由灰暗性心理所驱动的欲望叙述主要是一种关于女性肉体的猥琐化想象。鲁迅的《肥皂》就反映了这样一种集体无意识层面的民族性心理，围绕女乞丐的"咯支咯支遍身洗一洗"的肥皂声反映了一种传统伦理影响下的想象远超行动的意淫性欲望病态，欲望不仅难以构成人性的生命要素，而且是滋生晦暗性心理的"温床"。而西方文化出于男权制的文化二分原则，以女性为象征的欲望问题也长期被视为一种与理性文明

---

① 参见周作人《人的文学》，钟叔河编《周作人散文全集》第 2 卷，广西师范大学出版社 2009年版，第 86—87 页。
② 参见陈独秀《今日之教育方针》，《独秀文存》，安徽人民出版社 1987 年版，第 20 页。

和正统道德相背离的感性力量而受到排斥和压制，西美尔说过，"我们的文化是从男人的精神和劳动中产生，确实也只适合于评价男人式的成功"。①男权化的文化传统在挤压女性的同时，也就将消解身体欲望的美学意义，欲望更多联系的是消极颓废、淫欲与癫狂等非理性意义的变形和扭曲，成为一种反文化正统的问题。

而产生于泛革命化语境中的现代欲望叙述，伊始就挟带着沉重的社会性诉求，渗透着过多背离欲望生命精神的历史现实因素。大多数知识分子作家一方面视欲望为人性的本然构成，存在着欲望表达的主体性冲动和追求，一方面对于人性本能的非理性因素之于创作精神价值的侵蚀又不乏理性的警醒和反思。这种矛盾心态中的游移冲突很容易就延伸到了"表现半殖民地都市地畸形和病态"的社会学观念体系，形成欲望问题与民族、社会、群体以及道德等文化伦理观念的纠缠迎拒关系。此过程中的现代作家固然有过不断的调适，但现实语境并没有提供足够的空间，这种调适最终也是失败的。高力克在考察五四知识分子的"非物质主义的伦理观"时，曾指出五四知识分子的禁欲主义倾向，例如李大钊的"革命禁欲主义"就间接说明了这一问题。②在意识形态观念的制约下，诸如启蒙、革命小说等主流文学话语一度将人性置于阶级性、道德性等社会学观念的笼罩之下，欲望被贬抑、丑化为道德败坏、作风腐败等社会伦理问题，人性的欲望意义也就在社会化的文学想象中褪尽了生命本色。而在个性色彩较为明显的诸如"自我表现"的浪漫派小说、都市化的海派小说等等涉及欲望主题的现代创作中，欲望则在都市化、生物化等通俗性叙述中遭遇了广泛的非理性异化。时至今日，即便已进入高度商业化的社会，关于欲望的抒写在某种程度上

① ［德］西美尔：《金钱、性别、现代生活风格》，顾仁明译，学林出版社 2000 年版，第 141 页。
② 参见高力克《五四的思想世界》，学林出版社 2003 年版，第 56—57 页。

也仍然被视为社会文化发展过程中的不文明现象，而消费语境下的欲望自主和张扬促使的又存在着对于人性资源的某种滥用，包括下半身写作在内的欲望叙述沦为当代文化感官化、消费化直至庸俗化的一种症候。

文化上的贬抑现象和态势反映出欲望所处的冲突性境遇，关于欲望叙述的文化定位基本徘徊在两个极端，即欲望的"伦理化祛除"和"非理性放任"，不乏片面、极端的欲望理解和表现使得欲望逐步陷入非理性主义的本能放纵，抑或禁欲主义的现实压制和道德异化之中，导致了现代欲望叙述的普遍困境。在割裂欲望完整性的同时不仅束缚了欲望生命意义的传播，忽略了对于灵肉合一的欲望状态的表现，也扭曲了伦理等意识形态因素在欲望诉求中的合理性尺度。在普遍层面上，这不仅造成现代文学话语中"清教主义"的流行，也使得欲望叙述的生命诉求存在着明显的迷乱和焦虑，难以呈现作为生存意志的欲望"源泉"意义和形态，欲望往往构成消解"人性丰满"的负面力量，陷入了普遍的异化之中。

三、灵与肉之间的调适：现代小说的欲望诗化形态

基于上述，在现代欲望叙述中辨识欲望的诗化形态，显然不可能有相对集中的规模化表现。由于欲望诗化原则在既有文化语境中的群体性缺失，制约了欲望在人性乃至现代文化构成中的积极和正面价值，欲望叙述一直处于一种边缘甚至是被压制的状态，然而这并不意味着这一原则在现代文学格局中的根本缺失。欲望就是一种开放性的结构，虽然我们可以依据不同历史时期的主流文学话语去判断欲望叙述的基本走向，但是欲望诉求还可能包含多种意义生成、互见的可能性，从而为欲望诗化意义的表达提供话语空间。相对而言，现代小说的欲望叙述在"灵与肉的冲突"之间也存在着关于欲望释放和伦理转化方面的诗化呈现，包含着对于欲望美学意义

的建构。

其一，有感于现代人性的疲弱与猥琐，在现代文化的反思和批判中呼唤欲望生物性强力的回归，意图构建一种健康、自然的理想人性形式，这当以沈从文为代表。出于对现代人性普遍性萎缩的反驳，沈从文往往将一种相对原始、自然的人性欲望力量作为重建现代人性的主体精神资源，小说中的生命个体多表现出不为社会文化所束缚的欲望自主意识，追求欲望释放的顺畅和满足，依据生命节奏而律动的欲望张扬体现了一种自然的人性观念。自然向度上的欲望释放和人性满足，有助于构建欲望人生的力与美状态，而且由于聚焦于肉身欲望的生命意义，也就突破了道德和文明法则对于人性本能的禁锢和压抑，从而赋予欲望叙述以生命力与美的诗化旨向。

其二，在欲望的非理性冲动和伦理意义的规约、冲突中寻求欲望抒发与社会价值观念的并存与融合，欲望的生物性品质为主体人格境界的道德提升而逐步消解和转化，伦理性的欲望净化和意义超越以代偿的方式弥合了欲望和文化伦理观念之间的冲突，"释放"（化解）了欲望本能冲动的紧张和焦虑，这一风格又以郁达夫为代表。郁达夫小说形成了一种欲望在释放、压抑以及转化之间游移的叙述理路，借助于欲望与社会、民族、政治和道德伦理等观念的冲突对立，最终走向欲望被意识形态逐步改造的伦理转化之路，而随着郁达夫小说欲望主体人格的伦理净化，促成了欲望从非理性释放与压抑下的焦虑、幻灭向伦理境界的升华，人生伦理意义的和谐与适度凸显了主体人格的心性平和，为文本诗意的获取奠定了精神基础。个中伦理力量对于身体性欲望的压制与转化蕴含着风格转向的诸多可能性，又潜伏着对于欲望生命意义的消解乃至欲望叙述的变向。

显然，相对于现代小说欲望叙述所普遍存在的非理性化或"去欲望化"倾向，由沈从文和郁达夫小说所体现的欲望形态表现出了欲望美学向度上的努力和尝试。欲望的叙述在灵与肉的冲突中表现出了一种调试的态势，对于欲望的非理性内容有着提升和转化，或将生命本能的叙写提升为对自然、健康的理想人性建构，或将欲望叙述导向"净化"的人格境界。欲望这一特征将有利于区分一些本能主义、颓废色彩甚至是压制欲望等异化于人生的欲望叙述，也就构成了对于现代主流欲望叙述的反动。当然，相对于理论上的"灵肉合一"的人性理想形态，他们的欲望叙述所呈现的欲望美学意义似乎并不十分纯粹。透过他们不乏激烈冲突、矛盾的欲望世界，欲望在灵肉冲突之间的调适往往有着不同程度的游移甚至是背离，生命欲望在非理性的放肆和伦理压抑之间有着过多的意义缝隙，又反映出欲望冲突的诗意调适在文学人生语境中的艰难。就沈从文而言，由于作家将原始性的生命力量作为反驳、改造现代"病态"人性和文明的主体精神资源，欲望仍有着过多生物性因素，浸染着较重本能主义色彩的人生意义结构似乎难以有效兼容现代性的文化精神诉求，在反映出作家艺术观念偏向的同时也多少导致了文本语义世界的失衡。而郁达夫小说对于欲望"净化"中的意义转向，又潜隐着禁欲主义的泥潭，最终导致了文学人生的分裂和扭曲。

　　或许，欲望本身就是一种布满矛盾的"复合体"，对于复杂的人性世界乃至渗透着偶然性和诸多牵制的艺术创作来说，欲望的诗化也充满了不确定性，而不得不在欲望的变形和人性结构的相对失衡中觅取"丰满"的人性理想。在此意义上，沈从文、郁达夫等人在构建出自身的欲望诗化品格的同时，虽然带来了不同于主流文学话语的欲望形态和意义，但也存在着社会文化观念和现实历史语境的影响和制约，最终又将束缚欲望叙事的诗化努力和尝试。总体看来，他们都不可避免地受到了现代文化语境的牵制，沈从文未能解开"自然与文化"的死结而在感伤和落寞中"抽象的抒情"，并最终离开了文学之路；而郁达夫在社会主义的精神光环中则变身为"烈士"，说明现代小说的欲望诗化向度在"非文学"的现代语境中缺乏历史展开的合法性。由此，欲望的诗化也就只属于少数人的文学想象，沈从文的欲望诗意只是在汪曾祺等人那里有着"婉约"的回响，郁达夫则被湮没在革命叙述之中。在普遍意义上，欲望仍被视为非理性的灰色人性意域，继续接受着现代文化的贬抑，难以调和的灵肉冲突注定了欲望将在释放、转化乃至压抑之间陷入迷乱、焦虑和困顿，而这似乎更近于现代文学人生叙述的实情。

人生隐喻与语言维度的生成

——"诗化小说"的语言形态及文学史意义

在本质层面上，语言应被视为传达人生意义的符号。由于现代形式主义语言学观念的影响，我们一直习惯于将现代小说的语言问题归结为某种形式问题。就"诗化小说"而言，不仅本身就是基于"诸种形式特征"的命名①，而且相关的语言问题也多被视为形式问题。比如有论者就曾指出"诗化语言"离开了对事件、人物的叙述而转向了写景状物、抒情，是一种以雅正与简洁的书面语为基本的叙述话语②；而其他一些将"诗化"与抒情诗、诗体、写意等相联系的观点，也主要集中于文辞的优美、语言的音乐化、文本氛围的意境化等问题，同样有着过多形式因素的考虑。此方面研究揭示了此类小说语言作为一种诗化"符号"和"媒介"的语言学意义，但对于制导语言诗化的内在"意味"机制问题却显然缺乏投诸的自觉和深入，由此形式之下的审美观照也就缺乏价值诗学的系统阐析，而滞留于小说体式或相对普泛的抒情人性美、风俗美等层面，制约了语言本体意义上的阐释努力，最终并没能达成相关研究者所预期的"呈现出美丽多彩的本质"。在此背景下，引入与人生意蕴相联系的语言研究思路，深入这一谱系作品语言形式的内在价值规约，辨识语言向诗性意义运动和生成的诗学机

---

① 吴晓东、倪文尖、罗岗：《现代小说研究的诗学视阈》，载《中国现代文学研究丛刊》1999 年第 1 期。

② 杨联芬：《中国现代小说中的抒情倾向》，北京师范大学出版社 1996 年版，第 136—160 页。

制，对于认清"诗化小说"乃至现代小说的语言限度，深化、丰富现代小说体式研究的人文深广度无疑是必要的。

一、语言的声音：歌唱即生存

感性的情感介入是文本阅读的基础，关乎审美效果的达成。诗化语言的"音乐"特征具有这样的优势，似乎总能唤起阅读的诗意感受。在众多作品中，语言的韵律感使文本的情感抒发过程像一条流动的语链，文词的优美和情调的悠远感受使小说像一首首歌章。相当程度上，这说明"音乐性"语言就是"歌唱性"语言，而这种"歌唱性"正是通达人生本体意义的基本途径。语言由此破决了一般"媒介"的局限，被提升到一种本体地位，构成了解读语言诗性人生意义的逻辑起点。

文学研究已经证明，"最初，语言具备一种歌唱功能，歌唱性体现了诗性语言的生命本质特征"[①]。海德格尔说过，"歌声即生存"[②]，也就意味着"语言"的歌唱性是对人类生命本体意义的诗性表达，能够导向心灵深处，带来生命诗意感受。我们知道，诗最早就是作为一种歌唱的形式出现的，维柯在《新科学》中曾分析过歌唱和诗的关系，认为人类最初的语言表达就是歌唱，而诗就是从这种歌唱中产生的最早艺术形式，因此"'歌唱'被认为是诗的最佳表现形式"[③]。这就说明，歌唱首先是作为诗歌的结构要素存在的。而鉴于现代小说"向诗倾斜"的跨文体性发生背景，就将诗歌的韵律节奏感带入了小说，使其"分有"诗歌这一"歌唱性"文体的语言特质[④]。

---

① 李咏吟：《诗学解释学》，上海人民出版社 2003 年版，第 84 页。
② ［德］海德格尔：《诗·语言·思》，彭富春译，文化艺术出版社 1991 年版，第 126 页。
③ 李咏吟：《诗学解释学》，上海人民出版社 2003 年版，第 84 页。
④ 诗化小说与诗的融合近乎共识。如杨联芬认为，小说向诗移动造成了小说的抒情化；凌宇则指出诗化小说就是以小说为本，引入诗歌等因素而成的新型小说体。

语言的歌唱性导源于节奏，"在节奏之外，任何一个旋律都是不存在的"。[1]其实，诗化语言的歌唱性主要表现为某种形式的节奏重复。重复把词语、意象凝聚在一起，语言在各种重复关系的变化、综合与统一中形成了能被人们感知的节奏和旋律，而节奏的和谐延展，就使作品获得了歌唱性的旋律结构和艺术效果。萧红《呼兰河传》第四章就是一个明显的例子：

> 我家是荒凉的。
>
> 一进大门，靠着大门洞子的东壁是三间破房子……（第二节）
>
> 我家的院子是很荒凉的。
>
> 那边住着几个漏粉的，那边住着几个养猪的。养猪的那厢房里还住着一个拉磨的。（第三节）
>
> 我家的院子是很荒凉的。粉房那边的小偏房里，还住着一家赶车的，那家喜欢跳大神……（第四节）
>
> 我家是荒凉的
>
> 天还未明，鸡先叫了；（第五节）

"我家是荒凉的"一句被不断重复。四次"重复"围绕"荒凉"一词展开，属于关键词和意象的重复，类似音乐中的"主题动机"。昆德拉说："如果重复一个词，那是因为这个词重要，因为要让人在一个段落、一页的空间里，

---

① 薛良：《音乐知识手册（续集）》，中国文联出版公司1988年版，第33页。

感受到它的音质和它的意义。"①通过一次次重复"荒凉"造成的规律性节奏，"荒凉"就被渲染为笼罩全章的情感基调，构成小说的韵律结构。而重复中语词的变化与情绪波动又容易形成动态、悠长的空间性审美效果。笔者注意到，上述"……是荒凉的"四个主句语言构成是有变化的，"我家是荒凉的"、"我家的院子是荒凉的"，主语之间是一种从属关系，"荒凉的"是一个省略式的偏正短语作为宾语。虽然句式的变化并不大，但这已造成了旋律的"回旋"与"变奏"。而随后"一进大门……"、"那边住着几个……"、"天还未明，鸡先叫了"等四个从句，又是一种隐性重复，其间句式有长短，内容上还有场景、方位、时间等方面的变化。再者，主句和从句之间还近似一种"问答"关系：荒凉？荒凉在某处。作家近乎自问自答的方式形成了"应和"的歌吟效果。密集性的重复总是能产生强烈的抒情效果，句式的长短不一，意象的变换呈现，对照和相似之间的情感张力将作家的诗性情怀烘托成"富有旋律的激流"。整个章节就在这样的节奏中发展成为一个"乐章"，每一节就是其中的一个"乐段"。而《呼兰河传》第五章开头那一连十个"我……"句式的重复同样产生类似音乐旋律的效果。作者近乎自叙的表达方式，不仅符合绝大部分歌曲的表现方式，同时第一人称也更能使受众感临其境。

再来看冯至小说《伍子胥》中的部分文字：

> 将来你走入荒山，走入大泽，走入人烟稠密的城市，一旦感到空虚，感到生命的烟一般缥缈、羽毛一般轻的时刻，我的死就是一个大的重量，一个沉重的负担落在你的肩上。

> 他们怀念着故乡的景色，故乡的神祇，伍尚要回到那里去，随着

---

① [捷克]米兰·昆德拉：《被背叛的遗嘱》，孟湄译，上海人民出版社1995年版，第106页。

他们一起收敛起来，子胥却要走到远方，为了再回来，好把那幅已经卷起来的美丽的画图又重新展开。

前者主要是"走入"句式和"一"句式的重复，貌似显性的单一重复，其实也有着变化和对比。"走入"之间有着动作的递进以及去向的对立；"一旦"、"一般"、"一个"之间不仅有着转折，还有着并列和对比；"空虚"、"缥缈"、"羽毛"、"烟"、"轻"，"死"、"重量"、"负担"是两组各自近似的意象，之间又构成明显对立。而在整体上，这两个重复句式之间存在着从具象到抽象的意义上升，形成断裂和转换。汇同近乎自白的语调变化共同造成了语言的流动和"新颖"，形成广义的旋律。后者引文中语言的旋律则产生于重复中的变奏，"故乡"是这一节的主题，"收敛"和"展开"在两条不同线上加以引申，使主题在多维层面上得到铺展。或许这种重复并不严格，但并不妨碍读者领略音韵所传达的乡土诗意和悠远人生感思。而文中《溧水》一章关于浣衣女子的文字则以分行形式排列出来，就是一组不乏宗教意味的歌吟性诗行：

> 这人一定走过长的途程，多么疲倦。
>
> 这里的杨柳还没有衰老。
>
> 这人的头发真像是一堆篷草。
>
> 衣服在水里漂浮着，被这双手洗得多么清洁。这人满身都是灰尘，他的衣服不定多少天没有洗涤呢。
>
> 我这一身真龌龊啊。
>
> 洗衣是我的习惯。

节奏和旋律是在重复和交替中产生的。前三句简约的"这"字句式的重复首先营造出一种流畅的旋律，而后随着心理视点在浣衣女和伍子胥之间的转换，又产生了一种"交替"的效果，对比性的不同声音因素开始出现。"'交替'是诗歌节奏的一种本能"，它的出现很容易导致语调的变化与回旋效果。该丘斯认为，对所有回旋构思的结构原则基础就是"交替"①。就这段引文看来，由于人物是在各自的"目光"中互相打量着对方，彼此内心独白式的心理转换使二人结成近似对唱的关系。而作家基本不作介入，仅让"目光"一次次看来想去，在"眼中的印象"和"心中的想象"、人与物、情与事之间交织出广义的回旋效果，渲染出一种近乎宗教救赎般的场景和情怀。

　　语言节奏和韵律的普遍存在使这一谱系作品颇似一首首歌章。《超人》中何彬对母爱的忆念一节，"慈爱的母亲"在每一节都被重复，将一幅"母爱图"渲染得像一首情关母爱的"咏叹调"。而许地山小说《黄昏后》关怀对一双儿女谈起他们去世妈妈时的一段文字，则在"爸爸只能给你……若是妈妈……"句段的数次重复中营造出小说的节奏和旋律。从音乐化效果来看，这很类似音乐的"回旋曲"，又是一种旋律的"复调"。在一次次复调式的叙述中，丈夫对妻子的深情缅怀，孩子对妈妈的甜蜜记忆，父子对失去妻母的无限伤痛等等在对比中叠加，更加突出了情感的悲伤效果。而沈从文的《边城》一经问世就被时人赞为类似《国风》的"牧歌"，废名小说也被认为有着"田园牧歌的风味"，茅盾甚至直称萧红的《呼兰河传》是"一串凄婉的歌谣"；而汪曾祺似乎做得更加绝对，在《职业》一文中他竟然将孩子的叫卖声"椒盐——饼子糕"谱成音调"so so la—la so mi ruai"，并在文中多次"重复"这一叫卖声，以近乎极端的形式标识了小说语言的"歌唱性"特色。作为一种具有"歌唱性"质感的语言，这不仅属于语言的节

①　张箭飞：《鲁迅小说的音乐式分析》，载《中国现代文学研究丛刊》2001年第1期。

奏旋律效果，更是一种透过语言洞见生命诗意本质的精神标识，彰显了一种能够沟通人生情怀的本体性语言品格。或许正如艾伦·坡所说："也许正是在音乐中，诗的感情才被激动……我们将在是与通常的音乐相结合中，寻找到了发展诗的最最广阔的领域。"①事实证明，只有具有"歌唱性"的语言才可能深入生命情感，成为诗化语言。

二、语言的画面：意象的聚集和隐喻

语言的意象化与诗意是诗化小说的另一特征，这同样是现代小说跨文体融合的结果。方锡德曾分析过这类作品所普遍存在的抒情意象，并指出它们能够使小说意境蕴藉深邃，含蓄幽远，有限中见出无限。②显然，作为语言的具象画面，意象的存在不只在于意境的结构性搭建，而更在于借助于语言载体勾连人生空间的诗意想象。康德说过，审美意象"是由想象力所形成的一种形象显现。在这种形象的显现里面，可以使人想起许多思想……"③。意象的这一特征使它最大限度地突破语言的能指功能，带来所指意义的深层化，即能指和所指之间的关系呈现了一种延宕的态势，将语言导入人生的深层之域。

意象本是诗歌艺术的审美范畴，简单而言就是凝聚着作家理念的自然物象，是"理智和与情感的复合物"④。不仅在西方现代主义诗歌中被视为诗魂，在中国传统诗歌中也处于核心地位。诗化小说"意象纷繁"，废名小说中的"桃园"、"竹林"、"桥"，沈从文小说中的"菊花"、"白塔"、"碾房"，郁达夫小说中的"青烟"、"桂花"，孙犁笔下的"荷花"等都属于意蕴悠长的意象。而汪曾祺小说《复仇》中的一段文字则完全就是由意象组合成的"意

---

① 伍蠡甫：《西方古今文论选》，复旦大学出版社1984年版，第370页。
② 方锡德：《中国现代小说与文学传统》，北京大学出版社1992年版，第295页。
③ 《朱光潜美学文集》，上海文艺出版社1983年版，第420页。
④ 林克欢：《戏剧表现论》，中国社会科学出版社1993年版，第142页。

象群"：

> 来了一船瓜，一船颜色和欲望。
> 一船是石头，比赛着棱角。也许——
> 一船鸟，一船百合花。
> 深巷卖杏花。骆驼。
> 骆驼的铃声在柳烟中飘荡。鸭子叫，一只通红的蜻蜓。
> 惨绿色的雨前的磷火。一城灯。

整段文字只是"瓜"、"石头"、"鸟"、"杏花"、"骆驼"、"鸭子"、"磷火"等一些意象。叙述的流程也就在于借助想象力的作用，弥合其间叙事、抒情的跳跃与中断。"瓜"和"颜色"、"欲望"，"石头"与"比赛"，"鸟"和"百合花"等之间形成了类比性的联想关系，从整体上构成了一种优美的情意空间，沟通着人生深意。从意象的隐喻功能看，这些意象都有着或深或浅的意义寄托和转化，"瓜"、"百合花"隐喻了欲望的"食"和"色"，船上的"石头"隐喻了复仇者成为"家仇"伦理意义工具地位的被动，"鸟"的自在高飞则隐含着复仇者寻求改变、自由的内心冲动；而"深巷卖杏花"、骆驼及驼铃、鸭子叫、红蜻蜓等一干日常生活意象的交织，寄托着复仇者对平常生活方式的流连和向往，以及对"复仇"行为的迷惘和困惑；"磷火"是一种和死亡相联系的意象，隐喻了为人无可逃避的命定；"灯"作为"火的灵魂"，近似"向死而在"的"人生顿悟"和意义发现。于是，这一切就象征了一个漂泊者对人生存在意义的探询和发现。这一点在全文中得以贯穿，"有一天，两副錾子同时凿在虚空里。第一线由另一面射进来的光"，人和錾子相统一，"射进来的光"意味着人生意义的最终达成。意象在一次次的隐喻中得以"换义"，凝聚为理想中的人生梦境。无疑，借助意象的隐喻，诗化语言又一次"洞见"了人生的本义。上文所引《伍子胥·溧水》中的文字也是如此，"杨柳"、"浣衣"由于暗含着宗教受洗的因素，又将隐喻导入了宗教的意义，使意象近于一种"神圣物"，生命从而"向神而在"。由于隐喻的作用，意象得以突破物象表征沟通意义深层，成为"隐喻的存在"，意味着小说空间的无限性拓展。孙犁《荷花淀》中荷花、月光、女性等意象象征着作家对乡土人生的理想情怀；废名的《竹林的故事》、《桥》则通过竹林、三姑娘、塔、牵牛花等意象虚构出乌托邦式的"桃源"幻象，而《桥》由于通篇的隐喻性意象，其浓厚的象征意义甚至被后人誉为"镜花水月的世界"，老舍《月牙儿》中"月牙儿"也被作为经典的隐喻性意象受到广泛关注，等等。

诗化语言中的意象具有多样形态。由于自然物象对于意象存在着基础作用，上述诸如"灯"、"荷花"、"月牙儿"等"实体性"意象构成了意象序列的主体。而有些小说中的意象则属于某种非实体情绪或意味的"心理"意象。关于这一点，韦勒克、沃伦在《文学原理》中曾提到默里的观点，指出，意象"'可以是视觉的，可以是听觉的'，或者'可以完全是心理上的'"①。比如上文所引萧红《呼兰河传》第四章的"凄凉"部分，就是较典型的"心理"意象。作家正是通过对"凄凉"情绪的重复，把叙事变成了"凄凉"情绪的咏叹，渲染出"凄凉"情调的"心理"意象；又如废名小说《桥》、《莫须有先生传》中对小林、莫须有先生抒发人生哲思时心理波动的不断重复也有着形上的意蕴，渲染出类似的意象，等等。这些意象有的是统摄性的总体意象，有的只是部分章节甚至段落中的局部性意象。然而"心理"意象最终并不能脱离自然物象而孤立存在，萧红的凄凉仍要通

---

① ［美］韦勒克、沃伦：《文学原理》，刘象愚等译，江苏教育出版社 2005 年版，第 213 页。

过家、院子里的客观物去呈现，小林等人的人生哲思也是面对自然物象引发的人生感慨。这仍然说明，意象终归要是一种"复合物"，不同类的意象之间有着明显的衍生。

由于理想人生情境的"和谐"本性，作为构成情境"砖石"的意象基本上属于静态意象，维持着相对宁静的态势，常常表现出优美的情态特征：宁静、平和、轻盈、活泼、飘逸等等。它总是依托具象，从有限走向无限，在感性世界中启示生存的自由体验。换言之，意象不仅是诗化小说形式结构的组成部分，更是一种进入意义深层的"通道"。这是一种自我化、心灵化的抒情风格，充分体现出人对存在本源的向往和渴望。在象征意义上，意象沟通、连接的是大地、宗教等永恒范畴。"象征是用一事物、人物或者图形、概念来展示实在和精神的'深层'和'终极'的方法"①，这无疑赋予诗化语言更深邃的意义。以存在主义的语言观看来，这就是语言的"召唤"功能，把"存在""带入言词"，趋向了"诗意的栖居"的"语言家园"。从意象的隐喻意义去审读诗化小说的语言，语言普遍表现出对形式的意义超越，这构成了诗化语言的普遍特征。

三、语言的维度："悬置"中的意义敞露

显然，诗化语言构建了一种精神性的诗学机制。由于强化了语言的人生所指，这一语言也就近似一种"原语言"。一方面，歌唱性声音的存在使得语言阅读近似一种"倾听"。倾听"是对存在的逼近"，"倾听并言说着的诗歌语言使存在敞开了"②，由此语言将深入诗意之境；另一方面，借助于意象"画面"的包容，语言得以象征人生意义的"抽象"。韦勒克、沃伦说过："一个'意象'可以被一次转换成一个隐喻，但如果它作为呈现与再现

---

① 王珉：《终极关怀——蒂里希思想引论》，新华出版社 2000 年版，第 219 页。
② 马大康：《诗性语言研究》，中国社会科学出版社 2005 年版，第 13 页。

不断重复，那就成了一个象征，甚至是一个象征（或者神话）系统的一部分。"①这就说明，语言的诗化维度又在于由"意象"到人生"象征"意义的最终达成。马尔库塞曾指出，人的审美解放要"与控制人的锁链决裂，必须同时与控制人的语汇决裂"②。这一语言维度的确立，就将赋予小说语言以独特的存在方式，将语言与人共同带入隐喻中的人生之境，进而区别于诗歌等其他文体语言。

由于现代小说"跨文体"性的发生背景，诗化小说语言的歌唱性和意象化被普遍归结为诗歌的影响。但这并不意味着诗化语言就等同于诗歌语言，或者说诗歌语言就可以顺理成章地成为诗化语言。毋庸赘言，歌唱性和意象化也是诗歌语言的要素，但现代诗歌作为社会观念宣传体的普遍工具化倾向已然割裂了与诗歌本然意义的关联。和其他文体一样，诗歌语言在"白话文"运动这一现代文学语言的起源时期，就被外加了过多的社会功能；随着20世纪三四十年代革命化语境的形成，这种工具化的观念表达逐步被强化为革命观念的被动传声。而在当下电子传媒时代，语言现场感的强化、能指的漂移又使诗歌语言成为话语狂欢的一隅，以大众的戏谑和功能化的感官气息扫荡着诗语的高雅气息。由于植根于社会现实的语言指称、陈述功能得到了强化，诗语的"语义深度"和"意义积淀"愈发稀薄。由此现代诗歌不仅缺乏如西方华兹华斯、波德莱尔、里尔克那样诗意浪漫的潮流，少数如徐志摩等人的诗意风格也一直缺乏响应。个中原因不仅在于中国传统诗歌"以诗为史"的社会功利性已侵蚀了诗歌古老的神性、灵性蕴涵；而且现代诗歌发生语境的功利化也在进一步强化诗歌工具化、通俗化的走向，消解着诗歌的审美旨向。由此可见，诗语因素已不再具备呈现人生本

---

① ［美］韦勒克、沃伦：《文学原理》，刘象愚等译，江苏教育出版社2005年版，第214—215页。
② ［美］马尔库塞：《审美之维》，李小兵译，生活·读书·新知三联书店1989年版，第115页。

义的直接性和必然性，这就意味着进入小说的诗体因素作为形式层面的结构因素，构成的主要是一种通联诗化意义的管道和可能性，而要生发成诗性人生的诗学机制，就有待于唤醒隐没其深处的人生本体意味，将审美化的人生观念上升为语言形式的意义基础。这就表明小说语言的诗体因素只有经由人生本体价值的规约，方可能生成为诗化语言。当然，这又取决于作家们对于相关小说观念的选择和践行程度。周作人"人间上达的可能性"、沈从文"人性的神庙"以及冯至"人生一段美丽的弧形"等审美取向，相关作家一直将此作为创作的意义之维。由此，也就不难理解他们的作品何以成为诗化语言的原因所在。

而从语言的审美转化来看这一问题，其间的诗学辩证法就在于语义对于现实的"悬置"，开放了语言的丰富感性和深邃意域；使语言摆脱了工具的媒介地位，成为"真正的语言"。罗兰·巴尔特认为，字词应"以无限的自由闪烁其光辉，并准备去照亮那些不确定而可能存在的无数关系"，"飞出语言潜在的一切可能性"[①]。而工具性语言由于强调观念的宣扬，语言的指称、陈述现实的作用和意义已使得叙事、情感的逻辑意义成为语言主导。语言被抽空为空洞的观念语壳，也就隔绝了语言的丰富性。从语言原初所蕴涵的人、语言、世界相融合、融洽的"复调的和谐"意义来看，这无疑是对语言的异化，语言所本有的多维意向关系将不复存在。吕格尔称之为语言的死去，"语言在寻求消失，它寻求作为一个对象（object）而死去"[②]，萨特则称为"失败的工具"。而要突破这一点，语言必须摆脱"物质重负"，迈进无限性的人生意义空间，敞露"深度的丰盈"。于是，写作与阅读成为对语言的聆听和洞见，"正像孩子在贝壳中听到大海一样，词的梦想者听到

---

① 〔法〕罗兰·巴尔特：《符号学原理》，李幼蒸译，生活·读书·新知三联书店1988年版，第88—89页。

② 殷鼎：《理解的命运》，生活·读书·新知三联书店1988年版，第188页。

了一个幻想世界的喧哗"。①显然，突破了现实的钳制，语言在想象、虚构中就将释放深意。或许这正是审美超越性意义的所在。当然，对于诗化语言而言，它所具有的古典渊源并不意味着将回复语言的原始神性，而是要借助于小说语言的"诗"学机制，将现代人生的诗性意识注入其中，赋予语言以精神性的人生安慰和人文归属。

诗化语言的这一机制敞露了语言的人生隐喻意义。正因如此，在诗化文本所营造的虚拟世界中，人们往往沉迷于语言之境，将身心沉潜在语词的呢喃之中。在悬置现实的同时，也在悬置着读者和作者的主体意识，进入一种陶醉的忘我境界。梦想把语言同时也把梦想者带回到语言的海洋。一定意义上，这也可以解释意境中的审美体验。历史、现实虽然在不断地流变，但语言的这一本性不会改变。虽说由于历史和现实的积淀，现代小说语言一直未能获取人生诗化表述的合法性，诗化语言既非主流也非热点。然而自始至终，它也没有离开过我们。伴随着 1980 年代以来工具论文学观的松动，诗化小说家已经参与、打造了文坛的诸多热点，"沈从文热"、"废名热"、"孙犁热"等等。或许正如一位学者所言，"人作为多维度的存在，人为了追求自身的丰富性，他永远需要同诗性语言结伴而行"。②

作为一种本体论上的符号系统，诗化语言构建了文学语言的价值维度。就目前的"诗化小说"研究而言，这又有利于规避研究的形式主义倾向。语言的诗意与"诗化"、"散文化"、"随笔化"、"写意化"等小说文体学特征的惯常联系，不仅带来了研究的形式化偏向，也造成了文学命名的混乱。诸如"诗体小说"、"诗小说"、"抒情诗小说"、"意境小说"、"写意小说"等命名往往基于小说某种"诗"的形式特征，但对象基本不离"诗化

---

① [法] 加斯东·巴什拉：《梦想的诗学》，刘自强译，生活·读书·新知三联书店 1996 年版，第 65 页。

② 马大康：《诗性语言研究》，中国社会科学出版社 2005 年版，第 4 页。

小说"。命名是"说出本质性的词语"（海德格尔语），形式特征的多样虽为多种化命名提供可能，但若离开本质"呈现"，也就会沦为一种表层的标记。而在更广泛层面，也为辨识小说语言的文学标准问题提供了标识。多年以来，现代小说一直受制于工具性的语言，这模糊了我们对于语言的艺术感觉。显然，丧失了诗意的语言，也就不可能培植出文学的精神向度，最终将制约现代小说的艺术水准。或许只有以深层意义作为形式本体，我们才能规避语言的这一偏向，从本质层面整合现代小说的人生意义，进而准确把握语言的维度。而在我们考察现代小说的抒情转向时，同样也不能脱离现代小说作为人生艺术表达方式这一语言本义。其实现代小说"向诗倾斜"获得的抒情现代性，表面上看似乎是诗体因素进入小说体式使然，但在本质上则可归属为人生本体意义的制导。历史判别作家艺术成就的主要尺度就在于小说体式关于深层意义的表现和敞露程度。钱理群先生曾直陈这一谱系作品是现代文学中艺术水准最高的作品，相信就是基于诗化语言人生超越意义得出的判断。①

语言是关于存在的。诚然，人生意义具有终极的形上色彩，但借助于语言诗化的外壳，它"一次次"让我们"洞见"人生的本真意义。这不仅在于形式上的"歌唱性"和意象性，更在于形式之下深层的人生意蕴，正是由于它们的交融共生才织就了一个物我流转、情意盎然的情境世界，在人生的诗意想象中造就了一种内在于人生的语言诗学。语言创造着人生，人生也塑造着语言，或许这就是现代小说语言的维度。

---

① 吴晓东：《镜花水月的世界·序》，广西教育出版社 2003 年版，第 3 页。

走向汉语比较诗学

——关于当代海外华文文学诗性品质的思考

一般而言，比较诗学侧重于利用西方的诗学理论来阐释本土的文学现象，具有鲜明的跨民族、跨文化和跨疆域性。近代以来，这一研究思路乃至范式的出现，为中国诗学的现代化提供了异质性的西方文学资源，加速了本土文学面向世界的总体历史进程。而由于当代华文文学游走于中西方文化之间的跨域性所提供的精神缘起和发展走向，这一视野自然也就成为当代华文文学研究的普遍背景。然而就目前的研究现状来看，却存在着对西方理论资源的过度倚重而相对轻视本土诗学资源的情况，这样的研究往往不能充分体现华文文学与汉语文化的"同质性"，轻忽了与中国诗学同宗、同族、同国的文化统一性，从而反映出比较诗学在本土视野上的局限。事实上，海外华文文学作为域外文学表现出了更明显的汉语诗学特性，诗学的比较性，不仅表现在横向吸纳西方等外来影响，而且更表现在汉语内部文化生态的互动关联。汉语诗学的介入，有利于充分反映华文文学的精神取舍和文化认同，华文比较诗学才更具意义的重要性和覆盖性。参酌于比较诗学惯常在跨域性比较中寻找通约性的入思途径和理论运用，我们或许可以从汉语文学与海外华文文学交相关联的领域中加以介入，寻找它们在互文性语境中存在的"同构"和"异质"等平行或影响因素。而要展开这样的比较，一个基本的前提是引入各种可以把握和具有比较价值的参照系。

在此意义上，同属汉语文化体系的古典文学和现代文学，也就自然成为比较诗学视野下的主要文学现象和文学传统，具有"显影"华文文学诗性品质和构架的理论意义与价值。

一、从古典文学到华文文学：汉语诗学精神的跨界呈现

从本质上来说，中国文学的古典思想传统属于一种与汉语种群人生状态和生命精神休戚与共的诗意符号系统和精神理想，体现了汉语文学精神的嬗递向度和精光所聚。虽说近现代中国的文化走势存在着对传统文化的割裂，但由文化血统所孕育的话语形式和精神内涵，总是能够经由各种文化符码得以留存。而从当下华文文学的诗学形态来看，往往密切关联着传统诗学的精神资源，传统汉语文学的诗化形式和精神内涵在众多海外华文作家的创作中都能有所存在，从而表现出对于传统诗学不同程度的关涉。例如旅美已半个多世纪的心笛，自幼就曾经受家庭的诗书熏陶，从早期的《心声集》、《贝壳》及至近年来的《提筐人》等作品"无不真诚朴实、典雅优美，含蓄蕴藉，婉约细腻，保持着一贯的美妙诗风"①，"清新的诗风"继承了中国古典诗歌语言秀美、意象典雅、韵味悠远的优良传统，蕴含着至真、至善、至美的东方文化内涵。而聂华苓的《失去的金铃子》、《千山外，水长流》、於梨华的《也是秋天》、白先勇的《芝加哥之死》、《上摩天楼去》等作品，在经营故事性情节的同时，重语言韵味和意象生动，具有中国抒情传统的叙述风格。欧美华人华文作家的散文作品，则基本传承了中国传统散文重抒情、重意境的艺术特色，在重叙事或述说的西方文坛"一枝独秀"。而弥散于华文作家笔下去国离乡的空间体验、悲喜交错的心灵折叠、温馨纯美的人伦情味，往往又都沟通着传统乡关之念、家国相通、田园向往等汉语

---

① 曹明：《旅美女诗人心笛》，载《世界华文文学论坛》2008 年第 1 期。

文学的精神原型。一定程度上，在这些身居西方的华文作家身上已广获认同的传统色彩都可以被归属为中国文学传统的异时跨界写作，同属汉语诗学的框架。当然，作如此判断并不意味对传统汉语诗学的泛义化。上述华文作家虽然在居家生存、创作语境上已经发生了去国化的空间变异，并对于西方文化有了亲密的接触和接受，但似乎西方文化并没有能够在普遍层面上构成创作的主导性力量，进而挤兑传统思想的地位。聂华苓就说过，"当我发觉只有用中文写中国人、中国事，我才如鱼得水，自由自在。我才知道，我的母语是我的根。中国是我的原乡"①。李永平则意识到"中国语文的简洁、刚健"给予他的"极大震惊和惊喜"，要"冶炼出一种清纯的中国文体"②。严歌苓称自己的中文写作是对故乡的回归，刘荒田也说："走遍天涯，中国是最美的家乡，爱中国是最美的乡愁"③，说明了华文作家对文化中国的传统认同。

显然，由于华文作家对传统诗学有着很强的归属感和表达诉求，就必然使得传统诗学成为华文比较诗学的基本面，减持西方诗学资源在相关研究中的结构性作用。而古典文学作为一种汉语诗学的古典阶段，建构的其实是一种文化之学、精神之学、生命之学、诗性之学。刘士林在《中国诗哲论》中曾指出"中国文化的本体是诗，其精神方式是诗学……总括起来说就是：中国文化是诗性文化。或者说诗这一精神渗透、积淀"④。这种诗学的实质，在于以审美的方式建构自然化的艺术世界，意在圆融人与自然在生存中的对立关系，把天人对立限定在最小的范围内，让世界成为人诗意活动的场域。一定意义上，这种"天人相合"意义下个体与自然、民族、国家甚至

---

① 聂华苓：《桑青与桃红》，时报文化1997年版，第271页。
② 《李永平答编者五问》，载《文讯》1987年第29期。
③ 参见王杨《永远的爱国桥》，载《文艺报》2009年11月14日。
④ 刘士林：《中国诗性文化》，江苏人民出版社1999年版，第19页。

人类等宏大结构之间的和谐诉求就构成了汉语诗学精神的核心。从当下华文文学的创作来看，他们的作品在异域体验的抒写中往往都涉及人与自然、人与社会、人与自我之间关系的调和问题，且对于该类问题的表达大都有着类似的衔接与和谐趋向。比如潘雨桐《一水天涯》中主人公一直困扰于异域现实的不适和故土的愁思，只有在"绘上水红盛开的莲的茶壶"和"窗外的霜白的圆月"中觅得慰藉，预示着文化传统和自然风情等外在结构在此间的诗意调适功能；余光中则宣称："我写那么多诗文，像《乡愁四韵》、《民歌》或《乡愁》等，都是我在作品里而为自己喊魂，把我的汉魂唐魄喊出来，为的是防止在西方文化思潮中丧失自我。"①对故国山水自然的吟咏往往既倾诉自己对故土诗意的相思之情，又流淌着一种深沉的文化孺慕。而聂华苓笔下的三峡风情、北平古城、台北阁楼等无疑也是极富寓意的文化象征，在中国文化的抒写中体现出开放的人类视野。正如作家本人所言，写的"不仅仅是中国人，在台湾的人，或者香港的人，或者我自己"是"去国境，去边界"，"无国族主义"的形象②，具有了人类学的胸襟。从表层上看，这与作家笔下所频频出现的汉语文学意象、原型所寄予的诗化中国经验相联系，而在文化认同上，则是他们往往把回归这些宏大结构作为精神的向度，"寻根意愿"中的原乡、家国诗意构成他们创作上的"白日梦"，从而在与母体的现实错位和精神向心之间咀嚼生存的复杂体验。不同国家的"生存之境"的表达总是散发着传统诗学的"诗性之维"，将全球意识置于"天人相合"的"大同"欲求。这种纠结虽有时模糊、混沌，但"同构"的文化之维，总能被不同程度地辨识出来。

当代华文诗学之所以能够和传统诗学形成密切的意义关联，很大程度上

---

① 参见庄伟杰《灵魂的珍珠项链——余光中诗歌从边缘切入的两种向度窥探》，载《晋阳学刊》2005 年第 1 期。

② 参见廖玉蕙《打开作家的瓶中稿》，九歌出版社有限公司 2004 年版，第 55 页。

是由于它是以汉语为写作介质，秉承了传统汉语抒情表意的感性功能，由此也就必然在语言机理上形成与传统文学的精神统一性。作为以古代汉语或者说文言文为载体的语言符号体系，古典文学语言蕴含着汉语人群的生存体验。虽然说这和华文文学所采用的白话汉语有着表述形式的历史差异性，但语言的诗学机制和内在逻辑却具有很大的通约性。汉语诗学虽建基于象形汉字，但并不似西方模仿诗学注重现实的客体对应性，相反，它注重语言的形象性、诗性和音乐性。"观物取象"被认为是汉字发生的普遍基础。每一个汉字都具有观照自然、与万象合一的性质，"一个汉字就是一个客体与主体充分交融的原始心理意象……孕育着浓厚的生命意识"①。可以说，观物取象的语言运思方式折射出了中华民族深层的精神心理，使个体与自然、生存的超验之域发生了生命衔接。以古典诗歌为代表的古典诗学形态不仅借助诗语的"诗画"功能营构生存的理想境界，在舒缓有致的韵律节奏等诗语的声音层面也和传统"致中和"的人生节奏形成了同质同构，而且语言"复合"形成的意象张力，最终建构的又是虚实相生的审美意境。各种复杂而奇妙的文质组合，极大地扩充了言说维度，使之在言、象、意三者的多重互动中具有了丰富的言义韵味。承此，可以说中国古典诗学语言是一种诗性加悟性的语言，包含着汉民族体物式的思维特征和表意方式，和西方拼音文字表音和逻辑化的理性运思方式形成截然不同的差异。华文创作虽然远在域外，但由于是利用具有诗性意义的汉语载体表达异域的人生体验，也就无法脱离汉语言的文化血统，进而在颇具传统意味的文化诗意中融入为民族传统和民族文化群体的一部分。比如严力虽旅居海外多年，但仍企冀通过母语来表达自己的困惑、精神追寻和生命体验历程："我希望旅游全世界／我正在旅游全世界／我已经旅游了全世界／全世界的每一

---

① 王轻鸿：《汉语语境中的原型阐释》，中国社会科学出版社 2005 年版，第 59 页。

天都认识我的旅游鞋／但把我的脚从旅游鞋往外挖掘的／只能是故乡的拖鞋"……凝练的笔墨、从容的语感和错落参差的音节律动，是渗透汉语诗情的生命灵动和文化感召下的"带母语回家"。而余光中则试图在汉语中觅取新路，气象万千的乡愁堪称神秘非常，时而是莲，时而为雨，时而巴蜀山水，或者阳光古道、江南水乡，夸父追日，布谷声声，而在更多时候则是屈原、李白、杜甫、苏轼……使诗歌如"灵魂的珍珠项链"般化合个体的生存状况和复杂情感，触及着存在和生命的本真，"在诗歌历史的基本向度上，余光中的诗歌以一种跟中国古典诗歌相互对接的形式实现着与那个伟大传统的暗合"[①]。

古典文学的诗性特征还表现在注重实体性原型的营造上。在中国文学史上不管是早期的抒情诗还是后来兴起的小说、戏曲，自然化的物象往往是作品中最重要的部分，作为"诗眼"、"文心"的核心符码，月亮、落叶、"四君子"、钟声、飞鸟等经过历代文人的不断演绎已成为古典诗学最重要的原型。在西方文化中，由于人与自然的分立，自然物象是不大可能作为精神原型的，即便有也多是一些诸如天国、彼岸等具有终极、形上意义的抽象观念原型，是作为理性思维方式运思结果的"集体无意识"。就海外华文文学来说，汉语诗学色彩的实体性原型也是他们文本世界的重要部分。比如说，普遍存在于华文作家笔下的背影、冰河、唐人街已被研究者指认为"凸显华文文学中意象构建的重要诗学特征"，频频构建意象业已成为华文作家重要的诗学取向，又比如"行走"意象、"美利坚"意象、"绿卡"意象、"故园"意象等等。不仅折射出华文作家在特定时空中的文化体验和心灵变迁，而且意象的频繁使用大大提升了这一汉语文学的诗化程度，强化了文本的

---

① 庄伟杰：《灵魂的珍珠项链——余光中诗歌从边缘切入的两种向度窥探》，载《晋阳学刊》2005年第1期。

感性魅力。而在普遍的层面上，意象汇聚出的精神原型和文学主题往往又集聚在乡愁、放逐、火浴、山水、圆缺等中华文化母题上。著名学者杨匡汉先生曾以《中华文化母题与海外华文文学》一书，系统论析了传统文学母题在海外华文文学中的普遍存在，并以"灵根"概括传统文学母题之于华文创作的本体地位，断言正是由于它们的渗入决定了"华文作家将成为精神的富有者"①。不妨说，海外华文作家的文学主题和原型，虽然由于地域的跨越呈现出异质文化的因素，但散发着感性诗意的汉语文化永远是他们凭依的母体，是他们获得诗学新生的基点。而从新近出版的《海外华文文学读本》所选篇目来看，不仅与"中国经验"的连接是一个基本的选择标准，而且汉语诗学的言说体式也构成这些中国经验的重要诗学外观。展读这些作品，如果抛开他们旅居海外或加入外籍的身份特征和体验的异域因素，传统味的诗性色彩显然是其中大部分作品的重要表征。②

从语言到意象、原型等方面体现出的中国经验，决定了华文文学在诗学精神和传统诗性文化的重叠和交汇，从源头处决定了它的诗学特性。显然，传统诗学以一种历时性的"诗意表达"成就了中国文学的海外经验。而古典文学和华文文学的互文性牵涉，在反映出海外华文文学和中国古典文学文化本源性的同时，也显示出与西方文学的本质差异性。这不仅意味着当代华文写作的精神取舍，而且表明本土资源在华文比较诗学建构中的不容忽视。这样一来，"散存结构状态"的海外华文书写，就将从属于母语诗学意义的跨界实践，以"昨日"古典文学搭建起的汉语诗学精神，也就获得了当下的意义规定性，得以维系起整合华文诗学的现实重任。

---

① 杨匡汉：《中华文化母题与海外华文文学》，长江文艺出版社 2008 年版，第 225—230 页。
② 吴奕锜、刘俊等选编：《海外华文文学读本》，暨南大学出版社 2009 年版。

二、从现代文学到华文文学：现代性体验的"内外有别"

和现代文学的发生一样，海外华文文学也是国人迎应现代人生表达的产物。现代性体验的产生表明了中国人在现代语境中对于世界和自身独特体验的生成，这不仅涉及国人传统经验结构的转变，还意味着汉语诗学连续体的裂变并进入现代时期的再一次"被定义"阶段。由于西方化的现代性体验在这一转换过程中具有催生、引导文化转型的主导意义，长期以来也一直被认为是考量汉语诗学现代化的基本维度。既有论域中的华文现代性问题，往往被叙述成西方异质文化特征的近距离实现或"朝向西方"式的国内本土文学现代性的跨域回应，终而削弱了汉语文化在世界华文文学现代性建构方面具有的本体意义。事实上，海外华文文学的现代体验问题反映了现代国人在异质文化环境中的生存价值或地位问题，根源仍在于现代语境中裂变的汉语文化体验。在人生漂泊与精神皈依的两难中，文化选择最终可以解决面对的所有问题，也构成了灵魂深处的实在性体验。从总体上讲，这种体验性属于汉语诗学现代性生发的基础部分，对于呈现汉语诗学在异域文化维度上的变奏和再生具有重要意义。汉语诗学的现代性，说到底是汉语人群的心理、精神及其表述结构的现代体验问题。正如王一川所言，体验是中国现代性的基本的地面①，而对中国人的现实生存境遇的体验，也就是海外华文诗学现代性的地面。在此意义上，华文诗学的现代性体验，可以被归结为汉语作家在异质文化空间中关于生存体验的具体表达，汉语文化精神之维的维系和脱离的矛盾冲突构成了精神世界的表征，而随着意义向汉语和传统文化维度的倾斜，也就标识出海外华文文学与国内现代文学在现代性体验上的内外有别，存在着体验向度、心理结构、表现重心等方面的不同。而将海外华文文学与中国现代文学置于平行或影响的比

---

① 王一川：《中国现代性体验的发生》，北京师范大学出版社 2001 年版，第 3 页。

较层面，也就容易辨识这种体验在域内外汉语诗学中演变的趋同和差异，从而显现出华文文学在现代汉语诗学维度上的独特构建。

如果说中国现代文学的国内进程带有明显顺服西方文化理念的倾向，或许并不为过。从文学史实来看，现代文学基于传统文化精神的反叛而走上了近一个世纪的面向西方强势文化的现代化历程，有着接近西方的现实诉求。长期以来，我们在中方与西方的文化冲突、对话中一直倾向西方，虽然有着西方文化在跨文化交流中置入优势的影响，但无疑也和文学界"朝圣"西方的单向型心态的作祟有关。一定程度上，这在给现代文学的现代化进程染上浓郁反传统色彩的同时，就使其在"现代与传统的二元对立"的精神冲突中与汉语文学精神渐行渐远了，只是在诸如京派文学、寻根文学或国学研究等少数领域那里得以存活。由此在现代文学的现代性体验问题上，形成单级移植西方话语的现象也就不足为怪了。而基于将海外华文文学视为现代文学跨界呼应的论点过于看重华文文学与现代文学、西方文化的靠近，似乎并不怎么看重海外华文文学现代性体验的汉语文化属性和意义。事实上，海外华文文学的现代性问题，从出现之初就浸染了浓厚的中国色彩，这似乎并不能简单理解为对现代文学等"朝向西方"式现代性体验的呼应，相反，华文文学的现代性问题在民族文化惯性的巨大推力之下，却在中方和西方的文化冲突与对话中更多偏向于前者。对于汉语诗学精神的保持，使其在跨文化冲突中更多采取中国文化本位主义的立场。地理方位上的域外之异却意味着对本土汉语文化精神上的深刻认同，这恰恰是国内现代文学所一度阙如的。在此背景上来看海外华文文学，其现代文化冲突语境中体验维度的本土化倾向，反映的恰是对于汉语诗学形态和经验结构的认同和适度变异，表现出构建全球化语境下的现代汉语诗学价值的意图。

在一定意义上，中国现代文学怀抱走向西方态度的现代化过程，可以被视为对汉语诗学精神的一种背离。由功利的社会化诉求所主导的文学现代化异化了汉语诗学的诗性精神，现代文学由此开始了社会政治热情掩盖个体体验的长达近一个世纪的非文学化过程，直接导致了现代文学对于个体经验性和审美诗意的弱化直至取消。一般而言，中国现代性体验的发生和发展是沿着器物——社会制度——文化精神等现代主题演进而发生的，不仅一直伴随着接近、融入西方的过于强烈的社会性诉求，而且侧重于社会经济、主权政体、科学技术等"宏大"的现代性主题。随着中国国内社会形势的变化，这种宏大现代性诉求日渐挤兑了个体日常人生体验的感性空间和意蕴表达。有学者曾指出 20 世纪的中国本土文学就是一种非文学[①]，相当意义上，此间文学主流话语对于乡土田园、自然诗意、人生意境等文学形态的挤压造成了现代文学的诗意匮乏，就是一种对于汉语诗意精神的深度背弃。而脱离了国内现实生存的海外华文文学显然不再有这样的外在催迫。地理空间上的"去国"使他们远离了中国本土日益喧嚣的社会化热情，沦为边缘人的异域困境又使他们无法融入"他者"社会，由此，不仅制导国内文学现代性发生的社会化、政治化的整体统摄能力必然被淡化，而且异域现实受挫造成的心理动荡也在强化着身心的敏感度。语境上的相对宽松孕育了创作上的"别样"与可能，海外华文文学由此呈现出不同的现代性体验走向。显然，这种牵涉了个体离乡、去国的失根甚至无根化的人生体验沾染着厚重的个性色彩，孕育的就是一种现代性体验的个体生存论倾向。他们不断咀嚼着自我的生存情绪，乡愁、对故国的回望、对异域生存的种种不适和受挫，不期然地流露出的记忆和想象中的汉语诗意一度成为华文文学重要的精神表征。即便少数曾营造出入主异国的理想化世界，也多存

---

① 朱晓进、杨洪承等：《非文学的世纪》，南京师大出版社 2005 年版。

在着文化消解的复杂与自相矛盾。正如白先勇回首中国的文化传统，以至"对自己的国家的文化乡愁日深"，开始了"自我的发现与追寻"，"回到爱荷华，我又开始写作了，第一篇就是《芝加哥之死》"[①]，最终成为"现代中国最敏感的伤心人"[②]。而马华作家林幸谦的叙事，"从早先的寻寻觅觅到后来的乡愁解构，从故国梦中出发到走出民族主义论述，都脱不出追寻、幻灭、反思、再追寻的回转往复"，抒写的核心问题仍是"如何在多元文化中保持自身的文化身份"这一不乏普遍性的心理困扰。[③]

跨界的华文文学展现了注重个体性生命情怀的诗学品格。这些情绪在大陆已随着传统文学的潜隐被湮没在民主、科学、革命的现代性呼喊之中。虽说诸如鲁迅的故乡系列、冰心的去国系列、郁达夫的零余人系列、废名和沈从文的乡土叙事等现代作家作品曾张扬过类似的感性体验，但最终未能生长为大陆文学的主流。与其说华文文学对个体体验表达的偏重与弱势文化在西方强势现代话语面前的心理失衡有关，倒不如说更多源于乡土中国文化之根断裂而产生的域外边缘身份、文化乡愁等深层原因。这种文化乡愁或离散美学等身心状态的存在，延续和拓展了汉语诗学的感性体验，不仅本真的展现出民族个体在现代异质文化语境中的心灵历程，也反映出汉语诗学在现代语境中的裂变。在动摇中国人体验结构的同时，反映出汉语诗学现代化语境中的真实处境，而这显然不能算是对西方文化的位移、移植甚至融入西方的现代化热情与"偏执"。这种体验涉及中国人在海外语境中新的生存体验及其价值的直接体认，使他们不得不在全球性与区域性、西方性和民族性的多重空间中重新认识汉语文化价值。而华文文学的现代性体验特征，也由此得到定位：（一）现代化意味着一种生存和既有文化身

---

① 白先勇：《蓦然回首》，尔雅出版社 1984 年版，第 77—78 页。
② 夏祖丽：《第六号手指》，文汇出版社 1999 年版，第 327 页。
③ 朱立立：《身份认同与华文文学研究》，上海三联书店 2008 年版，第 128 页。

份的双重危机，混合深沉创痛的新体验，汉语文学面临着从感性抒发到语种被瓦解的困境；（二）抗诉着西方世界的同化，在汉语文学诗性精神的张扬中渗透着民族性和普遍性相混杂的多元人生诉求，寄寓着更清醒的生存主体意识；（三）现代性体验是一种与异域文化的兼容与互动，海外华文文学的"出走"，反映出对汉语诗学精神的维持以及与西方文化共生共存的境遇。当然，这种"出走"的早期每每在遇挫之后不得不有所回归，而伴随着华文文学在海外半个多世纪的挣扎打拼，随着国内形势的好转和华人地位的提高，华文文学在这一方面开始表现出更多的自信，体验结构中又增加了更多反思性的成分，使得他们开始更广泛地介入当地国度的文化传播和建设，又为华文的海外传播提供了更广阔的共生空间。总体而言，置身海外的华文作家，在现代和传统、中国和西方的冲突中，一直侧重于在文学想象中维系汉语文学的语言和精神，在中国经验的抒写中"重返中心"，继而呈现出在文学用语、体式特征、故国情怀等方面对汉语文学形态抒写的偏重。显然，现代性体验的发生使得华文文学更深切体认到汉语诗学精神在现代化语境中的处境，作家们一直在尝试着对中国文体的重建，但又不得不接受现实对于汉语诗学的改造。因此，他们的创作在维系汉语文学形态的同时也在吸纳着西方文学的因素，不仅在日常体验上容忍甚至应和西方文化因素的介入，在文学表达上也融合着西方现代派、存在主义等文学艺术。如果说汉语诗学精神在现代文学的存活只能沦为一种相对潜隐的所谓"沉变"的话，那么，在海外华文文学中则明显属于一种公开性的"显变"，具有更加明确的汉语诗学精神现代化的指向。事实也说明，华文作家更容易理解和鉴别西方文学之优劣，"更善于在自己的作品中融合东方文化和艺术，是供中国本土作家参照和研究的好样本"[①]。

---

① 鲁西：《海外华文文学论》，载《广西民族学院学报》1997 年第 4 期。

现代性诉求的西方化以一种相对极端的方式撕扯了汉语文化的生存根基，虽然说这种变化未能从根本上动摇汉语诗学的精神基础，但无疑预示着汉语个体必然在时空断裂中经受身心体验的多重裂变，汉语诗学也必须在与异域文化的冲突对话中重塑自我。相较于国内的现代文学来说，由海外华文文学承继的汉语诗学的诗性品质，互文性地弥补了国内文学的现代化偏失，展现了汉语诗学在现代语境中"被现代化"的真实之维。

三、从本土到海外：建构华文比较诗学的基本维度

诗性的汉语文化构成了当代海外华文文学的底色。在比较诗学视野中看待这一问题，本土性的汉语诗学精神也就凸显为建构华文比较诗学的基本维度，因为"所谓比较诗学意义上的审美追问必然与产生这些审美异同的各种文化传统发生关联"①。这就意味着，关于海外华文文学的比较诗学问题，有必要体现一种从东方到西方的参照倾向，在展开中西对话的同时展开古今对话，改变以往以西方为主对话关系的片面，运用汉语诗学理论对华文文学创作、文学现象和文学思潮进行阐释，重视被传统比较诗学遮蔽的汉语诗性景观，从而重建汉语诗学主体。这一汉语比较诗学的思路，大致包括以下三个方面。

（一）汉语诗学范畴与华文诗学的关系。正如上文所说，作为汉语文化母题所孕育的海外华文文学作家，基本上还保持着相对浓厚的汉语文化情怀，汉语诗学从形式到内在精神潜移默化的影响，不仅制约着作家的思维方式和行为方式，而且不断激发着主体的创作灵感和文学激情。在此背景上，汉语诗学的理论范畴在多方面显示出建构华文诗学的本体意义。首先，汉语具有诗学构建的本体意义。语言是特定文化的产物，语言的使用反映出

---

① 陈跃红：《比较诗学导论》，北京大学出版社 2005 年版，第 301 页。

文化的取向和选择。作家使用的媒介是语言，无论做什么，均需要语言或通过语言来做。文学创作产生的心理效果、主题意义都奠基于语言特征这一最基本的诗学要素。而考察汉语介质的华文创作也就必须以此为出发点，重视汉语言在华文文学创作中的符号学和文化学意义，关注其在华文文学空间营造上具有的从形式到文本意蕴生发的本体价值意义。鉴此，华文诗学需要充分重视汉语语言的声音、画面以及文体、主题内涵和艺术思维等诗学特性，进而突出华文文学语言诗学理论构建的"汉化"倾向。海外华文文学家大多具有汉语运用的文学自觉。除去上文提及的白先勇、聂华苓、於梨华、严歌苓、余光中、李永平等人外，佩琼同样对于汉语有着从介质到文化血统的深刻认同，"认识起码的中国字，了解中国的传统"的告白渗透着汉语和民族文化身份日渐被异质文化同化的深深忧虑，作家"心头萦绕着《雨巷》的诗句"，仍是"父亲送给她的'中国'的东西"（《油纸伞》）；孙爱玲笔下流淌的是碧螺春、青花龙身茶壶、三字经、蔡文姬、雕花凤凰、唱花旦、旗袍……是传统家庭生活的温文、淡雅以及如茶香一般的幽远，语流从容而感性，是一次汉语诗意和文化元素的集中呈现（《碧螺十里香》），黄运基则以汉语写作营造着自我的"中国梦"，寄寓着"何日是归期"的现实和文化返乡诉求（《寻》），等等。固然华文文学的汉语特质面临着异域文化语境冲突和同化下的价值调整，作家在创作语言的选择上也有着多种选择的可能，但颇具民族文化意味的汉语介质运用的普遍自觉，意味着汉语理应成为构建华文诗学的根本范畴。

其次，抒情性之于华文诗学的意义。不可否认，华文文学的诗学特征也具有很强的叙事性，表现出浓厚的现实主义色彩。这种现实主义倾向下的华文诗学，在叙述域外华人群体的浮沉、打拼的人生过程时，也曾塑造出诸如桑青与桃红、少女小渔等一系列性格丰满的人物形象和起伏跌宕的情节叙事，具有较强的典型性等叙事诗学特色。但问题是类似范畴的诗学价值并不能够彰显华文文学的诗意性质，而且可能导致局限于传统小说理论框架的老生常谈。而华文文学的诗意不仅在小说中占有较大比重，诗歌、散文也颇能体现这一特质。对于华文文学来说，最能体现诗学魅力的，恐怕并不是那些典型性、情节性意义上的人和事，而是弥散其间的个体人生体验的感性美学效果。在此意义上，强调意象思维、意境理论等抒情范畴在这一诗学结构中的价值，是对华文文学文体的诗意形式和汉语诗学精神本质的双重关注。意境所包含的从语言到意象、情致、境界、文本氛围等多方面的诗性魅力，不仅能够体现介入华文小说、诗歌、散文评价的跨文体性，而且也容易显现华文创作诗意表述的抒情性质，开启一个远比小说叙事诗学更能适应华文文学的理论空间。事实上，从许多出彩的文本中可以看出，"出走"海外的华文文学要寻找一条在异域文化语境中安身立命的美学形式，必然依托汉语诗学的理论资源，认同意境等理论所蕴含的中国文化的独特审美个性，在叙事与抒情、典型和意境、再现和表现等转换张力中，铺设一条适合自身的美学通道。由此，一系列的诗学范畴或需要调整，或需要新创，已非旧有概念所能胜任。虽然现代本土汉语的诗学是由五四白话文创构的以叙事文学为主的时代，抒情的诗意范畴已失去了传统意义上的中心地位，但要恢复华文诗学的抒情特质也就需要改变既有以叙事、传奇甚至反映论、认识论、历史本质论等范畴去构结诗学网络的做法，强化汉语诗学的抒情价值和意义。

再次，汉语诗学精神赋予华文诗学以主体性意义。东西诗学是两种截然不同的理论形态。从西方诗学形态来看，它的精神主流在于以理性意识引导下以再现为主体的模仿诗学和以形上的神性中心论为主的抒情诗学，是对西方古典戏剧、小说加以理论化的产物，这和汉语诗学起源于自然与人相谐和的原始诗性思维，以及以诗歌为主导文体的诗学理论，有着很大的区别。现代语境下华文文学和西方文学的共生关系，固然是现代汉语诗学建构的重要理论背景，但如果重西轻中无疑是本末倒置。在此意义上，重视汉语诗学的主体性，就是华文比较诗学返归自身文化结构、族类本性的应有路径。这一思路下的比较诗学研究，应该注重在中西文化的跨文化背景中寻找汉语诗学的古今嬗变，以纵向的互文来阐释华文诗学，突出跨越时空的诗学和文化对话，彰显自有系统内的诗学比较性。正如有的学者所说，"比较是一种代表着现代文化需求和现代学术精神的方法去向"①。作为汉语文学史重要部分的华文文学，只有在这样一个全方位的比较过程中辨识文化精神中的鲜活内容，其所谓中国命题和文化中的中国元素，在被不断阐释运用之后，才可能整合性地走进汉语世界，成为汉语诗学的有机构成，而不至于沦为西方诗学的注释和补充。

（二）"人的文学"语境下华文诗学的建构，有着汉语诗学精神的深刻资源。华文诗学的发生，当然有中西原因，因为作为一种域外文学，必然要从这两个方面加以界定。对此，笔者的态度是：正是有了内在的来自汉语传统诗学的诗性诉求，华文诗学才在西方文化的启引之下将这种感性的诗意理性化，实现诗学建构的目的。在"人的文学"语境中看待这一问题，华文诗学的这一特征显然有着深刻的汉语诗学精神动因。从汉语诗学的发生看，我们可以在汉语诗学的原始诗性文化中寻求答案，汉语语言和诗性思维的生命感性，在根基处就存在着与人自然本性的深层契合，孕育着汉语个体诗意的生存情怀；而较近一些来看，晚明以来的性灵文学思潮又构成了古典文学最具活力的人文景观。李贽的"童心说"，三袁的"独抒性灵，不拘格套"、"诗之传者，都自性灵，不关堆垛"的"性灵说"，这股绵延于

---

① 陈跃红：《比较诗学导论》，北京大学出版社 2005 年版，第 24 页。

历史话语之中的文学思潮无疑是"人的文学"的古典形态，最终消解着非人性的儒教传统，使得追求个体生命自由发展的抒情品格成为诗学的主流。这一点虽不能绝对化，但无疑构成汉语诗学的根本处，而现代"人的文学"虽有着西方的影响与催生，但实有赖于前者提供的水到渠成之便利。在此背景下，华文诗学建构以汉语的感性诗学为先决步骤和参照，重视以抒情理论为主的汉语诗学资源，就是汉语诗学经由自身"人的文学"维度推演出的话题。国内的现代文学并不具备这一意义的推演性，长期以来面向西方的理性化和社会化的现代诉求，弱化了"人的文学"的诗性意义。而"阶级文学"对于"人的文学"的非难，集中反映出革命阶级对于阶级的主体地位及其对文学的特殊要求，人性被置于革命的对立地位，在放逐汉语文学人情和个性意义的同时，也抽空了革命群众的鲜活个性，致使"人的文学"沦为空洞的概念躯壳。背离"人的文学"的同时，也就背离了汉语诗学的生命品格。如此，在人的文学背景下看待汉语诗学的现代性意义，汉语诗学也就寓示了人性的诗意动力与意义。如此，"恢复中国传统诗学活泼泼的生命体验，恢复'人'在诗学意义追寻中的地位"，"将诗学的一般语言和美学追问转化为对人的诗意存在和意义的探询的根本性追问"，无疑也是华文诗学乃至中国诗学现代性建构的重要努力方向。[①]

（三）华文诗学属于汉语诗学和现代诗学交汇共生的产物，具有丰富的理论张力。强调海外华文诗学与传统汉语诗学的联系，并不意味着轻视西学影响在华文诗学建构中的重要地位。若无西方近现代人文主义思想的激发以及西方文化语境在个人品格上的示范，汉语诗学的感性诗意或许并不能够在华文文学中得到相对集中的表现。因为产生于传统文化母体的汉语诗学精神已经失去了分娩汉语诗学现代性的能力，只有借助外力的撞击，方

---

① 陈跃红：《比较诗学导论》，北京大学出版社 2005 年版，第 168—169 页。

有可能促生传统汉语诗学向现代转化。但在当下华文诗学波谲云诡的理论建构中，如果不去研究汉语诗学的"原生性"，不重视汉语诗学精神在诗学现代化进程中的至高无上作用，除了证明我们在西方话语面前的矮化和个体生命诗意的淡薄，还能证明什么？相当程度上，华文诗学的诗性建构体现的是一种中西交汇的阐释思路，是一种在传统与现代、本土与异域、东方与西方多元互动中对汉语诗学本真品性的探求。比较诗学视野下的华文文学研究，是近年来研究界大力倡导的结果。从倡导者的观点来看，动态多元研究视野和从国家中心走向以"人"为中心而非以"文"为核心的"华人学"研究，已被舆论指认为当前华文文学研究的方向。我们固然不能否定它的客观与合理，但其中的吊诡是，这种对华人身份的强调是否潜藏着人种学、社会学的非文学化倾向，走向以"人"为中心的华人学走向，是否还存在着消弭民族文化身份特性而落入移居国中心的危险，而且以人种作为华文文学的命名取向，本身还存在着对华文文学作为语言产物的文学本性的消解。虽说海外华文文学研究需要开放视阈，但无疑仍然要以汉语诗学或汉语文化精神为立足的基点。只有体现这一精神参与的主体性，才能够使华文文学保持华文性，而不至于陷入文化身份建构争论不休、命名流动不拘的众声喧哗困局，遮蔽华文文学进入汉语文学史的合理性和合法性。

目前比较诗学语境下的华文诗学建构，有着突破西方诗学理论的"覆盖"而回复自身语言与文化的汉语血统，彰显诗性维度的必要。这里需要指出的是，汉语诗学目前还只是华文比较诗学研究中的一种方法和视角，它在多大程度、多大范围上构成了对海外华文文学的影响？华文作家们又是在多大程度上接受它的影响并体现在创作中？面对华文文学愈加纷呈、品味各异的作家作品和艺术创新，以及异质文化同化的逐渐深入，华文文学诗性的语言和文化的"纯正"性还能维持多久？这里仍存在着一个适用范围和场域的问题，值得我们追问与思考。这样一来，诗学阐释难免会出现某些片面化现象。我们当然不可能，也没有必要将海外各地区、多层次的华文文学统统纳入到汉语诗学中来，但汉语诗学的诗性之维，突出的是汉语文学的审美品性和文化血脉，毕竟是构建华文比较诗学的基本维度。

下编

作家作品论

"隐逸"的限度

——20世纪二三十年代周作人的精神转向及其影响

从 20 世纪 20 年代初到 30 年代中期，随着"五四"的落潮，周作人的为人为文发生了明显的变化，淡化了"五四"文学革命时期追求文学的启蒙功能或服务于政治目标的功利化倾向，转向闲适、情趣，表现出了浓郁的隐逸气。关于周作人这一时期的变化，一般认为是逃避现实的弱质人格的表现，是一种缺乏"建设性"的"隐逸主义"①，倾向于做社会学的评判，甚至将之视为其后来"附逆"的原因。这类解释的共同点在于割裂了周作人文学观念的整体性，忽视了在这一转变中文学观念所包含的积极意义。其实所谓"隐逸"只是其在"人的文学"观念框架内的一种调整，并没有脱离既有的"为人生"文学轨道。这一变化的产生，不仅和其"人的文学"观念的丰富性有关，还涉及周作人现代和传统的二重复合人格以及这一时期社会境况变化的影响。

一

在 1922 年宣称为"自己的园地"写作时，周作人"以为文艺是以表现个人情思为主，因其情思之纯与表现之精工，引起他人之感激与欣赏"②，"文

---

① ［英］卜立德：《一个人的文学观》，陈广宏译，复旦大学出版社 2001 年版。
② 周作人：《文学的讨论》，载《晨报副刊》1922—2—8。

艺须是著者感情的表现，感人乃其自然的效用"①。对个体性情的关怀就开始取代社会的群体关怀，文学重心开始转移，为人为文散发出较为明显的"隐逸"气息，这主要表现在三个方面：一是在政治上，他已离开主流文学阵营，在文学上不满于主流文学工具性的"载道"取舍标准，力求与之划清界限，体现出逃离意识形态的"出世"姿态；二是在艺术上，关心"艺术和生活自身"，而排斥其中"所隐含的主义"②，回归自然田园、回归自我性情、回归生活的"生命"价值取向；三是为人为文趋于淡泊、平和、闲适，自觉不自觉地表现出对现实人生的超越。

隐逸是传统文人应对"入世"和"出世"矛盾的急剧冲突状态而采取的退守性人生态度和方式，往往是传统文人置身现实时代夹缝中无奈的自慰，体现了传统文人儒道不能兼济的进退失据的矛盾心态，多具有逃避现实、反社会化和丧失正向进取精神的悲观色彩。周作人的隐逸在外在品貌方面虽和传统的隐逸有着一定的同构性，但他的思想却又不能完全说是传统的，仍可以看做是五四时期的"人的文学"的发展，并没有脱离"为人生"的既有文学轨道。"五四"初期，周作人在《人的文学》中声称，"用这人道主义为本，对于人生诸问题，加以记录研究的文字，便谓之人的文学。其中又可以分作两项：（一）是正面的，写这理想生活，或人间上达的可能性；（二）是侧面的，写人的平常生活，或非人的生活……"③这是周作人文学观念的总纲，反映了他对人生的两种不同的理解，此二者在他的文学观念里都从属于"人的文学"，并不矛盾。"为人生"可以看做是这一观念的归结点。他对人生有多元的理解，前者是"理想生活，或人间上达的可能性"，可以看做是文学反映人生诗性意义的一面，属于人生的人道主义、理想化

---

① 《周作人文选》，上海远东出版社 1994 年版，第 76 页。
② 周作人：《艺术与生活》，中华书局 1936 年版，第 2—3 页。
③ 严加炎编：《二十世纪中国小说理论资料》第二卷，北京大学出版社 1997 年版，第 60 页。

诉求；后者则倾向于对人生做现实化、功利化的诉求，表现出浓重的社会化取向。这就说明周作人的文学世界关注的是广义的人生，而不仅是通常意义上的社会学人生。从此出发，周作人此时的"隐逸"只不过是从"人的文学"的一端转向了另一端，从社会性的人生关怀转向了个体人生的关怀，其思想的实质在于倾向了"理想生活，或人间上达的可能性"，即"乃是一种个人主义的人间本位主义"，"要讲人道，爱人类……占得人的位置"。①这样一来，他和强调"为人民"、"为革命"等功利目标的主流文学之间必然形成鲜明的思想分野。正因为如此，这一时期他在把握住了"人的文学"观念的审美精神的同时，却又被指称为表现了一种落后的"隐逸主义"的文学气度。②

这一时期的周作人认为文学是"使用美妙的形式，将作者独特的思想和感情传达出来，使看的人能因而得到愉快的一种东西"③。从早年的"为人生"的文学启蒙诉求转到了现时的隐逸，周作人获取着田园、性灵生活、生命的欢悦。其实人类对于悠闲的生活都有一种本能的向往，庄子、陶渊明、竹林七贤、废名等等，他们的隐逸虽原因各异，但面对"天人合一"的和谐融洽，人性都表现出了明显的相似。《故乡的野菜》、《喝茶》、《北京的茶食》、《娱园》、《初恋》、《苦雨》等从他的记忆里缓缓流出，如闲话家常，如轻风絮雨，有淡淡哀愁，有恬静的回忆，又有几分超脱。虽说遭受了现实的无情挫折之后，回归自我、归隐田园不乏无奈，但这一切又未尝不是个体真性使然！在相当意义上，这类"隐逸"印象下的关怀提供了一种本源意义上的审美人生经验，这是"产生美感的东西以及来自审美满足的印

---

① 严加炎编：《二十世纪中国小说理论资料》第二卷，北京大学出版社 1997 年版，第 60 页。

② 鲁迅：《鲁迅全集》第 8 卷，人民文学出版社 1985 年版，第 380 页。

③ 《周作人文选》，上海远东出版社 1994 年版，第 15 页。

象"①，可以看做是人在自然、生存和生命意义整体性的领悟中获得的美好感受和体验，是一种内在于生命的追求。作为一种具有终极意义的人生关怀，周作人的转向正属于他自身所宣称的"写这理想生活，或人间上达的可能性"。在那样的年代，不妨视为一种"在污秽现实中虚构一个理想净土的真诚感情与求索精神"，具有积极的现实意义。而以往我们评判周作人或"五四"作家的这一倾向时，往往片面地视之为对现实的逃避，加以社会学的批评，恰是因为忽视了这一点，而长期的忽视又使之难以"得到过正宗文学观点平等相待的宽容与尊重"②。事实上，将之与"逃避现实"等同更多出于一种误解，是从作家的人生实际出发而对应性的单一理解其创作的产物，其结论带有较强的功利性、实用性等社会学意义。

二

周作人的人格特点是既有追求西方式的个性解放，又带有强烈的传统隐逸气质。早年带着一股热情投身于社会变革，理想主义色彩十分浓厚，"隐逸"只是潜在的。而随着启蒙变革理想的破灭，逐渐地背离主流，回归文学和自我，先是回归文学园地，在文学园地也丧失之后又关闭了"文学店"。在"出世"和"入世"进退之间，随着传统和现代二重人格的冲突纠葛，文学创作转向"隐逸"其实就是一种必然。

周作人人格结构中的传统成分是明显的。他对传统的隐逸文化一直保持着热情，即便在"五四"高潮那样"一个政治激情压倒一切的时代"，也没有失却。关于这一点，早在1918年胡适就指出过，认为他向往的"实则同山林隐逸的生活是根本相同的"③，废名也说他"有点像陶渊明"，为

---

① ［法］让·贝西埃等：《诗学史》，史忠义译，百花文艺出版社2002年版，第533页。
② 陈思和：《中国新文学发展中的浪漫主义》，载《学术月刊》1987年第10期。
③ 胡适：《非个人主义的新生活》，载《时事新报》1920—1—15。

人为文有浓厚的"名士气"。周作人对闲适有深切的体悟，认为闲适分为大小两种，小闲适指"醉卧古藤阴下，了不知南北"，大闲适则如誓死如甘寝的大义凛然，如"老吏断狱，下笔辛辣"①。显然他不喜欢后者，他那一系列闲适文章已向世人昭示了这一点。这一时期他不仅流连于田园山水，还从传统的性灵文人那里寻到幽默趣味，一种类似于游戏意味的精神症候。1923年，周作人称自己写了一些"近于游戏的文字"，并说从中"也可见我的一些脾气"。②他还特别希望在《语丝》上多一些"为滑稽而滑稽"的文章③。他的趣味也渐渐多样，他说："趣味有多种……如雅、拙、朴实、清朗、通达、中庸、有别择等，反是者都是没趣味。"④对于周作人的幽默，郁达夫概括为"湛然和蔼"，这和鲁迅"辛辣干脆，全近讽刺"的"投枪"无疑形成了鲜明的对比⑤。他不喜文章的沉重，提倡的是淡谐，是情胜于理，"讽刺因道德目的毒辣一些，幽默则宽泛一些，也就宽厚一些"。⑥他的淡谐是豁达超然，闲适是超越了人生的苦痛哀乐，是常人难以企及的诗意境界。正如他在《春在堂杂文》中说："诙谐的美学原则是游戏而节制，庄重而极自者。"《谈酒》、《秋虫的鸣声》、《买墨小记》，《瓜豆集》、《苦竹杂记》、《看云集》等作品正是此类美学原则的尝试，清茗淡酒，草木虫鱼，远山近水，平淡、闲适，这既是诗的境界，也是人生的境界。费振钟在《江南士风和江苏文学》一书中曾分析了传统文人闲适化、趣味化的特点，和现代的周作人无疑也有着很大程度上的重合。

然而周作人又并非完全是传统的。其时虽被称为钻进"故纸堆"，"文

---

① 周作人：《瓜豆集》，宇宙风社1937年版，第247—248页。
② 《周作人文选》，上海远东出版社1994年版，第217页。
③ 周作人：《滑稽似不多》，载《语丝》1925—1—5。
④ 周作人：《苦竹杂记》，良友图书公司1936年版，第84页。
⑤ 郁达夫：《中国新文学大系·散文二集导言》，上海文艺出版社1984年版。
⑥ 老舍：《老舍文集》第15卷，人民文学出版社1993年版，第232—233页。

抄公",已找不到当年的锐气和锋芒了。作为曾经的"五四"战士,他对社会和文学失望至深,但并不意味着他逃避了现实和社会,完全进入了"象牙塔",用卜立德的话说,"就像顾炎武,平常所欲窥知者,仍在'国家治乱之源'和'生民根本之计'"①。他自己后来也承认这一点,"假如把这些思想抽了去,剩下的便只有空虚的文字与词句,毫无价值了。"②总体来看,他一直没有脱离这些,即便在二三十年代,他被归入"隐逸主义","缺乏建设性",也抛不开现代知识分子对于现实的使命意识,处于一种矛盾心态之中。郁达夫曾形象地描述过这一情形,"悠闲的,但也不息地负起了他的使命;他以为思想上的改革,基本的工作还是要做的,红的绿的灯光的放送,便是给路人的指示;可是到了夜半清闲,行人稀少的当儿,自己赏玩赏玩这灯光的色彩,玄想玄想那天上的星辰,装聋作哑,喝一口苦茶以润润喉舌,倒也是于世无损,于己有益的玩意儿。"③从对社会的启蒙和现实的抨击转移到清闲,对人生的体悟也就转变为个体性、日常性的人生意义的思虑,追求的是平心静气和内在超越。他说过"文章的理想境界我想应该是禅,是个不定文字,以心传心的境界。有如世尊拈花,迦叶微笑。"④透露出"抱神以静,行将自正","彻悟内心清静"的禅意,庄禅之境也成为他的一种境界。展读他这一时期的作品(散文),他犹如方外之人,在苦雨斋中听风看雨,品茗饮酒,临帖作画,赏玩着草木鱼虫,依着一己之心性种着果蔬地丁……徐复观先生指出"老庄思想当下所成就的人生,实际上是艺术的人生,而中国的纯艺术精神,实际系由此以思想系统导出"⑤。的确,人类历史上人们所孜孜以求的不就是这样一种人生的境界吗。用 E. 贝克的话说,"我们

---

① [英]卜立德:《一个人的文学观》,陈广宏译,复旦大学出版社 2001 年版,第 140 页。
② 《周作人散文》第二集,中国广播电视出版社 1992 年版,第 79 页。
③ [英]卜立德:《一个人的文学观》,陈广宏译,复旦大学出版社 2001 年版,第 6 页。
④ 《周作人文选》,上海远东出版社 1994 年版,第 45 页。
⑤ 徐复观:《中国艺术精神》,春风文艺出版社 1987 年版,第 41 页。

有限生命的最大渴求，我们的一生都在追求着使自己的那种茫然失措和无能为力的情感沉浸到一种真实可靠的力量的自我超越之源中去。"①这一切虽在当时的主流文学看来，缺乏社会学意义上的合理性和合法性，但就"人的文学"精神而言，表现的恰是一种审美启蒙的现代人学精神。

周作人的思想是博杂的，二三十年代是他文艺思想的成熟期。二重的人格结构不仅决定了他对文学的多元理解，也为其文学观念的调整提供了内在的人格支持，制导了"隐逸"印象的生成。这不仅塑造了周作人在文学史上的复杂性存在，也影响了后来的诸多作家，俨然引领了一股文学潮流。在他之外我们可以列举出废名、俞平伯、丰子恺、沈从文、汪曾祺……他们的创作虽然和主流、时代不甚合拍，但对个性化、性灵化人生的共同追求体现的正是文学本真维度上的努力……

三

周作人的"隐逸"还源于"五四"之期社会的急剧动荡带给现代文人的思想困惑和精神迷惘。从 20 世纪之初的"国民精神近于美太"到"五四"初期"为人生的文学"的启蒙文学观念，他和许多先进知识分子一样，在启蒙与救亡的双重话语情境中为新文学呐喊助威，一度成为时代的潮头人物。"五四"落潮以后，社会形势急剧恶化，现实的冲突和理想的受挫使浓重的幻灭感、末世感成为一代知识精英的普遍心态。周作人越来越失望地感觉到"过去蔷薇色的梦都是虚幻的"②，"照我自己想起来，即梦想家与传道者的气味渐渐地有点淡薄下去了。一个人在某个时候大抵要成为理想派，对于文艺与人生抱着一种什么主义。……现在我大抵仍是爱好，不过目的稍有转移，以前我似乎多喜欢那边所隐现的主义，现在所爱的乃是那

---

① 转自刘小枫《诗化哲学》，山东文艺出版社 1986 年版，第 32 页。
② 《周作人文选》，上海远东出版社 1994 年版，第 117 页。

艺术与生活自身罢了"。①加之由于深信"人类之不齐、思想之不能与不可统一"②，于是独自走自己的路。在《十字街头的塔》一文中他说，"我本不是任何艺术家，没有象牙或牛角的塔，自然是站在街头了，然而又有点怕累怕挤，于是只好住在临街的塔里。大众看见塔，便说这是智识阶级（就有罪），绅士商贾看见塔，便说这是贵人（应取缔）"。"……所以最好还是坐在角楼上，喝过两斤黄酒，望着马路吆喝几声，以出胸中闷声，不高兴时便关上楼窗，临写自己的《九成宫》，多么自由而且写意。"从这两段自白里，不难看出他对现实的无比失望，以及不见容于左派、大众、统治者的尴尬处境。1925 年，他在为废名的小说集《竹林的故事》作的序言中写道，"我不知怎的总有点隐逸气，有时候很想找一点温和的东西来读"。生活上讲究闲适趣味，"把生活当作一种艺术，微妙的美化生活。"③而正是这样一种艺术选择使他这一时期自觉不自觉地贴近了"人的文学"的精神本义。

这一时期的周作人是苦闷的。对此，他不乏解嘲地说："有些闲适的表示实际上也是一种愤懑。"④对于这一点，历来的研究者并不否认，像他所推崇的张岱、王思任一样，周作人也有着乱世人的情怀，闲适之后隐藏着苦涩、愤懑甚至沉痛。"闲适原来是忧郁的东西"⑤，周作人一语道出了内心的落寞与失望。"入世"和"出世"的进退两难境地给他的艺术选择染上了宿命的悲观色彩，古人的"懒向青门学种瓜，只将渔钓送年华"（陆游《鹧鸪天》），他又何尝没有这一点呢？作为弱质的自由文人，在现实的巨力挤压下，退隐也是一种必然。在当时的社会情势下，他还主张"闭户读书"，

---

① 周作人：《艺术与生活》，中华书局 1936 年版，第 2—3 页。
② 同上书，第 31 页。
③ 同上书，第 148 页。
④ 同上书，第 381 页。
⑤ 周作人：《中国新文学的源流》，华东师范大学出版社 1995 年版，第 318 页。

以"苟全性命于乱世"①，这又使他的隐逸带有了避祸全身的意味。真正的隐士应是"内心自觉"或是"性分所至"，然而周作人却从来没有到达过。潜在的入世立场使他的隐逸只是暂时地离开，而没有突围性地决绝。在某种意义上，隐逸是他保持自己思想独立的一种自救方式，只不过这一方式渗透着过多的心理冲突。时至抗战，他终于走出十字街头的塔，走出自己的园地，直至"附逆"坏了民族气节，这对他的隐逸和名士气不啻是一种解构，一种反讽。作为一个传统的现代人，和俞平伯等人血液里较为纯正的隐逸精神相比，周作人的定力倒又真差了不止一筹。

总体而言，周作人的隐逸首先反映了传统文化对于现代知识分子的结构性影响。高力克在《五四的思想世界》中曾指出，中国文化传统在近代——五四时代虽经西学的侵蚀而陷于解体，"但其道德理想，人生理想和人文宗教，仍如'游魂'（余英时）附丽在知识分子的思想深处"②。虽然这有着传统社会学意义的守旧颓唐色彩，背离了时代现实的总体态势，但作为转型、寻找中的一代知识分子，他的追求却又反映出一种文学的现代性诉求，又并非是传统的隐逸所能涵盖的。在20世纪"人的文学"的总体价值取向下，这种带有较为浓重的趣味主义、性灵主义色彩的文学转向虽视文学为人生的超越。但并非否定文学与人生的关联，实际上包含了一种深刻的入世精神，反映的不仅是个人的，也是人类情感的根本需求，"文艺是人生的……是个人的，也是人类的"，"个人的生活即是人生的河流的一滴，个人的情感当然没有与人类不共同的地方"③。这一意义最终在于以文学的方式述说了对现实、人生的诗性理解，表现了较之意识形态文学更为悠远、诗意的"为人生"内容，其深层的文化与主体动机，可以视为对生命理想状态的"憧

---

① 周作人：《永日集》，北新书局1929年版，第256—262页。
② 高力克：《五四的思想世界》，学林出版社2003年版，第83页。
③ 《周作人散文》第二集，中国广播电视出版社1992年版，第198页。

憬",形式已不仅是形式,而成为探询、追问人生意义、价值的途径与工具。正如我们所看到的,在周作人有意识地追求着理想人生表达的同时,废名也在郊外的寂静月色下,聆听着竹林的故事,朱自清、俞平伯则在荷塘月色、桨声灯影、西湖景色中排遣着内心……其积极和普遍的现代人生意义自不待言。"五四"是新旧同体的,骨子里仍脱不了传统的因素。然而无论新旧、先进或落后,只要它指向对"人生"的关怀就会有着生命和活力,这是一种总能自我延续的文化机制,即便是在社会动荡时期也很难被割裂,而这不啻是"隐逸"这一传统的文化精神在现代之所以存活的基本意义。相当程度上,这也正是周作人式的"隐逸"精神所应具有的现代人文意义。

郁达夫小说的欲望叙述理路及文学史意义

作为现代小说史的重要环节，郁达夫小说的意义或许并不在于所谓"个人欲望世界"的营造和表现上。从早期反对者"诲淫"的攻击，到周作人"非意识的不端方的文学"①，及至现代学者"肯定人的情欲的合理性"甚至"有时流于病态"的论断②。虽多以《沉沦》等作品作为主要参照物，但基本是将郁达夫小说的"落脚点"置于"欲望世界"上③。然而仔细辨识郁达夫小说的文本形态，其实并不具备自然特征上的欲望满足效果，不仅《沉沦》本身不能被轻易认同于"色情"的欲望定位，而且这种对于欲望本义的偏离，贯穿了郁达夫小说创作的始终。文本叙述的这一特征表明，欲望虽然属于一种文化现象和社会现象，但如果缺乏身体性的欲望实现，就将背离欲望"质的规定性"，叙述将另有空间。而这不仅指向郁达夫小说对于欲望自然进程的中断，陷入欲望释放直至人性表达的困境，而且现实和理性内容在本质上构成对身体性欲望的压制和转化，又使文本人物（或作家）最终臣服于道德伦理、家国观念等社会性主题，融入革命时代的宏大叙事。这一理路以文本世界的形式显示意义，虽难以摆脱作家心理、社会语境等因素的影响，但仍有着自足于文本空间的运作机制，不仅使其创作有着"颓废的气息"、"人性的优美"、"一点社会主义的色彩"等主题形态的交织和

---

① 仲密：《沉沦》，《晨报副刊》，严加炎编《二十世纪中国小说理论资料》第二卷，北京大学出版社 1997 年版，第 215 页。

② 杨义：《中国现代小说史》（一），人民文学出版社 1986 年版，第 556 页。

③ 李怡：《个人欲望：创造社作家日本体验的基点》，载《社会科学研究》2008 年第 2 期。

衍替，而且开放着面向欲望的非理性颓废、生命力的诗意等多元意义空间，构成现代欲望叙述乃至现代小说的重要"原型"。

一

欲望是人性的本质内容，而性欲更是其核心。按照叔本华的观点，性欲是一切欲望的焦点，指向满足与松弛，是"欲望中的欲望，是一切欲求的汇集。一个人如果获得性欲的满足……就能使人觉得有如拥有一切，仿佛置身于幸福的巅峰"，"人类也可说是性欲的化身"。①而精神分析学的重要贡献之一也就在于将性欲视为人类的基本心理动力，指出性本能的实现之于人生的重要性。欲望的这一特性决定了欲望的存在必然和身体性欲情的宣泄、释放带来的满足感相联系，涉及人类自然属性的表达，"被压抑的本能从未停止过为求得完全的满足而进行的斗争，这种完全的满足在于重复一种原始的经验"。②而作为以欲望为表现主体的文学类型，欲望叙述的动力显然存于其中，艺术就是"本能解放的一种方式"，目标在于"解除压抑"③。如果叙述不能以此为据，就可能抹煞欲望的本质属性，从而背离欲望的生命本义。故此，叙述能否呈现欲望的满足性效果，也就成为我们考察欲望意义归属的重要尺度。就郁达夫小说而言，"自我"的人性诉求虽然一直不乏"性的要求与灵肉的冲突"，但这种斗争常常以欲望的失败而告终。欲望主体虽有着肉欲本能的强烈冲动，但并没有导致欲望的必然实现，相反欲望释放过程每每不能尽兴，难以顺利实施。由性欲的冲动和苦闷、肉体的贫病和伤感等元素构筑起的文本世界并不应和欲望的"快乐"、"满足"原则，明显"中断"了欲望的自然进程。这一点首先可以从《沉沦》等作

---

① [德] 叔本华：《爱与生的苦恼》，金玲译，华龄出版社 1996 年版，第 55—56 页。
② [美] 诺尔曼·布朗：《生与死的对抗》，冯川、伍厚恺译，贵阳人民出版社 1994 年版，第 19 页。
③ 同上书，第 67—68 页。

品得到说明。

作于 1921 年的《沉沦》是郁达夫最重要的作品之一①，对于现代知识青年"性的要求"进行了"大胆的自我暴露"。但是文中欲望主体强烈的性欲诉求并没有造成欲望行为的有效性，相反欲望的实现被"悬置"于一种"幻想"状态："他觉得身体一天一天的衰弱起来，记忆力也一天一天的减退了。他又渐渐儿的生了一种怕见人面的心，见了妇女的时候，他觉得更加难受……法国自然派的小说和中国那几本有名的诲淫小说，他念了又念，几乎记熟了。"显然，此中人物已无力践行欲望，而"幻想"作为一种虚幻的行为方式，意味着欲望行为的被动和能力的退化。主人公要么只能徘徊于自然之中作自怨自艾的心灵忏悔，要么在家国沉思中抱怨命运的不公，而所谓"狎妓"也只是喝醉了酒糊里糊涂地在妓女床上睡了一觉。欲望自然进程的阻断，意味着对于欲望"生命能量"含义的背离，由此主人公只能沦为一种丧失主体性的"多余人"，在绝望中选择"投海自杀"，以一种极端的方式，最终规避欲望。而围绕这一过程的性苦闷、自渎乃至意淫的身心反常与颓败，虽不乏欲望的感官色彩，但由于没有进入欲望的"满足"机制，也就只能成为一种不完全意义上的欲望形态。同样，作于这一时期的其他作品也是如此。《茫茫夜》、《秋柳》中的于质夫对妓女的要求是"不好看"和"年纪要大一些"，而且事后则感到"孤独的悲哀，和一种后悔的心思混在一块，笼罩上他的全心"。欲望对象选择的怪诞和效果的低下，使得原该愉悦的释欲过程近乎一种身心折磨，欲情的"颓废"所指已无法表现肉体的快乐原则。而《怀乡病者》中质夫则主动躲避了酒馆清秀侍女投怀送抱的挑逗，"连自家的身体都忘记了"。或许生活中的郁达夫能够特立独行地嫖娼宿妓、放纵身心，但其笔下的人物却无法做到这一点。显然，

---

① 本文涉及的郁达夫小说作品均选自花城出版社、香港三联书店 1982 年版《郁达夫文集》。

作为生活的反映，文本虽然投射出作家的欲望苦闷、生存困境等实际生活内容，但并不构成"生活自叙传"意义上的欲望实现和满足。比照其间人物欲望诉求的两难，不能不说明郁达夫从一开始就没有将欲望的实现作为叙述的动力，而在叙述的生成阶段就潜伏着背离欲望叙述的深层因素。由此，欲望的"阻断——失败"就成为郁达夫欲望叙述的基本背景，在普遍层面上引导、制约叙述的开始和展开。

诺尔曼·布朗说过，"人的心灵对快乐原则的趋向是无法摧毁的，而本能放弃的道路，则是走向疾病和自我毁灭的道路。"①就郁达夫小说中所普遍存在的欲望病态或变态而言，就是一种叙述上的必然。由于欲望主体以一种反常方式"满足"欲望，无疑使得其中的欲望形态异变为人性的病态。《沉沦》中主人公除了流于欲望的"幻想"，还在对房东女儿洗澡、侍女腿肉的偷窥中获取欲望的变相"满足"。《空虚》中的质夫一边在脑里"替她解开衣服来"，一边又"把身体横伏在刚才她睡过的地方……四体却感着一种被上留着的她的余温。闭了口用鼻子深深的在被上把她的香气闻吸了一回，他觉得他的肢体都酥软起来了"。"偷窥"和"意淫"一样，都是对欲望实际行动能力的取代，作为"想象"欲望的间接实现方式，指向了一种欲望诉求的病态。而质夫若非有着近乎"上刑具被拷问"的克制，简直就是一个变态色情狂。《茫茫夜》中的"他"更在触目惊心的变态自虐中觅取满足，"他用那手帕揩了之后，看见镜子里的面上又滚了一颗圆润的血珠出来。对着了镜子里的面上的血珠，看看手帕上的腥红的血迹，闻闻那旧手帕和针子的香味，想想那手帕的主人公的态度，他觉得一种快感，把他的全身都浸遍了"，呈现的又是一种病态的极致。显然，欲望的压抑已在更深层次上导致欲望形态的异变，欲望主体利用了身体的非欲望器官去获取欲

---

① ［美］诺尔曼·布朗：《生与死的对抗》，冯川、伍厚恺译，贵阳人民出版社1994年版，第61页。

望的快感，使得欲望存在愈发的暧昧和含混。如果说艺术在于"解除压抑"，那么这种"解禁"由于欲望的病态显然无法完成。事实上，由于文本人物深陷现实的生存困境、肉体上的病弱、精神上的自尊且自卑、人格的矛盾分裂等病态的人生境地，已无法坦然面对自身的肉欲冲动，而只有放任它的受挫，由此引发的性反常凸显了人物的高强度心理冲突。或许，精神冲突是介于生物性和精神性之间的人类欲望的本质特征，人类的欲望表达只能是在此种"躁动不安的状态"中寻找出路①。而郁达夫显然没有在欲望自身的生物性机制之中寻找到这一点。在《沉沦·自序》中他曾说过，在性的要求与灵肉的冲突中，"我的描写是失败了"②。作为"五四"一代的"自我觉醒者"，作家内心的矛盾或许过于复杂和激烈，因此即便在文本世界中采取了一种妥协的形式，以变相虚假的"满足"方式勉强支撑人性的欲望内容，但仍难以阻止主体陷入欲望困境乃至"绝境"。在此意义上，文本作为作家主观的语言操控，虽有着巨大想象性空间，但仍无法构成文本人物（作家）欲望诉求的"白日梦"满足，由此造成的精神痛苦必然影响到欲望叙述进程，进而走向病变中的欲望失败。

而对于文本中所普遍存在的死亡现象，同样也不能看做一种单纯的死亡事件，而是具有象征意义的叙述环节。死亡是人生时间的终止，而生命既已结束，欲望必然终结。郁达夫说过，"性欲和死，是人生的两大根本问题，所以以这两者为材料的作品，其偏爱价值比一般其他的作品更大"③。显然，二者的密切关联似乎已暗示出这一点。的确，《沉沦》中的"他"在所谓的"狎妓"后投海自杀，《银灰色的死》中的"他"在"放荡"生活的

---

① ［美］诺尔曼·布朗：《生与死的对抗》，冯川、伍厚恺译，贵阳人民出版社1994年版，第89—92页。

② 郁达夫：《〈沉沦〉自序》，《郁达夫文集》(7)，花城出版社、香港三联书店1982年版，第149页。

③ 郁达夫：《文艺赏鉴上之偏爱价值》，《郁达夫文集》(5)，花城出版社、香港三联书店1982年版，第5页。

自我怨艾中暴死街头，《清凉的午后》中老郑则因为妓女小天王的赎身和包养导致了最终溺死湖中。而后期代表作《她是一个弱女子》中漂亮女人郑秀岳则惨死于日军的奸杀，欲望受到了死亡的完全碾压。表象上的"人之死亡"预示了"欲望的死亡"。这是因为作为人生否定性力量的死亡一旦介入欲望过程，人就不得不在虚无中背弃自身，从而终结欲望进程。而死亡阴影的笼罩且挥之不去，逐渐又强化为一种毁灭性的极端化趋势，最终就将死亡虚无、幻灭的否定性铺展成欲望进程的基本氛围。小说中的主人公往往在欲望的追逐中陷入了绝境，在趋向死亡的过程中或病情加重，或陷入生活的贫困交加，《茫茫夜》、《秋柳》、《怀乡病者》、《空虚》等中"于质夫"在物质和精神上的穷病直至变态，《祈愿》中"淫乐"生活带来身体上的"倦弱"和精神的"孤独"等等。一定意义上，这种走向终结的欲望诉求，不能不说明欲望诉求过程的矛盾游移已经通过死亡的绝对否定得以"消除"，凸显了一种欲望失败态势的最终形成。而围绕这一叙述过程的欲望退场，无疑表现出一种背离欲望生命属性的非欲望化趋向，由此造成人生结构的残缺和空白，必然有待其他意义的填补和充实，形成意义空间的变化。

二

"非欲望化"意味着改变欲望的自然轨道进而祛除、转化欲望。从整体上看，郁达夫小说的叙述理路最终指向了其他意义对于身体性欲望的内在置换。这主要表现为欲望向诗意自然、道德伦理、家国观念等意义的转移；而由于这些内容更多联系到欲望主体自身的理性意志与意蕴空间的现实内容，又与民族、社会、群体等沉重历史意义衔接在了一起。在从根本上消解欲望的同时，使其成为一种逐步呈现、强化沉重历史话语的过程。

由于郁达夫小说一直存在着大量的自然景物描写，我们仍可以从此入手来分析这一问题。郁达夫小说的主人公基本上都有着自然情结。按理来说，自然是人类欲望的源头，也是欲望的本真精神状态，人物置身于自然之中，也就容易激发起欲望的生命能量。然而郁达夫小说并不具备这一点。从其早期小说作品来看，欲望主体往往游移在欲望与自然之间："这晚夏的微风，这初秋的清气，还是你的朋友，还是你的慈母，还是你的情人；你也不必再到世上去与那些轻薄的男女共处去，你就在这大自然的怀里，这纯朴的乡间终老了吧。"（《沉沦》）伊人"想把午前的风景比作患肺病的纯洁的处女，午后的风景比作成熟期以后的嫁过人的丰肥的妇人。……一条初春的海岸上，只有他一个人和他的清瘦的影子在那里动着"（《南迁》）。"他搬上东中野之后，只觉得一天一天的消沉下去。平时他对于田园清景，是非常爱惜的，每当日出日没的时候，他也着实对了大自然流过几次清泪"（《空虚》）。显然，自然并不构成与欲望精神的同质效果，相反，自然景物却每每触发主体心态的恶化。面对自然的陶醉往往是瞬间的，凸显了主体顾影自怜式的徘徊，在欲望的难以割舍中常陷入无所适从，纠葛着自我、世界和人生处境的焦虑和探求的茫然。诸如《沉沦》中的"我"之所以"不上半年，他竟变成了一个大自然的宠儿，一刻也离不了那天然的野趣了"，并不是出于对大自然的真爱，而是现实困境下的无奈逃避和短暂排解。而《空虚》中质夫对于田园情景的"爱惜"，既是出于邻舍有着"纤嫩颈项"少女欲望诉求受挫后的自怨自艾，更是人生意义缺乏"引路"的"残虐的运命"中的"自欺自慰"和空虚梦想，等等。

无疑，自然只能作为一种情感的暂时逃避去处，而无法成为精神上的安顿之地。郁达夫说过，"因为对现实感到了不满，才想逃回到大自然的怀中，在这大自然地广漠里徘徊着，又只想飞翔开去；可是到了一处固定的地方之后，心理的变化又是同样要起来的，所以转转不已……而变做一个永远的旅人"①。对自然的这一背弃，一定意义上也就说明欲望诉求已无法走向"自然"，而陷入"飞翔开去"的意义转化。我们发现，上述作品往往将狎妓等欲望诉求与寻求伦理、家国等意义相联系，对妓女等欲望对象的追逐有着普遍的非欲望意义附加。这一方面制约着欲望主体对于释欲进程的投入程度，一方面也使得释欲过程具有浓重的道德、社会、人生等意义反省色彩，欲望叙述每每被转化成沉重的社会历史话语。《沉沦》中的"他""所要求的就是爱情"，但他一旦知道自己"想女人的肉体的心是真的"，他就陷入自责，"他切齿的痛骂自己，畜生！狗贼！卑怯的人"，自责之后则是"我再也不爱女人了，我就爱我的祖国，我就把我的祖国当作了情人吧"。《青烟》中"就假使我正抱了一个肥白的裸体妇女，在酣饮的时候"，也会为亡国和人生遭际而痛哭，忧郁。《秋柳》中的于质夫在对妓女海棠一番同病相怜式的感慨之后，就决定"我要救世人，必须先从救个人入手"，"觉得海棠的肉体，绝对不像个妓女"了；《十一月初三》中的"我"，虽迷恋于狎妓"欢乐的魔醉力"，但又不觉发起"反省病"，对着"世界""自悼自伤"起来。在此意义上，自然异化于欲望而只能退简为一种背景，欲望主体们不得不游走在欲望和社会观念的冲突、矛盾的苦闷之中。

如果说"转移"意味着欲望主体以一种代偿性方式获取满足，那么由于改变了欲望发展的方向，就会使叙述重心发生位移。上述作品在欲望诉求和社会观念之间形成了明显对立，必然导致非欲性内容对于欲望肉身意义的转移态势，而随着这一态势得以发展，就将改换叙述的意义空间，决定着欲望被转化的空间和效果。也就是说，随着欲望转移的趋于完成，欲望最终就将被外在观念所置换。如果说，在郁达夫早期创作中这种转移态势

---

① 郁达夫：《忏余独白——〈忏余集〉代序》，《郁达夫文集》(7)，花城出版社、香港三联书店1982年版，第250页。

还没有达成置换的效果，那么随着后期作品中欲望主体表现出明显的自觉性，转移也就趋于了完成，所谓欲望就将让位于现实和理性等层面的社会意义。结合作家的《蜃楼》、《迟桂花》等作品，已不难澄清欲望转化的这一轨迹。

《蜃楼》创作于1926年至1931年间，前后耗时近六年。其时正是郁达夫决意转向民主主义道路的时期，"我想一改从前的退避的计划，走上前路去"①，"把满腔热忱，满腔悲愤，都投向革命中去"②。然而个人主义仍如一条"辫子"拖曳在创作之中，反映出作家转变过程的矛盾性和长期性。某种意义上，《蜃楼》较全面地诠释了这一点，表现出作家在"歧途的迷惘"中的"昂然兴起"③。从小说主题上看，欲望虽仍是叙述的重点，但整个叙述已被设置为一次欲望非理性意义与主体理性意志之间的对决。文本世界的二元色彩使得叙述近乎欲望主体矛盾中的人生抉择，虽不乏游移和痛苦，但指向已趋于明朗。小说中"康夫人"等女性肉体的美不断挑拨着欲望的本能神经，而富裕年轻的异域女郎冶妮更像是欲望的终极符号，烂熟的青春肉体散发着浓褒难耐的魔力。但随着陈逸群最终在意乱情迷中"高尚纯洁地在岸边各分了手"的觉醒，象征性地瓦解了非理性欲望，彰显了主体意志对于欲望的胜利。究其原因，作为欲望主体的陈逸群，"总要寻根究底地解剖起自家过去的生活意思来"，面对多年来"恶劣环境的腐蚀"，有着"对自己的心理的批评分析"。这使其面对欲望的迷乱总能保持一份清醒，"恢复了平时的冷静的头脑，却使他对自己取得了一种纯客观的批评的态度"。伦理、家国等理性观念占据了主体的思想，影响到欲情的转化。"当他靠贴

① 郁达夫：《公开状答日本山口君》，《郁达夫文集》（8），花城出版社、香港三联书店1982年版，第31页。
② 郁达夫：《鸡肋集题辞》，《郁达夫文集》（7），花城出版社、香港三联书店1982年版，第172页。
③ 范伯群、曾华鹏：《郁达夫论》，王自立、陈子善编《郁达夫研究资料》，天津人民出版社1982年版，第488—490页。

住冶妮的呼吸起伏得很急的胸腰，在听取她娓娓地劝诱他降服的细语的中间，终于想起了千疮百孔，还终不能和欧美列强处于对等地位的祖国……"终而"分手"。而文中陈逸群围绕"自我"、"中国社会"、"传统礼教"一大段自白式的"忏悔"，虽有着"终究是一个空"的"最后结论"，流露出主体心态一度的矛盾游移，但无疑是主体意志对于欲望自我的理性"解剖"。随着主体对于欲望的逐步离弃，欲望化的身心终将走向安宁，"他的在一夜之中为爱欲情愁所搅乱得那么不安的心灵思虑，竟也自然而然地化入了本来无物的菩提妙境，他的欲念，他的小我，都被这清新纯洁的田园朝景吞没下去了"。自然由此呈现了形而上的人生安抚作用，"面对着这大自然的无私的怀抱，肩背上又满披着了行程刚开始的健全的阳光"，"眼前的景致，却是和平清静的故国的晴冬"。不难看出，由于主体理性意志占据了上风，围绕欲望叙述的人格精神分裂已然开始弥合，欲望受挫造成的精神苦闷和幻灭已开始让位于人格境界的理性升华。

如果说《蜃楼》还存在着明显的二元对立，那么到了《迟桂花》这一点已然得以缝合，叙述显示了欲望与伦理等意义的和解。作为郁达夫"最富诗意的小说"，所具有的"欲情净化"色彩一般被认为体现了"人性的自然优美"。然而这种"净化"恰恰是以压制乃至弃绝人性欲望内容为代价的，彰显的是具有明显社会学取向的伦理"诗意"。文中"我"在朋友邀请下来到乡间参加婚礼，乡土的风景和人伦情怀让我感佩于一种古朴的"生活秩序"；而面对乡村姑娘"莲"健康自然的美，起初的一点"恍恍惚惚，像又回复了青春时代"的邪念也得到了清算，主人公对自己"更下了一个严正的批判"，"我的心地开朗了，欲情也净化了"，在她脸上看出了"满含着未来的希望和信任的圣洁的光耀来……我愈看愈觉得对她生出敬爱的心思来了"。欲望主体压抑了本能冲动转向伦理意义的诉求，人物由此具有了"圣洁"向度的精神提升。小说在此将健美女性"莲"作为道德力量的化身，形成对主人公的灵魂拯救，显然褪尽女性作为欲望"本质符号"的代码意义。而友人虽身染肺病，回家等待死亡，但在自然景物、伦理亲情之中得以痊愈，摆脱死亡的追逐。这种死亡模式的改变也构成一种呼应，预示着欲望本能冲动的最终沉寂。"迟桂花"对于欲望的伦理转化是完全和节制的，欲望的净化并没有导致人性结构上的"失衡"，相反，由于形而上道德力量填补了欲望失却后的意义空白，叙述仍然保持了人性结构上的"平衡"，而人生伦理意义上的和谐与适度凸显了自然风景的优美和人性、人情的高尚等人伦理想状态。由此可见，《迟桂花》的"人性优美"其实只是伦理上的，而在生命向度上，无疑是极度不自然的。比照郁达夫的其他小说作品也构成了一种互文性发展和印证。《过去》中的李白时在自批"卑劣"的忏悔后，"很舒畅的默默的直躺到了天明"；《迷羊》中则让谢月英遁失得不知所踪，象征性地放逐了欲望；而《她是一个弱女子》中两个漂亮年轻的女人一个投身革命从而离弃欲望，一个张扬欲望却惨死于日军奸杀，这一对照性情节同样预示了欲望的"转化"甚至消亡。现实主义成分的呈现，无疑凸显了叙述的历史话语走向，《春风沉醉的晚上》、《薄奠》表达了对被压迫的无产阶级劳动者的深切同情；而其最后一部小说《出奔》又以"大革命"为背景，写一个青年革命者被地主腐蚀、收买到觉醒后焚烧地主全家而"出奔"的过程，颇类"革命"题材的"成长小说"。叙述的阶级和社会学主题充分体现出作家自谓的"一点社会主义的色彩"①，最终介入时代主流叙事。

在此意义上，郁达夫小说离弃了欲望本能性的自然进程，进而走向无欲人生的精神境界提升。个中关键在于，由于叙述中断了欲望的正常释放进程，本能冲动的欲望起点并没有导向必然性的欲望实现，本然地导致道德、伦

---

① 《达夫自选集·自序》，《郁达夫文集》(7)，花城出版社、香港三联书店1982年版，第256页。

理等理性意义对于欲望的最终置换；而随着叙述向后者的最终倾斜，也就构成创作的基本方向。由此，郁达夫小说在欲望、自然、道德伦理、家国观念之间的游移就可能呈现出"颓废的气息"、"人性的优美"、"一点社会主义的色彩"等叙述形态的交织和衍替。而作为叙述内在理路合乎逻辑的发展和延伸，这不只属于郁达夫叙述风格上的具体变化，还意味着现代欲望叙述的多元化构建，对于现代小说而言又具有重要历史意义。

三

从现代文学史来看，产生于泛革命化语境中的现代欲望叙述，开始就挟带着沉重的时代诉求，有着背离欲望本身的社会现实因素。大多数知识分子作家一方面视欲望为人性的本然构成，有着追求释放和满足的主体性，一方面对于欲望非理性因素之于创作精神价值的侵蚀，又不乏理性的警醒和反思。这种矛盾心态中的游移冲突很容易延伸到"表现半殖民地都市地畸形和病态"的社会学观念体系，形成欲望问题与民族、社会、群体等观念的纠缠迎拒关系。此过程中的现代作家固然有过不断的调适，但现实语境并没有提供出足够的空间，这种调适最终也是失败的。高力克在考察"五四"知识分子的"非物质主义的伦理观"时，曾指出"五四"知识分子的禁欲主义倾向，例如李大钊的"革命禁欲主义"间接说明了这一问题[①]。而诸如启蒙、革命小说等主流文学也一度将人性置于阶级性、道德性等社会学观念的笼罩之下，欲望被贬抑、丑化为道德败坏、作风腐败等政治伦理问题，就以一种极端化的理性方式驱逐了人性结构的本然要素。在此意义上，郁达夫小说存在的祛除欲望现象，正应和了这一整体性背景，有着与时代主流话语共通的社会学取向。而考虑到郁达夫作为"'五四'巨匠之一"的特

---

① 高力克：《五四的思想世界》，学林出版社 2003 年版，第 56—57 页。

殊历史地位，他的欲望叙述也就可以视为关于现代欲望叙述生成、发展直至异变的一次典范性演示，首先与诸如鲁迅等同时代的进步作家保持了某种社会本质的一致性。只不过鲁迅等人欲望诉求中的理性意志因素是压倒性的，往往完全遮蔽了欲望。比如鲁迅的《补天》不过是借弗洛伊德的学说，用性的苦闷"来解释创造——人和文学——的缘起"[1]，《伤逝》涉及性爱问题时，则"更注意从启蒙者所深陷的欲望与理性两难的道德困境中来阐释性爱问题的复杂性"[2]。而郁达夫则是渐进式的，早期过多的非理性纠缠与彷徨，在理性和现实原则的规约中逐步走向后期的沉寂，虽在与深层理性意志的冲突和消长中一度造成个人欲望世界的喧嚣与蓬勃，但在主题走向上却一直不离现实重大问题。这种本质同构说明他们笔下的欲望问题都可归属为某种文化、民族、社会身份认同和探求过程中的方式和手段。在更广泛的层面上，这种"去欲望"现象在其他现代抒情小说作家那里也同样明显，废名、孙犁、师陀、萧红等作家在乡土空间的传统雅致、人性的朴实善良、故土生活的美好回忆等无欲人生的表现中觅取着文学生存的诗意，也是一种对欲望的"转移"甚至"遮蔽"，人情、人性的表现由此变得"残缺"。当然，这些作家的欲望转化过程都不如郁达夫来得清晰而系统，但透过他们叙述的"非欲望化"方式，折射的正是由郁达夫欲望叙述理路发展、深化而构建出的欲望"效果史"。

或许欲望就是一种开放性的结构，存在着多种意义生成、"互见"的可能性。虽然我们判别作家风格可以依托其主导倾向，但并不意味着就此忽视其他意义。郁达夫一直在叙述中规避着欲望，但是仍然难以根除欲望应和人性本能的冲动。而这一冲动又孕育了欲望非理性放纵的可能，影响到

---

[1] 鲁迅：《故事新编·序言》，《鲁迅全集》第二卷，人民文学出版社 2005 年版，第 353 页。

[2] 徐仲佳：《性爱问题：1920 年代中国小说的现代性阐释》，社会科学文献出版社 2005 年版，第 95 页。

对作家"颓废"等文学印象的评述。作家"写肉欲,写妓女,写变态性心理,写无赖之情,写狂妄之状,甚至由于要和'上流'对立,便勇敢的把'下流'抬出来"①,尤其是他的前期作品,有着"大胆的然而是过多的肉与色情的描写"②及至被人骂为"卖淫文学"。无论这些论述是否完全中肯,但至少有一点可以肯定,就是文学史对于郁达夫小说的主题曾有着明显的非理性定位。事实上,虽然作家在"性的要求与灵肉冲突"的搏战中最终走向了精神性的价值认同进而终结了这一过程。然而伴随这一过程的本能冲动仍能带给我们肉欲性的感官刺激。试想如果不是中断了欲望的自然进程而任其滑行,郁达夫或许就将成为"纵欲"一脉文学的中坚。现代文学对于欲望的非理性放纵一直情有所钟。张资平的性爱小说曾被鲁迅赠以"△"的定性,而新感觉派虽然不乏对于欲望生物化、商业化的批判,但无疑有着对都市人欲望"下流趣味"的"同情"和"艳羡",及至当下的"身体写作"甚至"下半身写作"这一欲望非理性失范现象又浮现为时代的主要文化景观而被世人津津乐道。诸如此类的创作,由于完全彰显了欲望的非理性色彩,显然构成了对郁达夫小说欲望本能性倾向有过之而无不及的回应。这种回应打通了欲望宣泄释放的轨道,欲望被置于放纵本能冲动的纵欲、享乐层面。一定程度上,这就接通了郁达夫欲望叙述所中断的部分,使本能释放未能完成的环节得以继续,欲望由此进入了满足的轨道,直至身体本能的失范。在此意义上,将其"戴上颓废作家的头衔",虽然不太契合作家的文本实际,但也是一种文学史的必然。

如果说上述欲望形态存在着非理性或政治伦理性的价值庸俗化取向,那

---

① 宋益乔:《一代青年代言者的心声——论前期创造社对批判封建道德斗争的特殊贡献》,载《文学评论》1992年第6期,第131页。

② 范伯群、曾华鹏:《郁达夫论》,王自立、陈子善编《郁达夫研究资料》,天津人民出版社1982年版,第464页。

么在郁达夫的欲望叙述中也还潜隐着人性自然健康状态的因子，又存在着欲望和生命精神相谐和的身体美学色彩。毕竟，欲望之于人性有着必要性和合理性。"感性欲望的强烈，是健康的表现，是具有生命活力的表现。"[①]这仍可以从其作品中得到说明。比如在《迟桂花》"欲情净化"的背后仍涌动着欲望的生命力量，即便由于伦理道德力量的制约，最终并没有获得和翁家山水风光同质的自然诗意效果。但不可否认，此处"我"尚存欲望活力的"呼之欲出"，已使我们嗅到了欲望生命力与美的因素。"我看了不得不伸上手去，向她的下巴底下拨了一拨"；在绿竹的掩映下，他的无邪又让我"深深地受到了一个感动"；并不由自主地接受了莲"倒入了我的怀里……拿出一块手帕来替她揩干了眼泪，将我的嘴唇轻轻地搁到了她的头上"；一面宣称着心境的满足、和谐，一面却不时感到"一股自由奔放之情"等等。欲望的活力指向人性状态的完整与统一、平衡与和谐，"从整体看来，这恰恰就是那个未被撕碎的、也撕不碎的身－心统一体，就是被设定为审美状态之领域的生命体，即人类活生生的'自然'"[②]。如果说文明的发展已经异化了人性的这一基本权利，而我们基于道德、政治等理性规训和观念束缚又强化了人性的分裂，那么唤醒欲望，并赋予其灵肉一致的价值无疑就是现代文学的一份责任。当然，在郁达夫小说中，具有此类色彩的并不多，确切地说，可能只有这么一部。这又是因为文本叙述理路固有的欲望转化机制，尚无法为此提供充足的生长空间。诸如《沉沦》中"我"在自然之中的欲望触动只是加剧了自身的感伤；《蜃楼》中的陈逸群化入了"无物的菩提妙境"，欲望主体性又迷失于自然。欲望的分裂和异化使这些作品链成为走向这一步的"历史中间物"也谈不上。而从文学史实际来看，情况也

---

① 刘再复、林岗：《性格组合论》，安徽文艺出版社 1999 年版，第 443 页。

② ［德］马丁·海德格尔：《尼采》上，孙周兴译，商务印书馆 2002 年版，第 104 页。

是差强人意，为数不多的作家之一沈从文固然是主要代表，其"湘西题材"作品赋予欲望自然状态下的生命释放和提升，倡扬了生命力与美的自然健康，将被压抑的生命欲望导向了健康自然的人性轨道。但作家得到的却是多舛的命运，作品饱受压制。或许在现代文学的历史语境中，不管欲望以何种面目出现，似乎都难逃贬抑，由此产生的欲望尴尬和危机就是现代欲望叙述的历史性结局。

欲望生命意义的缺乏构成了叙述的固有缺陷，如此意义上的作家显然无法成为"人的文学"的真正缔造者。而本文将郁达夫作为一个典型个案加以分析，又并非将其置于完备形态上加以肯定或夸大，因为郁达夫的叙述一直处于一种未完成状态。这不仅体现在作家对于欲望的社会学转化常常纠缠着欲望的非理性色彩，对历史话语的认同和传达还与主流文学存在较大距离，"他的眼睛总是望着革命的海岸，然而他总是不能到达"[①]；而且其欲望叙述存在的非理性放纵和欲望自然健康的因素也基本湮没于历史话语之下，难以成长为制约文本生长的制导性力量，留下巨大的想象张力。或许这就是"原型"的意义，虽有所奠基但却无法完成，只有借助于长时段的文学史建构，方可彰显价值和意义。当然，我们不能确定现代文学的欲望叙述形态是否都受到了郁达夫的影响，但这并不重要，因为文学史本身就属于一种互文性的网络建构，并不取决于作家人际或观念上的直接交流，而主要以客观文本作为评判依据。

---

① 范伯群、曾华鹏：《郁达夫论》，王自立、陈子善编《郁达夫研究资料》，天津人民出版社1982年版，第495页。

欲望释放中的性别叙述

——沈从文小说的欲望诗化形态及文学史意义

欲望的诗化是沈从文小说的主题。在目前的沈从文研究中，我们习惯于在城、乡背景的"人性"研究模式中看待这一问题。作为一种已具规范性的阐释模式，研究具有城乡二元对立的倾向，使得我们往往将这一风格突出为其湘西题材小说的整体特色，而视城市题材的欲望表现为其对立性的灰色形态，一直摆脱不了地域参照对于沈从文小说欲望叙述的这一设定。事实上，沈从文小说的欲望诗化更多涉及身体的性别维度，这对欲望形态和精神品格的生成意义要远远超于地域的影响，而且作为一种开放性的文本力量，有着跨越城乡地域的丰富表现，对于小说审美形态的形成也有着重要的制导作用。在此意义上，性别维度就为介入沈从文小说的意义世界提供了一个别样的路径，不仅有助于打破目前二元论式研究对于沈从文小说欲望主题的地域化分割，在整体性和互文性中深入阐释其文本的诗化内涵，也有助于辨识现代小说的欲望叙述乃至现代文学的现代性路向，具有重要的理论意义。

一、城与乡：欲望在释放中诗化

将沈从文小说主题归结为"自然的人性"，是目前沈从文研究中的一种共识。在本文看来，人性观念的"自然化"意旨虽使得欲望问题成为"人性"内涵的基本层面，相关观点也较多涉及了欲望的诗化问题，但由于观照这一问题的城乡对立性参照视野，也就容易导致忽视这一背景下欲望诗化的统一性意义，从而使得沈从文研究并未能形成一种开放性的"欲望诗化"视野①。有鉴于此，本文首先认为沈从文小说属于一种整体上的欲望诗化叙述，有着欲望诗化的普遍性、特殊性乃至丰富性。之所以如此定位，是因为沈从文不仅有着创作观念上的诗化欲望倾向，而且有着与此相符合的文本实践且保持了城乡题材创作上的普遍性。

和通常意义上的欲望叙述一样，沈从文小说的欲望表现也是从欲望释放开始的，然而不同的是，这一释放具有了明显的诗化指向。沈从文认为文学创作要"表现人性最真切的欲望"，把握"不悖于人性的人生形式"，"先要每一个人如一般的生物，尽种族的义务"（《给一个中学教员》），同时要达到"交流的满足"，由满足而产生心智的"愉快"和"启发"，进而形成"向前进取的勇气和信心"（《给志在写作者》）。禁欲不属于沈从文，他认为释欲意味着"快乐和幸福"，"总常常包含了严肃和轻浮"，"两个人皆在忘我行为中，失去了一切节制约束行为的能力，各在新的形式下，得到了对方的力，得到了对方的爱，得到了把另一个灵魂相互交换移入自己心中深处的满足"（《月下小景》）。不难看出，欲望释放被视为人性的基本内容和方向，而且由于这一过程包含着"严肃和轻浮"的内容，又具有一种灵肉一致的指向。沈从文认为这属于"诗"，"这本身，这给男子的兴奋，就是诗，就是艺术，就是真理"（《心的罪孽》），"一个男子得到她，便同时把诗人的上帝和浪子的上帝全得到了"（《泥涂》）。显然，沈从文的欲望观念并不

---

① 类似观点近乎一种共识，比如说凌宇先生的《从边城走向世界》（生活·读书·新知三联书店1985年版）就是从"人性扭曲"的角度去观察都市社会的病态现象，认为都市基本意味着"人的本质的失落"，而乡下的人性则具有一种超越都市的精神优势地位；在目前高校的现当代文学教材中，城乡人性的二元对立更是关于沈从文创作的常见编排体例，比如高教出版社1998年版的《中国现代文学史》就认为城市题材展现了"病态世界"，乡土题材则是"理想之光烛照下"的完美人生形式的"再造"，等等。相关观点注重乡土题材的欲望诗化意义，而相对忽视城乡背景下欲望诗化的统一性形态和意义，可见城乡对立是沈从文研究观照"欲望诗化"的基本理论视野。

在于欲望的非理性压抑或放纵状态，而在于欲望释放的"诗"的满足状态，由此也就消解了欲望释放过程中欲望主体的非理性癫狂甚至病态，显示了欲望释放的诗化轨迹。这在其城市和乡土题材作品中都得到了普遍的表现，从而构成了其小说整体性的欲望形态①。

就城市题材小说而言，由于现代城市本身就是欲望非理性的象征，欲望主体易陷于城市谋生的艰难和身心病弱的现实困境，而可能阻碍、压抑欲望造成人格扭曲、病态的非理性色彩是现代小说欲望叙述的普遍形态。但这一点在沈从文小说中并没有得到凸显，相反，欲望主体在多数情况下获取了欲望满足的诗意和美感。《晨》、《岚生同岚生太太》固然隐含着作家对岚生"对无数的尼姑头"、"烫发的女学生"的灰暗性心理的嘲弄，但对城市小职员夫妻感情生活的描写仍然透露出对他们"爱情怒发"的认同；《或人的太太》中漂亮太太感觉到"一个好丈夫以外还应有一个如意情人，故我就让他恋着我了"的想法和实际行为，表现了"精致肉体"对一个年轻女子的诗意诱惑；《篁君日记》中"我"享受着菊子和年轻姨奶奶的爱情，体会到的则是"一部宝藏，中间藏有全人的美质，天地的灵气，与那人间诗同艺术的源泉，以及爱情的原料"，而最终于一个月夜欲望"被月光诗化了"，我"服从了神的意旨"的主动和热情，"让她在我身上觉悟她是一个配做一个年轻人妻子和一个年轻人的情人"；《十四夜间》中的子高遇到了一个"天真未泯的秘密卖淫人"，"他觉得，这时有个比处女还洁白的灵魂就在他的身边，他把握着了"，"把子高处置到一个温柔梦里去，让月儿西沉了"。欲望的故事虽然在城市中一次次上演，但并没有被城市宿命般的肉欲之流湮没，相反，仍然昭示出欲望诗意自然的一面。对于沈从文而言，城市虽然有着异化于人性的一面，但存留的欲望生命活力仍然不失为其间人性的一

---

① 本文所涉及的沈从文文学作品均选自北岳文艺出版社 2002 年版《沈从文全集》1—17 卷。

种主要形式。以往我们局隅于城乡对立的二元论评价模式，往往将沈从文城市题材小说的欲望形态理解为湘西题材的对立面，也就影响了对其欲望诗性意义一面的认识，忽视了城市题材小说之于沈从文人性世界建构的正面意义。

而在乡土题材中，欲望的释放更成为生命的基本法则。欲望在自然背景的衬托下愈发显得优美而自然，彰显了生命的力与美特质。《采蕨》、《阿黑小史》中五明与阿黑在山野恣意的"撒野"；《雨后》中的四狗和摘蕨姑娘的"放肆"，显示了一种自然野性的两性欲望；《萧萧》中萧萧在懵懂中和花狗做的"糊涂事"一如岁月流逝般的自然；《旅店》中黑猫和大鼻子客人的一次野合，又只是生命"失去的权利"的回归，等等。其间欲望释放的过程和结果显得直接而完美："她躺在草地上像生了一场大病……她的心，这时去得很远很远，她听得远远得从山上油坊中送来的轧槌声和歌声"（《采蕨》）；"四狗给他一些气力，一些强硬，一些温柔，她用这些东西把自己陶醉，醉到不知人事"（《雨后》）；大鼻子客人对黑猫而言意味着"一种力，一种圆满健全的、而带有顽固的攻击，一种蠢的变动，一种暴风暴雨后的休息"（《旅店》），等等。至于《边城》，翠翠本身就是她的父母冲破"性禁忌"的欲望自然化产物，而她也依持一种自然节律在生长，"处处俨然一个小兽物"；她和傩送的爱情没有虚假，也没有家长、宗族等的粗暴干涉。虽然最终结局未卜，但也完全处在一种本性自然的状态。作为作家人性理想的象征，翠翠的人生状态在本质上就是人性的自然化，而小说中写到的"边地的风俗淳朴，便是做妓女，也永远那么浑厚"等等，都印证着作家"不悖于人生"的欲望理想。

欲望释放的成功和满足，必然造成欲望的自由与张扬，达成人性的力与美状态；而且由于聚焦于感性欲望的生命意义，就可以突破道德和文明法则的禁锢和压抑，从而赋予欲望释放合法性的地位。若在欲望冲突的视野中看待这一点，欲望在城市和乡土的合法和顺畅就将使沈从文小说摆脱人性的扭曲和压抑、灵肉冲突等内在紧张状态，有利于维持欲望主体的精神平衡和文本生态的平衡，从而奠定诗化欲望的基础。一定意义上，沈从文小说城乡之中的欲望表现就是欲望在非理性和"诗"性状态之间的转换互动并最终走向后者的人性表现过程，展示出不同地域中欲望的诗意形态，建构的就是一种整体上的欲望诗化叙述。

二、女性主体：欲望主体性的回归

作为一种自然人性框架中的文学创作，沈从文小说追求着一种"欲望的诗化"，这最终将制导小说审美风格的形成。而之所以达成这一点，则取决于其欲望表现的独特方式，即将女性创造性的转化为欲望主体，使得女性成为欲望过程中的诗意主导力量；女性生命力的提升构成了男性生命力萎缩的对比性力量，这使得整个叙述呈现为女性化的生命力景观，从而沟通欲望的诗化之路。而分析这一性别主体性的转换，也就将深入到创作"内核"的文本运行机制之中，这将使我们认识到在其湘西题材和城市题材创作中所共存的欲望萎缩和张扬，有助于弥合沈从文研究城乡对峙的二元论模式中人性观念的歧异，进而从性别层面去理解其文化批判视野中的人性化审美观念和文本形态，辨识出沈从文小说欲望叙述的人性内在机制。

欲望的过程总是和女性密切相关，这是因为女性是比男性"更契合大地、更为植物性的生物"①，具有更多的身体性征，其性别角色功能往往影响着欲望表现的具体形态。由于女性曾一度被视为"欲望的哨兵"和本质"符号"，不仅被视为欲望释放的惟一对象，更被看做是欲望本身，欲望叙

---

① 引自刘小枫《刺猬的温顺》，上海文艺出版社 2002 年版，第 58 页。

述过程通常就是叙述征服女性肉体的过程。长期导致的后果就是女性主体性地位的丧失和对女性本源意义的遮蔽，女性被置于一种"弱者"和"物"的地位，异化为欲望非理性的晦暗代码，成为诸多阴暗心理的焦点。故此，传统的欲望叙述往往联系着道德上的禁忌，甚至是身体的消极颓废、淫欲与癫狂等非理性意义。但这种情况在沈从文小说中得到了根本性地扭转，他笔下的女性不仅成为欲望的主体，同时也是生命"力与美"的符号，获得了"主体性的还原"。相比之下，其间的男性则基本上处于一种附属体的位置，缺少生命的力度和强度。而正是这一性别的结构性逆转，构建了其人性的自然、健康和优美状态，客观上使文本焕发出生命"力与美"的诗意色彩。

就沈从文小说中的城市女性而言，她们不仅走出了欲望非理性的阴影，自身成为力与美的形象载体，而且主动追求着力与美的实现。这些城市女性基本有着美好的身躯、白皙的皮肤、娇好的面容，面对欲望大胆热情，而男性则相对显得病弱无力，一般清瘦忧郁，苍白而多愁善感甚至散发着"呆气"，瞻前顾后，力量弱化。"一切女子的灵魂，皆从一个模子里印就，一切男人的灵魂，又皆从另一个模子里印出，个性与特性是不易存在，领袖标准是在共通所理解的榜样中产生的，一切皆显得又庸俗又平凡。"（《如蕤》）"她厌倦那些成为公式的男子，与成为公式的爱情"，渴望着激情甚至是男性的强暴（《月下小景》）。在城市的"欲望之旅"中，欲望主体被置换为了女性，男性只是被动的承受者或逃避者，明显的两性对比结构焕发了女性的诗化色彩，表征了沈从文小说城市人性的"阉嗣性"其实主要在于男性的"雌性化"。篁君是在菊子和年轻姨太太的主动追求下被动承受着女性的爱意（《篁君日记》），《或人的太太》中的丈夫只能"沉闷的度着每一日"；而涣乎先生希望的"又似乎是不要他去爱她也将来纠他缠他，撒赖定要同他好";《薄寒》中"她只是期望一个顽固的人，用顽固的行为加到她身上，损失的分量是不计较的"，然而面前的男人只是"一个蠢人中的蠢人。一个教物理学从不曾把公式忘记却全不了解女人的汉子"；而子高只是一个哭着的"未经情爱的怯小子"，"本应她凡事由他，事实却是他凡事由她，她凡事做了主"（《十四夜间》）；客人面对情人"你如有胆量就把我带走"的大胆和热情，只是悲伤的逃避了（《一个母亲》）。即便是《绅士的太太》这样被认为是较集中体现沈从文城市人性批判意识的作品，所谓绅士也多是一些虚伪、猥琐的"废物"，而太太则具有"飘逸"、"美好"的身姿和面容，在心性上也比绅子高尚得多；至于《八骏图》则近乎一幅表现男性猥琐性欲望的众生图，等等。男性在城市欲望之旅中的疲弱映衬了女性的强势地位，女性成为欲望过程的施动者，制约着欲望的发展方向。

而在乡土题材的作品中，这种女性"主体还原"现象更加明显。阿黑、黑猫、巧秀、媚金等乡野女子都秉承着山野的灵气和野性、健康美丽的身体和容貌，爱情的纯洁和自觉使她们成为完全意义上的生命力与美符号。《连长》中的妇人表现出来"神圣的诗质"，不仅是美，而且具有"把那军营中火气全化尽，越变越温柔了"的力量；《神巫之爱》中的花帕族女子的仪容美艳绝伦，仅"像用宝石镶成，才有从水中取出安置到眶中，那眼眶，又是庄子一书以上的巧匠手工作成的"，眼睛看过来，就让"神巫有点迷乱，有点摇动了"；《媚金·豹子·与那羊》中媚金的美超越了凡尘和语言的能力，"照到荷仙姑捏塑成就的，人间决不当有这样完全的精致模型"，对女性的诗化甚至有了圣化的倾向；即便是《柏子》中的妓女也"帮助着这些可怜人，把一切穷苦一切期望从这些人心上挪去。放进的是类乎烟酒的兴奋和醉麻"。而《边城》、《长河》中的翠翠、夭夭更因其散发的女性诗意气质重塑了数代受众对于女性的美好想象，其经典性已成为常识。在对待爱情的态度上，她们也是力的化身，或以死殉情，如媚金；或弃家私奔，如巧秀；或愿意和情人相伴天涯，如《连长》中的妇人，等等。欲望一旦被赋予人性的合法性地位，又有什么能让她们放弃呢？

女性以一种对生命欲望感性强力的唤醒和推崇推动了自身的主体性回归，恢复为一种真正的性别，成为欲望叙述的基本动力。不妨认为，女性才是沈从文建构理想人性世界的主要支撑，至于男性，他们生命强力的"在"与"不在"则主要是由于女性的呼唤才得以激发。正如上文所述，城市男性的"雌性化"已使他们丧失了主体的位置，从而沦为人性"力与美"的"他者"。至于小说中的乡土男性，虽体现出了不同于城市男性的力与美状态，但他们仍然难以摆脱对女性的依赖，隐现着自身的弱化痕迹。《采蕨》、《阿黑小史》中的阿黑在她和五明的关系中一直就是一个掌控者，她决定着五明获得快乐和幸福的程度，她可以用"要告五明的爹"，让五明不断"茅苞"，"茅苞是不知措手之谓，到他不知措手时，阿黑自然会笑，用笑把小鬼的心又放下"。及至委身五明，她也可以随自己的意愿让五明"驯服到像一只猫"。《媚金·豹子·与那羊》中媚金自杀的原因看起来好像是因为豹子要兑现自己"献一只羊给新妇"的诺言而耽搁了，但真正的原因则正是由于豹子囿于"知识"和习惯的延宕。某种意义上，这篇作品可以看做是一篇寓言，最终受伤的羊隐喻了男性生命品质的残缺，而"豹子"也就在一定程度上被等同于"羊"。《边城》中傩送兄弟在翠翠的爱情面前都以远遁告终，未尝不是对男性力与美生命本质的背叛。同样，《萧萧》中的花狗在得知萧萧怀孕后"全无主意"，第二天就"不辞而行"，只有萧萧独自面对后果等等。城市男性的雌性化也已侵蚀了乡土男性的生命力，他们不再是真正意义上的"狮子"或"豹子"了，这或许就是现代文明的必然后果。沈从文把它赋予了男性，反映了作家对于自己"满怀偏见"的现代文明的深深忧惧。当然，这样说并不意味着男性在沈从文小说中的完全贫弱，沈从文的乡土男性还是存在着一定的力与美品质的，毕竟人性在乡土自然中能够得以相对完好地保存，男性和女性还有着生命本质上的同构意义。

显然，作为欲望释放的主导，女性决定了欲望叙述的诗化状态。她们在城乡境遇中保持了明显一致的健康大胆的欲望热情，使她们焕发了生命的主体性力量，焕发出人性的自然而诗意的活力。相当意义上，这沟通的是诗性智慧的女性崇拜母题。珍尼特·海登曾指出："在最古老的神话里，女性是本，男性则是衍生物。……在母权制社会中，女性具有规范性。"①中国神话作品里女性崇拜也包含着复杂的情感，既有当做母亲一样的敬重，又有繁衍生命的赞美，同时还有世俗性爱的追求。女性的性别意义由此意味着回归主体与回归生命源头的同质性建构，以原始母性的生育本能、性爱本能来拯救沦陷中的业已男性化的现代文明，"用精神分析学家的说法，这也是重返母体和子宫的象征。没有母体之中的孕育，自然不会有新生命的诞生"。②而从小说形态学的角度看，作为文本的主导性力量，女性母性般独特的宽厚温柔体验也必将扩散为文本诗意清新的氛围，渲染出沈从文小说牧歌般的审美印象，赋予我们诗性的文学体验。

有鉴于此，沈从文的小说创作实是在于城乡男性生命力萎缩批判中，建构出女性主体性意义下的诗化欲望，而其对人性的文化批判也就具有了"扬女抑男"的性别意义。虽然说这在城乡之间有着程度的差异，但并无本质的不同。换言之，沈从文小说的欲望叙述其实和城乡等地域关系不大，城市和湘西世界构成的主要是这一人性要素的展示背景和场域，意味着人性在现代语境中的分裂与统一。作为一种内在的人性机制，这在制导了沈从

---

① 引自方克强《文学人类学批评》，上海社会科学院出版社 1992 年版，第 146 页。
② 引自叶舒宪《中国神话哲学》，中国社会科学出版社 1992 年版，第 104 页。

文小说诗化风格生成的同时，又将为现代小说创作提供一种身体美学的意义空间，具有重要的文学史意义。

三、身体美学：欲望视野中的人性建构

美学对于身体的发现在于对身心合一的人性的尊重，其出发点是对鲜活而感性的生命欲望的尊重，如尼采所言，审美状态的"第一推动力永远是在肉体的活力里面"[①]，"创造性的肉体为自己创造了精神，作为他的意志之手"[②]。这意味人性的存在是因为服从于人的身体性欲望才获得了合法性的意义。由此可见，在审美体验活动中，身体美学应该是衡量人性完整性的基本尺度，而由于欲望的性别向度，女性的欲望主体性意义也就构成身体美学得以成立的基础。显然，这一问题在中国的文化传统中一直悬而未决。在中国的传统文学里，由于男权文化下的伦理束缚，欲望成为一种道德上的禁忌，催生的就是对于女性身体的灰暗性心理想象；鲁迅的《肥皂》就是一个范例，显现了一种基于文化传统影响的欲望病态。由于女性的传统角色定位一直徘徊在男权文化的附属物层面，这就使得女性自在自为的生命欲望一直处于文学时间的"他者"化状态，影响到这一美学的具体建构。而西方文化出于父权制的文化二分原则，女性被视为一种和现代理性文明相背离的情感性力量而受到排斥和压制，男性对于女性的支配也就成为一个被技术生产组织合法化的问题；西美尔说过，"我们的文化是从男人的精神和劳动中产生，确实也只适合于评价男人式的劳动"[③]。文化传统普遍具有的男权化倾向在挤压女性的同时，也就必将消解身体欲望的美学意义。

现代文学肇始于"人的觉醒"，然而并没有摆脱文化传统的影响。由于过多关注于女性的社会解放，其间的女性问题仍然处于一种文化、道德甚

---

① [德] 尼采：《悲剧的诞生》，周国平译，生活·读书·新知三联书店1986年版，第351页。
② [德] 尼采：《查拉斯图特拉如是说》，严溟译，文化艺术出版社1987年版，第32页。
③ [德] 西美尔：《金钱、性别、现代生活风格》，顾仁明译，学林出版社2000年版，第141页。

至政治观念等力量的阴影之下。可以说，在沈从文之前的现代文学创作中基本上看不到主体性意义上的欲望女性形象。即便有些作家笔下的女性形象显得清新优美，比如废名，其笔下的女性虽然有着诗意温情的一面，但基本是模糊的审美符号，不具备主体性的意识和力度；而丁玲等人笔下的莎菲女士等现代新女性，由于个性理想的失败，也多是幻灭绝望、颓废直至堕落的弱者的女性形象，同样缺乏女性性别的主体性的身体美学意义。而在更普遍的层面上，欲望被异化为人性的负面因素，遭到了社会观念的普遍肢解，又将最终退出文学的言说。由此可见，作为欲望的身体向度，女性的欲望主体意义一直没有被纳入现代文学的演进逻辑之中，这也就使得现代文学基本上排斥了现代人性的身体美学意义。人性的启蒙最终却消解了人性最本质的内容，这不能不说是现代文学发展过程中的一个悖论性问题。就此看来，沈从文小说对于欲望的诗化就提升了女性身体在审美体验中不可取代的主导地位，完善了既有文学人性意义结构的残缺问题，"传达了一个回归和向往从本原中吸取力量的鲜明意象"，"是一种人性的呼唤，它呼唤着应该属于人而又被人自身忽视的那一切人的东西"。①如果说文明的发展异化了人性的基本权利，而我们基于道德、政治等理性规训和社会观念束缚造成了人性与自然本能的冲突和分裂，那么沈从文的欲望诗化叙述最终将女性作为审美经验和创造的主体，成就了现代个人，尤其是女性的主体性飞跃，也就激发了身体美学的经典性意义空间。在此意义上，沈从文的欲望诗化叙述必将成为现代小说欲望叙述的重要环节，不仅构成了现代小说欲望叙述身体美学的转向，而且其间调和一致的灵肉观念，相当程度上也就沟通了人性发展的现代性内涵。

人性的存在在于身心交融合一的整体性，其意义在于人生的灵性、理性

---

①　王杰：《审美幻象研究》，广西师范大学出版社1995年版，第182页。

甚至神性意义需要借助于身体才得以聚集和守护，"从整体上看，这恰恰就是那个未被撕碎的，也撕不碎的身心统一体，就是被设定为审美状态之领域的生命体，即人类活生生的'自然'"①。人都是"身体性的存在"，忽视了这一点，也就背弃了文学的本义。然而可惜的是，由于这一审美原则在现代文学中并没有得到贯彻，对于欲望功能的文化定位基本上徘徊在两个极端，要么在阶级论的左右下，诸如启蒙、革命小说等主流文学一度将人性等同于阶级性，欲望被贬抑、丑化为道德败坏、作风腐化等政治伦理问题，进而排斥了欲望的存在；要么将欲望都市化、生物化，在现代都市题材等通俗小说中异化为身体性的消极颓废、淫欲和癫狂等非理性内容；时至今日，欲望的自主和张扬又使得身体成为被滥用的人性资源，包括下半身写作在内的欲望叙述成为当代文化欲望化、感官化、消费化的一种症候。如此，在近百年的现代小说创作中，我们仅在汪曾祺的《大淖记事》、《受戒》等极少数作家的作品中感受到他的余韵；而在关于沈从文研究中，既有的人性论研究模式对此也显然估量不足。而忽视这一问题，不仅意味着文学意义的结构性缺失，也将影响到研究的有效性。因此，目前的沈从文小说研究就需要拓展一种身体美学意义上的欲望视野，由此我们才有可能摆脱地域化的人性研究模式对于沈从文文学精神的人为分割和遮蔽，突出其文学世界的人性本真和完整性，充分看取、评价其为现代"人的文学"发展提供的历史经验。而在更广泛的社会层面上，这一关乎身体的文学精神向度，对于当下语境中欲望失范等世俗化倾向也不乏警醒的意义。在此背景下，沈从文小说的欲望诗化呈现的身体美学品格就有了一种批评和重建文化秩序的意义，为文学现代性提供了一个反思性的价值参照。或许，这些就是沈从文小说欲望诗化叙述之于文学史提供的"意义之点"。

① ［德］马丁·海德格尔：《尼采》上，孙周兴译，商务印书馆 2002 年版，第104页。

在"清云"与"泥淖"之间

——汪曾祺小说的"存在"取向和内涵

汪曾祺是一位具有自觉存在意识的作家，他说过，"思想是小说首要的东西……对于生活的思索是非常重要的，要不断地思索，一次比一次更深入的思索"。①对生活的思索使作家关注着本质，在几经沉浮的创作生涯中一直保持着"存在之思"，不仅面向生活的"沉沦"状态和悲剧性，还追求田园、生命的愉悦等高蹈境界，律动着或而高蹈或而沉重的生命情怀。然而在持续多年的"汪曾祺热"中，由于我们习惯上以其 1980 年代创作为主要评判对象，对其传统意义的重复描述与强调，放大了作家这一方面的意义，这似乎造成了一种错觉，好像作家钟情的只是一种古文化的雅致与情趣。"最后一个士大夫"，"中国式的古典抒情诗人"，"儒道佛互补"等声音逐渐聚集为稳定性的标记，凡此，遮蔽了作家对"存在"的深入思考和矛盾心态。事实上，作家一直"挣扎"在存在的"自在"状态和"自为"状态之间，感受着生存的痛苦、荒谬、孤独、无意义以及欢愉、诗意等多极体验，他的小说也相应交织着田园、性灵与苦难、悲愁等争执抗辩的多样声音，成为"对存在的追问与探询"。

---

① 汪曾祺：《却顾所来径，苍苍横翠微——小说回顾》，本文所涉及汪曾祺作品均参见北京师范大学出版社 1998 年版《汪曾祺全集》。

一

汪曾祺说过，他解放前的小说是寂寞与苦闷的产物。为什么苦闷，是因为生活的不稳定和贫困，抑是青春期的生理原因，还是另有怀抱？对于不远千里只身求学的人来说，物质的贫困是早有准备的，生理原因也有着多种排解方式，根本还在于作为一个文学青年精神世界的困境。对此，作家本人的解释是"我是迷惘的，我的世界观是混乱的，写到后来就写不下去了"（《要有益于世道人心》）。其早期的部分作品就表露出了这种精神状态。《复仇》是汪曾祺 1941 年的作品，1944 年又被重写，两次的不同在于后者淡化了前篇的宝剑、鲜血、"这剑必须饮仇人的血"这样的复仇主题，强化了"复仇者"在游历过程中的情绪性感受，淡化了故事性，如"我"（更像是叙述者）对"蜂蜜和尚"不乏调侃的猜想，对有"乌青头发"母亲的怀想，以及希望有一个妹妹这样的情绪，将一个"冤冤相报"的杀戮主题变成了一首抒情诗。改写的目的是为了更贴近作者的思想。从这一过程中不难体悟作家世界观、文学观的生成轨迹，这就是希望"用比较明净的世界观，才能看出过去生活中的美和诗意"（《美学感情的需要和社会效果》）。对此，汪曾祺曾说过"一次又一次地描摹一个理想，怎么也找不到合适的表现手法，到后来越来越距初意远了"（《醒来》）。《待车》意绪凌乱飘忽，语言晦涩，《磨灭》的"天真闷"的混杂感受，写得"真闷"。1940 年代是汪曾祺思想生成时期，他逐步克服了思想的芜杂，进行了涵化和取舍，"溶奇崛于平淡，纳外来于传统"，"把它们糅在了一起"，形成了所谓的"明净世界观"。从《鸡鸭名家》开始，我们开始认识到一个写田园、写性情、写生命的汪曾祺，一个抒情诗人，一个小说家。"他一念红尘，堕落人间，他不断体验由泥淖至清云之间的挣扎，深知人在凡庸，卑微，罪恶之中不死去者，端因还承认有个天上，相信有许多更好的东西不是一句谎话，人所要的，是诗"（《短篇小说的本质》）。

作家醒了，"醒了醒了，我把这两个字越念越轻，我知道我的责任未尽"（《醒来》）。一念至此，作家迈向了"对存在的追问与探询"。随着作家生活的沉浮，创作的断续等等不断地修正与丰富，汪曾祺的观念开始被赋形、明朗化了。

作家"带着对生活全部感悟，对生活的一角隅、一片段反复审视，从而发现更深邃、更广阔的意义"（《认识到的和没有认识的自己》）。这是一个探求者的形象，孜孜于生活意义的寻找，他发现小说的样式就是生活的样式，小说"对生活的思维方式"；作家是"生产感情的"，"把生活中的美好的东西、真实的东西，人的美、人的诗意告诉别人"（《美学感情的需要和社会效果》）；这也是一个生活的智者形象，他的小说不仅是"一种思维方式、一种情感状态"，更是"人类智慧的模样"（《短篇小说的本质》）。萨特将存在分为"自在"和"自为"两种状态。"自在"意味着"沉沦的"日常状态，"自为"则意味着自觉自为。从表面上看，汪曾祺似乎不是一个坚定的"自为"存在者，这和他的蔼然风范有关，也和评论界对他的预设和期待有关。然而他对"存在"一直保持着清醒，"抒情诗消失，人的生活越来越散文化，人应当怎样生活下去，这是资本主义席卷世界之后，许多现代作家的探索和苦恼的问题。这是现代文学的压倒性的主题"（《与友人谈沈从文》）。"人应当怎样生活下去"，为人的生存寻找方法正出于"未尽的责任"，一种带有终极的存在面对和关怀动机的存在探询。如此的汪曾祺，让世人感受到投入生活的生命情怀，从生活出发，以生命的愉悦为理想提升人的存在状况，希望文学发挥"使人们的心灵得到滋润，增强对生活的信心、信念"的功能，形成了以"生活—生命—存在"为中心词的文学观，和"诗意的栖居"一样传达出对生命境界的怀想。在题材选择上，汪曾祺主张写回忆，"从生活经验出发，从本人不能忘怀的事情出发"（《社会性·小说技巧》），"对热腾腾的生活熟悉的像童年往事一样……发现生活是充满诗意的"（《谈作家的社会责任感》）；写故乡，乡情就是诗情。语言文体上也力求一致。汪曾祺一直推崇小说语言，"写小说就是写语言"，"语言是小说的本体"，然而他并没有像新时期的一些作家一样成为形式主义者。究其根由，是因为汪曾祺看重的是语言、结构的"生活性"、"内容性"，认为语言、形式就是生活本身。这样的理念，抓住了"语言的永远精神"。

生命的愉悦提供了存在的坚实依托，这是生命的根基，也是生存的境界追求，"一切诗作的根基都将深不可测，都基于各自的深处的丰盈"[①]。这使他变得和谐而又诗意，然而对生活的"明净"态度，也容易使人们联想起汪曾祺的传统家学以及笔下的乡土世界，从而将之视为中国传统人生的乐感文化和审美型智慧的现代复苏，将他归入传统文人的余脉，而这在很大程度上又导致了对汪曾祺存在"自在"状态的思考和矛盾心态的遮蔽。汪曾祺说过，"我读了一两本关于存在主义的书，虽然似懂非懂，但是思想上是受了影响的"（《美学感情的需要和社会效果》）。"似懂非懂"意味着选择的两难与矛盾，这里既有现实生活坎坷的自喻，也有创作观念形成的困惑迷惘。他要反映生活，就不得不面对生存的痛苦、荒谬、孤独和存在的无意义。作家虽然有着"随遇而安"的精神资源，但也无法化解，他苦闷、痛苦，甚至准备自杀，晚年对死亡的深深恐惧，使他情愿住小屋也不愿搬到靠近八宝山的儿子的大套房里。他将之形容为"悲欣交集"，为此，他写"内在的欢乐"，也写"忧伤"，"由于对命运的无可奈何转化出一种常有苦味的嘲谑"，甚至是沉重的喊叫悲悯和忧愤。汪曾祺称为"生活中的悲剧性"，面对这种悲剧性，要"让读者产生更多的痛感"，又构成了汪曾祺文学观的另一层面。这种悲剧观是"朴素的"，更多的是"日常生活的悲剧性"，人生的渺小，人与人之间的浇薄与阻隔，人性的迷失与回归，无奈的生与死，

---

① ［瑞士］施塔格尔：《诗学的基本概念》，中国社会科学出版社 1992 年版，第 43 页。

没有激烈的矛盾冲突，也没有明显意识形态化的社会时代色彩，表现了类似西方现代存在主义者所感觉到的生存情境和一种悲悯的氛围。汪曾祺要对"生活的深度和广度掘进和开拓"（《谈谈风俗画》），这样的旨向决定了他对生活的矛盾心态，一方面要"明净"地对待生活，一方面又不得不接受生活的悲剧性。这使他在指出《受戒》的"核"是"生命的愉悦"的同时，又说这是"隔了四十三年我反复思索，才比较清楚的认识我所接触的生活的意义"（《小说的思想和语言》）。"四十三年"，一个漫长的时空过程，意味多少社会、历史、人生的变故与风雨。汪曾祺曾说过他"体验了由泥淖至清云之间的挣扎"，这不啻是作家多年关注生活、探求生命的"存在历史"的预示和写照。正是这种长期的 "清云"和"泥淖"之间的升降、挣扎使他挣脱了传统，走向了对"存在"的探求并构建起这一意义的特殊性、复杂性和丰富性。

二

生命的愉悦是存在的理想状态，或许正如海德格尔所说，人充满劳绩，但还诗意地安居于大地之上。诗意使我们的生存成为"真正的存在"，这是生活自身的本源特性。汪曾祺将其置于文学观的顶点。由于这一点，汪曾祺的部分小说显得明净、淳美而有形式感，田园的诗境、人的性灵情趣等"风景"表现了存在的"清云"状态。施塔格尔认为，"状态性不仅是情感和自然的存在方式，还是人的灵魂状态，直接的开启生存"[1]。此语无疑适用于汪曾祺。

田园状态是乡土中国的一种存在理想，将乡土提升为田园，是农业文明的生存智慧，是"农业文明所能理解的最高自由……一种最具现实意义的

---

① ［瑞士］施塔格尔：《诗学的基本概念》，中国社会科学出版社 1992 年版，第 52 页。

诗意栖居与自由活动的在世结构"。[①]作为生存的一种本源状态，它具有永恒的魅力。晋代的陶渊明，唐代的"王、孟、韦、柳"，宋代范成大、杨万里等一直致力于歌咏田野乡土的生活，形成了蔚然大观的"田园诗"。这不仅体现了农业自然经济与中国文化中人与自然在生理和心理上的感应习惯，表现了朴质情性、牧歌式的自然主义审美态度，更表现了人们对诗意生存的渴望和寻求。在 20 世纪的文学领域里，随着社会现实的动荡，乡土越来越成为苦难的"国土"，田园将芜胡不归。然而废名的《桃花源》、沈从文的《边城》、师陀的《果园城》等作品，仍在凝眸着这一人类生存的远景，追寻着存在的乐园状态。可以说，它"超越了具体作家作品的制约，代表着对乡土和家园的守望，对民族身份的追寻，对民族形象的诗性想象"。[②]汪曾祺洞察了生存的智慧，同时也接续了这一传统。他的田园依托于故土高邮、客地昆明、北京等地，写故乡旧时的街坊邻里、同学师长、商贾小贩，写乡土风俗、地方人情、掌故传说、吃食嫁娶等等，这里有郊外田野的气息，有节日时的放焰口、踩高跷、看花灯，还有卖杨梅的小姑娘，卖熟藕老人热乎乎的藕节……田园不仅是他们的生存空间，也是他们存在的自为状态。作家温馨的情感向往提供出人生的诗意图景。历史虽不断更迭，但它将永远引领生活。

在这一田园图景中，人们多"各安本分"，率性自然地活着，性灵是他们的本色。传统的性灵是文人风度，名士情趣，是有闲阶级的悠闲、把玩等调情养性的方式，是和俗众相区别的智性和感性优越感。汪曾祺的蔼然风范、文人才情也使我们习惯将他归为这一类。其实，传统的性灵色彩带给他的"名士"风范只是一层外衣。依托于日常生活，他超越了这样的局限，

---

① 刘士林：《中国诗性文化》，江苏人民出版社 1999 年版，第 698 页。

② 刘洪涛：《边城·牧歌与中国形象》，广西教育出版社 2003 年版，第 88 页。

他笔下的性灵体现的乃是生命的自然律动。这就像一棵树，"一棵树是不会事先想到怎样长一个枝子，一片叶子，再长的。它就是这样长出来了。然而这一个枝子，这一片叶子，这样长，又都是有道理的。从来没有两个枝子，两片叶子是长在一个空间的"（《小说笔谈》）。这就是他的个体存在理想。他描写了多层次的生命形态和存在样式，"二师兄只出来乘乘凉就回屋，这也是生命愉悦感的一个层次"（《社会性·小说技巧》）；余老五每年忙过"春夏之间"，其余时间提了那把紫砂茶壶，在街上逛来逛去，喝茶，喝酒，聊天（《鸡鸭名家》）；"老白粗茶淡饭，怡然自得。化纸之后，关门独坐。门外长流水，日常如小年"（《故人往事·收字纸的老人》）。生命像水，像树，在自然的律动中平淡的滑行，这是日常生活的层次。茶花"墨线勾勒，敷以朱墨……高度的自觉之下透出丰满的经历，清澈的情欲；克己节制中成就了高贵的浪漫情趣"（《艺术家》），这是一种高贵的生命，即使堕落尘泥，也守持着生命的高蹈和尊贵。《受戒》、《大淖记事》的大姑娘、小媳妇私奔，"多是自己跑来"的破戒行为，《迟开的玫瑰或曰胡闹》中邱韵龙"宁可精精致致的过几个月，也不愿窝窝囊囊地过几年"，生命的寻求已远远突破生理性的层面，从"生活人"到"生命人"，上升为一种生命的自由、自觉的境界，《薛大娘》等篇亦然。汪曾祺宣称"写的是人物"，"是生命的样式"。他写童年，故人往事，写游戏等等，渲染出生命的透明性存在。这是一种新的人性，沿着"人的解放"的世纪命题一直走向了生命深处。

解读汪曾祺其人其文，其 20 世纪 80 年代的《受戒》等篇在这方面获得了和谐而完美的统一，那一方田园，那一方人事，清静而自然，"生命或生活的愉悦是《受戒》的核"（《社会性·小说技巧》），《大淖记事》虽然有着刘号长的破坏性力量，但他被永远地驱逐出了大淖，田园还是一片诗意。然而这类存在的"自在"因素却在形成这一世界的"泥淖"状态，作家的存在探询与表现也就一直交织着争执和抗辩的声音。汪曾祺希望"更深刻地看到平淡的，山水一样的生活中的一种悲剧性，让读者产生更多的痛感，在平静的叙述中也不妨有一两声沉重的喊叫"（《读一本新笔记体小说》）。他并不是生活的逃避者，有的论者认为他是一个"半醒半醉，半仙半佛"者，恰是忽视了他创作中一直存在的这一复杂性。"生命是一场悲剧，一场持续不断的挣扎……生命便是矛盾"①。从生活出发的汪曾祺无法不正视这一点，这类存在的侵蚀性声音总回荡在他的作品中，有时甚至吞没了生命。陈小手作为一个产科男医生，虽然专治难产，以迎接生命为职责，但当地的同行都看不起他，认为他"只是一个男性的老娘"。最终因为替一位团长的太太接生，而触犯了"我的女人，怎么能让他摸来摸去"的男性禁忌，被一枪打死。生命的所谓"尊重"是靠对生命的蔑视甚至是草菅生命而获取，其间蕴含的存在悲剧又岂是"团长觉得怪委屈"式的淡化与突兀所能掩盖的？《戴车匠》的"宛转的，绵缠的，谐和的，安定的……悦耳吟唱"的诗性生活在巷口摆摊老太婆的叫骂声中显得多么的落寞，《落魄》的真实意义在于扬州人精神的委顿，精神的丧失是存在本源的失却，才是真正的"落魄"。《当代野人系列三篇》更像是"文革"中人性变异的画像，《荷兰奶牛肉》、《尾巴》中人在"吃奶牛肉"和"尾巴的故事"中沦为"社会的填充物"，展示了一个时代社会的荒谬和无意义。生活在不同的轨迹上滑行，但都面对着历史的威逼，这是人类的宿命，也是存在必将"沉沦"的悲剧性。

存在的悲剧性说明了人不是在者的主人，"人是无保护的"，这是一种无法解决的虚无感。汪曾祺虽言不悲观，但越至晚年，老境就愈加颓唐。他是个喜爱生命的人，面对着死亡的渐行渐近，无边的恐惧强化了对存在的虚无与无奈。他还如何能维持存在的和谐、愉悦呢？实际上汪曾祺对中

---

① ［西班牙］乌纳穆诺：《生命的悲剧意识》，北方人民出版社1987年版，第14页。

国传统的乐感文化和审美型智慧一直有着游离甚至背离，他一直关注思考着类似西方存在哲学透视下的生命本体存在。即便是在 20 世纪 80 年代他也没有离开过，《珠子灯》中孙淑芸的生命在时间的行进中无可挽留，无奈、悲哀正是人"被抛"处境的一个乡土版本。90 年代，他写了更多的存在苦难、荒诞与无意义，这都是存在的"一般展开状态"，同传统人生标举的自然、散淡、无为相比较，这些人生充满了"烦"，显然更具有现实主义色彩。《大淖记事》中刘号长等破坏性的因素此时已演变为一股无所不在的沉重氛围，虽没有通常的善恶良莠的对立冲突，但破坏力量已弥漫、生发出无尽的悲凉，"辜家的女儿哭了一气，洗洗脸，起来泡黄豆，眼睛红红的"（《辜家豆腐店的女儿》）；"女人还是在轮船上卖唱，唱'你把那冤枉事对我来讲……'。露水好大"（《露水》）；谢普天把小娘娘的"骨灰埋在桂花下面的土里，埋得很深，很深"（《小娘娘》），掩埋意味着逃避，但历史之网的无处不在，逃亡的"不知所终"掩盖不了汹涌的哀伤；存在的悲剧性难以抵抗，"人存在且不得不在"；高雪美得像诗一样，孤高然而寂寞，最终在流俗的生活中郁郁而终，"美总是愁人的"（《徙》）……透过这一层面，"老境渐归平淡"的汪曾祺，所谓名士风度、儒道佛其后渗透的变通，看似闲适，其实同样是生命价值系统一种悲凉的选择。

探询不仅意味着对多样性的体验和审视，也意味着寻求克服与解决，汪曾祺一直想拂去"历史"的迷雾，进行着接近"存在"本源的认知和努力，他要展现出生命的鲜活和人性的美丽。王玉英想着"她嫁过去，他就会改好的"（《晚饭花》）；虞芳的平静、端庄、风度使"这群野蛮人撒开了手，悻悻然地离开了"，而在她圣洁的肉体前，岑明的灵魂得到了升华（《窥浴》）；王敬仪"在沉重的生活负担下仍然完好的抒情气质，端庄的仪表下面隐藏着的对诗意的、浪漫主义的热情的，甚至有些野性的向往"（《星期天》）；生活的矛盾使他挣扎在"泥淖"和"清云"之间，他告诫人们，"你不能写你看到的那样的生活，不能照那样写，你得'浪漫主义'起来，就是想得比实际生活更美一些,更理想一些"（《认识到的和没有认识的自己》）。汪曾祺的坦诚让他和他的世界变得趋向真实。以生活为基础的"存在"诉求是斑驳的，但"不首先弄清楚人的真实存在情况，对人的存在和心性的高扬不都是建立在虚假的基础之上吗？"①"流俗时间"中的现实生存被引向了"存在之思"，存在的诗性境界又被赋予了生活的日常情境。汪曾祺虽言不对生活做"陀思妥耶夫斯基严厉的拷问或卡夫卡式阴冷的怀疑"，但生活的本位主义，无疑为他开启了存在的本源。较之 20 世纪主流文学一直倡导的生活真实论，他更多凸显了"别样"的生活，穿透了社会历史，进入了存在的"内在深度"。汪曾祺说过，他的作品不可能是中国当代文学的主流（《自序》）。然而不经意间，它却成为所有时代文学的"主流"。

三

"主流"的汪曾祺是朴素的，他认为"小说应该就是跟一个可以谈得来的朋友很亲切地谈一点你所知道的生活"（《作为抒情诗的散文化小说》）。这样或喜或悲或平淡的生活却深深地打动了世人，为什么？汪曾祺曾探究过他老师沈从文的作品，答案是"好看的长远存在"。这虽只是表面的感官印象，但却道出了存在本源的永恒魅力，蕴含着对人生的深度关怀。以此为尺度，汪曾祺的小说可以称为本体论的诗学。

本体论是感应生命的方式。汪曾祺对生活的思考，很容易使我们想起陶渊明、荷尔德林、海德格尔等人对生存的体验和描述。他将生活、生命作为写作的基点，的确把握住了存在的本源。这一方式把生命上升为普遍之

---

① 刘小枫：《拯救与逍遥》，上海三联书店 2001 年版，第 182 页。

道，走向了存在的澄明，指向一切存在的根本凭借和内在依据。从这纠结着痛苦和欢愉的内核与界域出发，汪曾祺把生活看做生命的存在情境，构建出一个超越性的艺术空间。他感悟人情，洞穿世态，流连风俗，品味饮食，在洞悉人生的悲楚后背负起巨大的文化负荷，正视、转化种种苦难。他的所谓儒道佛，他的传统色彩也只是有选择地吸取其中顺乎生命人情的因素，所以，和尚可以结婚、恋爱、吃肉，大姑娘可以跟人私奔、生私孩子，"只有一个标准：情愿"。而不用顾忌伦理纲常等清规戒律，生命意识的流动使一切成为有意识的生命体。他说，"能够度过困苦的、卑微的生活，这还不算；能于困苦卑微的生活中觉得快乐，在没有意思的生活中觉出生活的意思，这才是真正的'皮实'，这才是生命的韧性"（《林斤澜的矮凳桥》）。作家是自觉的，他要"有益于世道人心"，"自为的存在"将生存从沉沦中解脱出来。在某种意义上，这就是生命存在的"中间物"，一个个"中间物"为的是构建起一个以大地为基础的生命家园。

海德格尔说，此处于敞开的大地上，人类才找到栖居的基础。大地作为本源世界的一个象喻，不仅指人生活的土地，还是存在的表象、本体和源泉的三位一体。作为大地而出现的土地，是我们必须守护的栖居之地。大地为汪曾祺的作品提供了一个广阔而独立的空间，田园－生命－大地构成的生命链环因此有机流转。如果说20世纪40年代的汪曾祺在这一模式上还存在着"幼稚的痕迹"的话，《复仇》的存在主义体验显然观念化了，复仇者的寻仇之旅带着有明显的意义寻找动机，而莫名冲动下凿石行为的形上色彩则凸显叙述主体意图提升观念的生硬。《小学校的钟声》一股生命情绪最终沦为了"神秘的交通"等等，都带有一定程度的观念化色彩。那么80年代则构成了和谐的统一，《受戒》等篇的温馨诗意近乎牧歌，庵赵庄、大淖处于自然自足的生活状况，田园和故乡人事都构成了大地的诗意主题。

90 时代大地出场的悲剧性色彩比较明显。《露水》可以看做一个隐喻,露水对应着苦难和历史,女人对一切苦难的迎候、接纳和默认,使她成为大地精神和力量的象征;谢普天把小娘娘深埋在大地里,恰是因为大地具有的这一意义。海德格尔说,大地独立而不待,它永恒地自在充满了自我归闭的特性。大地是生命的空间和结构,惟有在"大地"中,存在者才持守自己本来面貌,因此,"大地"是涌现者的返身隐匿之所,是庇护者。"作品让大地成为大地",从总体上看,汪曾祺对现实生存悲歌还是进行了剥离和删减,构不成通常意义上的悲壮、崇高、深刻,而是一种苍凉,不时涌现着生的快乐。在形而上的意义上,这又超越了现实生存的悲悯,确立了大地作为生命母体的丰富内涵。多年的感同身受,使作家对"生活的悲剧性"有了更深刻的思考,汪曾祺说,中国人经受了长期的折腾,大家都很累,需要一种较高文化层次的休息。或许正如雅斯贝尔斯所言,这种"悲剧的知"一旦成熟,就会产生克服悲剧的努力。

作为一个传统文人家庭的子弟,汪曾祺选取这样的生命立场也正是生活的馈赠。故乡是他生命的起点,成年后栖身在昆明、北京、张家口,尤其是被划成"右派"下放时,更和农民朝夕相处,乡土生活提供给他大地的文化资源和生命体验,"大都受了一些这些地方的影响,风土人情";真诚、仁爱、亲民的气质和文化个性使他爱人,爱土地和生命,具有亲民意识;编过多年的民间文学,一旦涉笔,必然向大地倾斜,"风俗是一个民族的抒情诗"。乡土、自然、风俗,甚至是最微末的细节都有生命的贯注流动,这是大地世界里积存的"已物化的生命本体"和"深层的精神结构"的投射与沟通。汪曾祺的存在思考并不抽象,他的深度也不在于抽象。他的大地世界有传统陶渊明的田园色彩,也有现代存在主义的痕迹,有沈从文的影子,也可见废名的影响,但更主要的是他"对生活的全部感悟":20 世纪 40 年代的天真和热情，80 年代到 90 年代或而高迈或而沉重悲悯的生命情怀，挣扎在"清云"与"泥淖"之间的"存在"追求，这是一个"任何道德说教，任何政治律条都无法约束，甚至连文明、进步这样一些抽象概念也无法涵盖的'自由自在'的境地"。①多年以来，世人对生活的理解由于倾注了过多的历史社会热情，扭曲了文学作为生命、存在的镜像。汪曾祺希望还原生活，"让文学回到文学本身"。对此，作家没有什么豪言壮语，他只是默默地思考，生命的本原冲动制导着这一过程，这使他对存在的探询多少显得有点"寂寞"，又有点传统、古典甚至是保守。这在带给他"最后一个士大夫"、"中国式的古典抒情诗人"、"儒道佛互补"、"京派传人"等一系列声名的同时，也形成了对作家的"覆盖"。面对这样的作家，进入他的存在世界，或许才能突破上述"评论的屏蔽"，像作家本人所希望的那样透过"诗的表面意义"，"比较真切地捉摸其中的意义了"（《无意义诗》）。这样的作家将是丰富的，正如海德格尔所说，"在诗意话语中，人的情态的生存状态可能性的交流，就是目的本身，也就是说，它就是存在的展开。"②

---

① 《陈思和自选集》，广西师范大学出版社 1997 年版，第 207 页。
② ［德］海德格尔：《存在与时间》，陈嘉映等译，生活·读书·新知三联书店 1988 年版，第 162 页。

一种独特的"感受"美学

——林斤澜论

在当代作家中，林斤澜带来的无疑是一种"困惑"。数十年的"上下求索"为作家赢得了世人瞩目的文学声誉，然而同时也陷入了一种接受的困境。正如李洁非等人所说："很长一个时期以来，林氏的小说作品虽然称得上有口皆碑，但其艺术形式的'怪味'，扑朔迷离的氛围，确实也令不少读者望而生畏"①；"不论是普通读者，还是职业读者阅读林斤澜的小说，都不可能产生春江泛舟的轻松，反倒会有摸不着石头过河的吃力"②。的确，作家艺术风格的"扑朔迷离"、"云苫雾罩"影响到了批评主体性的发挥，使得评论界难以在既有的理论框架内进行有效的阅读和阐释。比如汪曾祺就认为他的小说有"一个贯穿性的主题"，就是人，"人的价值"③，而李洁非又认为"不能用所谓的人道主义去表述其实质"④，更有论者认为是撕碎自身逻辑的"玄之又玄"，"周围是一片云雾"⑤，等等。相关观点间的迥异和错位，不仅说明我们在林斤澜创作整体把握上的对立性分歧，也体现了一种普遍性的批评乏力。在此背景下，就需要充分辨识作家创作的"内核"，以依托某种规定性和特指性来考察艺术实验的总体规约性，进而清理作家艺术风

① 李洁非、张陵：《矮凳桥文体》，载《当代作家评论》1987年第6期。
② 罗强烈：《矮凳桥系列小说的叙事结构》，载《当代作家评论》1987年第6期。
③ 汪曾祺：《林斤澜的矮凳桥》，《汪曾祺文集（四）》，北京师范大学出版社1998年版，第103页。
④ 李洁非、张陵：《矮凳桥文体》，载《当代作家评论》1987年第6期。
⑤ 孙郁：《林斤澜片议》，载《当代作家评论》1998年第5期。

格形成和发展的文化背景、文本机制及其各方面的逻辑关系。林斤澜曾多次谈到"感受"对于创作的重要性，"小说总有真的地方，这就是作者对生活的感受"，"你对社会、对人生、对自然界有了感受，你把这个感受抓住了，表现出来了，变成了作品"，"小说主要是把作者的感受准确地表达出来"①。或许，这就是驱使作家投入创作的"总体性冲动"。对比当代文学多年来的喧嚣与骚动，林斤澜一直在"孤独寂寞"中坚持着这一点。惟其如此，林斤澜小说指向了"别有洞天的所在。通向他的门户，没有柳绿桃红，有时还会遇到榛莽荆棘，但这是一条艰辛开垦的路"②，呈现了一段当代文学最纯粹、最本色的文学性。在1950年代以来意识形态化的"共名"和张扬欲望、崇尚反叛的"无名"时代的沉浮、交替中，以一份近乎皈依的坚韧和智慧捍卫了自身的文学世界，并最终构建了一种无可替代的"感受"美学，表现出愈发重要的文学史意义。

一、"生活里来的感受领悟"：边缘处的生活与文学

文学总是离不开生活。在林斤澜身上，这一点显然更有"意味"。林斤澜是一个真正深入了生活，并在生活的感性根基上建构文学世界的人。他相信"小说的根基，究竟还是生活里来的感受领悟"，而这一根基源于生活中"感动"作家的部分，"作家在生活中有了感动，他用他的最拿手的方法把它描写出来，让读者也感受到作者在生活中所感受到的东西"③，"只有你从生活中找到了最感动你的东西，才能表达您对生活的感受，对人生、社会的看法"④。在作家看来，这才是"生活真实的根本"，"生活不是从概

---

① 《林斤澜文集》（六），北京师范大学出版社2000年版，第44、120、122页。
② 程绍国：《上下求索——林斤澜的文学之旅》，载《当代作家评论》2007年第1期。
③ 《林斤澜文集》（六），北京师范大学出版社2000年版，第33页。
④ 同上书，第307页。

念出发，又归宿到概念，貌似反映了现实，实际上不是生活的真实反映"。①
显然，这一文学性趋向生活本色、平凡的层面，生活不再是当代语境中的
某种政策、运动，也和抽象的观念无关，其要义并不属于对社会生活的深
刻反映，而在于传达个人化和日常化的生活感受。而他的小说也总是聚焦
于朴素平凡的人事，表现和描写着不同时期普通农民和知识分子的世俗人
生，即便面对诸如"合作化运动"、"大跃进"等重大的政治历史事件，作
家也总是从个人的日常角度去审视和建构。20世纪五六十年代虽然也表现
革命主题的时代诉求，但总是自觉不自觉地投笔于革命时间缝隙中的生活
场景，在政治话语的渗透中捕捉着游离中的人性意趣；"文革"后重新创作，
又主要瞩目于"文革"时期个体生存状态的展现，并不跟风于当时伤痕、
反思文学对于历史的深刻性反思；而在八九十年代的商业化语境中，其作
品所普遍存在的经济背景又多上演着日常人事的变迁，同样不随着改革等
社会意义起舞，等等。林斤澜的创作就此偏离了时代话语的单向性整合，"走
向了平凡"，呈现出生活的多样性意义。作家相信好的小说离不开生活现实
的支撑，而且还要尽量反映出生活本身复杂乃至迷惑的一面。"生活给我的
感受总是复杂，还带来些迷惑，这可以说是基调吧。沉淀不能改变基调。"②
"若说作品的魂儿不清楚，那是那魂儿本来就恍惚。感情世界里，恍惚，
就更加本来了。"③生活观念的朴素和平实，创作态度的宽容和通达，林斤
澜的创作由此沉入了生活和文学的根柢。他的好友邓友梅在20世纪60年
代也曾说："林斤澜深入生活的踏实劲，在别的青年作家身上少见。他的努
力……实际上是为文学而献身。"④

---

① 《林斤澜文集》（六），北京师范大学出版社 2000 年版，第 26 页。
② 《林斤澜文集》（五），北京师范大学出版社 2000 年版，第 403 页。
③ 《林斤澜文集》（六），北京师范大学出版社 2000 年版，第 471 页。
④ 程绍国：《上下求索——林斤澜的文学之旅》，载《当代作家评论》2007 年第 1 期。

对比于当代文学钟情公共性社会生活表现的普遍现象，林斤澜呈现的文学性无疑显得朴素而另类。一方面，作家疏离于当代主流文学的形上悲剧色彩、革命社会学思想。由于革命话语和启蒙话语的影响，当代文坛一度青睐生活的社会意义和形上价值，对于生活的深度意义总有一种理性认知上的优越感和自信心，往往将生活改写成宏大、深刻的文学空间，并不看重日常生活原生形态的朴素意义。另一方面，也和商业语境下文学性所普遍存在的欲望色彩有着明显的距离。由于人性理解上的世俗化和生理化，当代文学至今仍充斥着本能化、肉欲化的文学感受气息，文学被重塑成感官化的欲望叙述，其间存在的生活庸俗化取向，已严重侵蚀文学性的价值意义。类似的"疏离"造成了边缘化，作家只能"孤独寂寞"。对此，生性宽容、豁达的林斤澜"心知肚明"，"我的小说不走正路，或不走大路，可是历次的'毒草'单子上，也好像没有'光荣'过。现在兴说边缘，也许我早已'边缘化'了，或者吹句牛，精于'边缘'"。[①]这一份生活的豁达与通透，进一步助推了作家在自我的艺术追求中渐行渐远，并最终构建了自身的文学地位。

或许，作家"只有在自处于边缘的状态和心态下主观和情感才需要得到夸耀的处理和眩异的强调，而且也只有疏离于中心、自处于边缘的主观情感才能是夸耀的合适对象和眩异的当然内容"[②]。而联系到作家的人生经历，生活同样制导了创作主体的这一文学向度，使得作家逐步建立了生活与文学的"边缘性"品格。林斤澜1923年出生于温州的百里坊。南方滨海边地的山水风物以及开明宽厚的家庭氛围，滋养了他平和、宽容、豁达和通脱的生活态度。1937年"投身社会"后从事抗日宣传工作，写文章、编墙报、

---

① 《林斤澜文集》（六），北京师范大学出版社2000年版，第4页。
② 朱寿桐：《心态、姿态与情态——略论中国现代浪漫主义文学的基本形态与发展状态》，载《文学评论》2005年第3期。

做演出，算是初步接触创作。1940年代初期曾在国立社会教育学院（重庆）师从梁实秋、焦菊隐、史东山、郑君里等名家求学。1946年去台从事地下工作，后"死里逃生"返回大陆。新中国建立后为此多次受到审查，自言"可怕"。多年的政治生涯，让作家深入体会到了政治生活的种种艰险。作家后来虽在创作中涉及了类似题材，但总不自觉地表现出对政治立场的游离甚至是怀疑，相信与此类体验不无关联。1950年代初期从事写作，并在汪曾祺的引见下结识沈从文，从此交往多年，受到沈从文的影响。1957年"反右"运动中，由于创作上"向沈从文靠近"，被专案审查，后虽侥幸"逃脱"，但仍在北京郊区石景山的八角村"下放"数年。下放生活使作家得以深入下层农村生活，京郊边地的山水、风土人情、鲜活的情感故事，构成了其"创作源泉"，林斤澜由此找到了写作的方向，下层农民和普通知识分子的生活感受成为其表现的主要对象，小说创作"逐步形成了自己的风格"。1964年，由于创作表现了"资产阶级美学观点"，林斤澜受到专题批判，直至"文革"结束，基本停笔，中断创作12年之久。"文革"结束后，创作进入喷发期，作品的数量、质量虽"相当可观"，艺术探索"多样和奇特"，但并"没有引起应有的重视"[①]。1981年小说《头像》获奖，也只类于一种"安慰奖"。1984—1987年陆续发表了后来收入《矮凳桥风情》系列的《溪鳗》等作品，林斤澜对当代乡土生活的独特艺术感受标识了自身艺术创作"一个高峰"；以后《十年十癔》及《门》系列相继出版，其独特的历史视角深入了一个时代普遍的人生状态，进一步完善了自身艺术风格的建构。然而林斤澜作品风格被指为"云里雾里"、"扑朔迷离"、"奇崛"、"怪味"，仍不被主流文坛看好。1986—1989年间林曾主编《北京文学》，由于坚持独立办刊方向，带领《北京文学》走上了"一高峰"。退休后居家写作至今。

---

① 黄子平：《沉思的老树的精灵——林斤澜近年小说初探》，载《文学评论》1983年第2期。

二、"写作中最本质的东西"：感受生活的复杂与困惑

相当意义上，对生活和历史感受的表达使得林斤澜多年的创作汇聚为一条人生的"感受之流"。从总体上看，由于依托于"生活真实感受"的表现，林斤澜的创作一直交织着生活的体验性品质，对于社会生活经验有着多元的转化，由此不仅导致了生活感受浓重的体验色彩，切入了生活多样而复杂的形态；而且由于艺术感受较多受到外在社会文化语境的影响，创作上也伴随着艺术风格的相应变化，在走向上有着阶段性的变动。创作初期，主要是20世纪五六十年代，他的艺术感受带有明显的时代色彩，未能脱离革命话语的制约。如被誉为他"成名作"的《台湾姑娘》，写的是台湾光复后由大陆去台的爱国人士和台湾当地的小姑娘因共同期盼而结成的革命情意，基本取材于作家自身地下革命工作者的经历；像《春雷》、《水库故事》、《云花锄板》、《竹》、《山里红》等对于时代的直接介入色彩也较明显，渗透着合作化、大跃进等年代的社会革命热情，带有明显的时代观念痕迹。对此，作家本人也说过："五六十年代的习作，打着明显的年代烙印。但也真诚，没有别样肺腑……三十年后为选选集通读一遍，青年时候的热情，还叫老来迟钝的心胸，一紧一紧的。"①作家的生活感受是一种和具体的感性生存、生命相联系的价值化行为，其艺术表现的自由和超越属性与审美的存在方式有着必然的联系。而作为一种感受中的生活形态，小说世界由此也就可能偏离现实的"经验"面貌，体现出"审美体验"的特性。比如《台湾姑娘》就被誉为是一篇以"特殊的题材，动人的描写，人物塑造和简练，独具一格的对话"的"好作品"②；而《山里红》等作品的地域风情、人情的描写也十分清新，等等。即便时代语境最终限制了作家艺术感受性的发挥，

---

① 《林斤澜文集》（五），北京师范大学出版社2000年版，第417页。
② 涂光群：《短篇名家林斤澜》，载《北京文学》2005年第8期。

但并没有妨碍林斤澜写出那一时代为数不多的"生活内容厚重感人，而小说艺术也有创新的作品"①。而随着"文革"的结束，作家后期的创作则完全焕发了生活感受的审美特征，不仅拓展了生活的广度和深度，而且体现了更加多样的艺术体验性。这一时期林斤澜有很多小说展现了"十年浩劫"中知识分子和农民生活的深重历史感受，在对历史记忆的叙述中，透视特定历史情境下个体复杂的精神境遇。他说过："浩劫过去以后，我算算日子，整整十二年没有写作了。重理旧业，不光是生疏，还觉得堵塞。仿佛有些沉重的东西，搬也搬不走，烧化也烧化不掉。"②有人将这份"沉重的东西""提炼为'疯狂'"，但在林斤澜，又何止于此。《十年十癔》系列固然体现了那一颠三倒四时代的疯狂主题，但这主要是人事更迭的社会背景，个体因人、时、地而变的艺术感受涉及的是多样主题。《哆嗦》中的麻局长"禁不住地冷哆嗦"透露了潜隐内心深处的政治恐惧和信仰困惑，《黄瑶》的精神病态是由于"十年浩劫"对于童年不幸记忆唤起和强化的结果，《古堡》中的老建筑学家的死亡则是由于"溶化在血液"中的专业学术精神的不合时宜，《五分》则在对姐姐贞烈行为的叙述中浸透了历史创痕中的哀恸和无助，等等。作家显然在不断探索着特定历史语境下个体感受具体丰富的变奏，而处处渗透了一种内在的和生命、生存相联系的感受性力量，显示了一个专制时代人生的广度与强度。《问号》只是一个场景，却写出了"最最最革命"中的"最最最恐怖"的精神凄凉，《肋巴条》的老队长、《悼》里的老场长"十年浩劫"期间的沉默和坚定，让我们想到山峰和民族的脊梁；而《火葬场的哥儿们》则写了火葬场的青年工人利用人的恐惧心理从容捉弄靠造反起家的女干部的故事，又是具有志异色彩的"黑色幽默"。某种意义上，小说也

---

① 涂光群：《短篇名家林斤澜》，载《北京文学》2005 年第 8 期。
② 《林斤澜文集》（六），北京师范大学出版社 2000 年版，第 26 页。

就构成了一个个感受性的生活意义片断，而众多片断汇聚出的就是历史的整体语境。这是一种在叙述中滋生出的情感力量，它感动、引导着人们去感悟、去思索，或许正如作者所说的那样，作家"只把感受写出来，读者也不要问这篇小说的主题是什么，读者也去感受，感受到什么就是什么"①，"让他们自己在历史的长河里游泳去吧"。

和其他大多数作家一样，林斤澜的"故乡情结"也是浓重的。这一时期他曾写道："四十多年没有在家乡生活，但这里有我的'血缘'，我的'基因'，我的'根'。"②无疑，这又构成了其艺术感受的另一基本区域。不同的是，他并不流连于记忆中的童年往事，也不流于对乡土生活的社会性介入，而是致力于对乡土当下生活的艺术体认与转化，觅取着乡土社会中多样的审美体验。《矮凳桥风情》系列将家乡温州的经济模式转变为一种艺术形态，演绎为一种当代的传奇。生活经验和艺术体验的完美融合，使得这一作品被誉为代表了作家艺术风格的"真正的林斤澜的小说"(汪曾祺语)。十字街、无名的溪水、矮凳桥作为这一世界的"实物招牌"，汇聚着一幕幕乡土社会的生存图景。"鱼非鱼"小酒家水妖一样的溪鳗经营着"又脆又有劲头，有鱼香又看不见鱼形"的鱼丸鱼饼，"第一个起楼的供销员"憨憨有着匪夷所思的跑供销经历，"第一个做纽扣的人"袁相舟总能够以自己的手艺变着法儿谋生，手艺人老周和蚱蜢舟延续几代了的命运联系，"张谎儿"父子真真假假、形式各异的纽扣技术革新，车钻包罗万千的纽扣名录等等。林斤澜显然"不打算在商品经济范围内解决什么问题……作家没这个本事。文学的主题，还应该是人的感情这部分"③。社会生活的当下性由此被作家转化为审美体验中的人生虚拟，从而跨越生活的原初时空而成为氤氲的乡土生

① 《林斤澜文集》（六），北京师范大学出版社 2000 年版，第 270 页。
② 《林斤澜文集》（五），北京师范大学出版社 2000 年版，第 414 页。
③ 《林斤澜文集》（六），北京师范大学出版社 2000 年版，第 411 页。

活画面,最终交织出一个"疏隔的世界","它暗示着一种别样的生产方式,别样的生活方式、人称关系和价值系统,一个别样的世界"①。但林斤澜显然又没有走诗化生活的路子。作为一个以具有"深入生活的踏实劲"著称的作家,现实生活永远是艺术感受要直面的场域,故此,这些作品往往又联系着特定时代商业化社会的历史表征,诸如改革开放、技术革新、市场商店、事业、买卖等等。换言之,"风情"的诗意色彩最终并没有落实为人生的诗性境界,而主要是"反映生活的真实的根本"之上乡土人生感受的多样性。

然而林斤澜小说显然又不滞留于此,源自生活的多元感受在作家看来复杂得近乎困惑,最终这又构成了"文革"后创作的普遍性品质。本时期《梦鞋》中老大汉跨越数十年的婚姻和人生变故被转化为关于"鞋"的茫然呓语,"鞋"的行动属性被撕裂为梦境中"零零点点"的意识片断。而《氤氲》则将"文革"中木头木脑的雕刻家对"历史问题"的交代过程置于记忆和梦魇、历史与现实、人类与动物、灵魂与肉身、坟地与田园的混杂情境中,又具有一种超现实的氤氲色彩。《中间》则体现了人性在虐猫间的变异和迷失,也传达了一种"两个世界"中间的混沌的历史感受。面对历史和现实,作家和作品中的农民和知识分子一样,似乎都把握不住生活变幻莫测的意义。同样,在《矮凳桥风情》等作品中,《通用局长》饭局中关于新生产力的议论,在老局长"全国通用粮票"一样的吃喝历史和经验中完全被淡化了,以至于我们已搞不清楚作家对此的社会态度。而《章范和章小范》中章氏父子的"吹哨纽扣"到底是技术革新还又是说谎成性,这一切又有何深意,作家也同样没有表明;至于这一地域中的其他人事也多如此,溪鳗的人生过程留下了太多空白,李地的婚姻也是一个未知数,"丫头他妈"无名无姓

① 孟悦:《一个不可多得的寓言:〈矮凳桥风情〉试析》,《当代作家评论》1987年第6期。

背景空白，她的种菜发家也纯属偶然，她的秘密"天晓得"；而车钻的"破四旧"、编纽扣名录，笑衫要损毁古董纽扣，甚至袁相舟的造扣、卖扣也近乎心血来潮 "莫名其妙"，等等。或许生活就像一个永恒的谜团。"生活中，人生中，许多事情是一下子解释不清楚的……感受是有的，但要说清人生的奥秘却做不到。"①在它面前，作家似乎永远是一个看不透谜底的探究者，好奇而困惑。置身其中，作家的任务就是要写出这种感受的茫然性，故此，林斤澜的艺术感受也就具有了自由自觉的生命直觉特征，呼唤着生活意义多向度、多层次的可能性、开放性。这不仅影响到文本的蕴藉性，同时也造就了含混的艺术效果。即便说这在作家前后期创作中有着程度上的差别，但在整体的感受取向上并无太大的差异，最终，多样、复杂乃至茫然、困惑的生活体验构成了创作的基调，构建了林斤澜创作感受性的艺术世界。

三、"从断处生发"："感悟到那永恒的内涵"

作为文学创作的一般性表征，创作的"感受"化取向还通联着深层次的生活意义。虽然"感受"使得林斤澜作品的历史意识、生活意义处于一种飘忽、流动的状态而难以被明确赋形，但并不意味着这一内在逻辑的阙如。林斤澜说过："其实只是想听到一些生活的感受。如果是感受经由思辨，感悟到那永恒的内涵，那大概是题材或主题的'开掘'或'深化'了"，"我感受到深刻。心想这样的深刻，才有经久不息的魅力"。②然而面对纷繁的生活现象，林斤澜似乎并不愿清理出清晰的线索。在他看来，生活意义的整体性是难以把握的，"是一下子解释不清楚的"，如此一来作家只能经由生活的片断，"感受着思索着，一边表现着"。作家"意识的现代不现代，

---

① 《林斤澜文集》（六），北京师范大学出版社 2000 年版，第 120—121 页。
② 同上书，第 44 页。

指的是无限时空中特定的一小点儿，这又是有限了"；①好的小说就是"从绵长的万里来，从千丝万缕的网络中，'中断'出来这么一片精华来……又从这'断处'可以感觉到，可以梦想，可以生发出好大一片空旷，或叫人豁然开朗"②。显然，作家感受的主要是生活中的"断处"、"特定的一小点"，是从"有限"的具体中去反映无限、抽象，传达生活的深刻。在此意义上，所谓"永恒的内涵"也就并不在于展现传统意义上的连续性、整体性的社会生活，而应该是能够反映真实生活状态的"点状"场景和过程，而"感受到的深刻"也就在于生活的"散点"多元、复杂乃至混沌的状态及意义。林斤澜说过，小说应当在比较宽广的意义上讲主题，应该指的就是这一"生活的根本"③吧。

与之相适应，林斤澜的小说世界展现的其实是"连续性的中断"，更多是生活的现象与偶然，片断与差异。社会性的生活意义往往被转化、落实为具体有限的生活"点状"形态，诸如革命、理想、终极等集体性意义也就随之被分割、弱化，直至播散在生活的日常感受之中。《雪天》等是作家早期的作品，小说虽然描写的是农民兴办合作社的历史事件，但显然没有表现出合作化运动的社会基层运作过程，反而是乡村如"柳絮般的雪花"下的"景色如此荒凉"，小姑娘"辫子上结着的红蝴蝶"及至乡民待客切成"丝丝"的"各样的咸菜"，让叙述者有所感受，流连不已；《孙实》中伴随落后农民的思想转变和波动"斗争"过程的却是我们坐在月夜的地边，"象坐在绿色的湖底"，作家钟情的又是社会性意义缝隙中的个人化心绪感念。缺乏对所经历的时代宏大主题的深刻艺术回应，特定时代的社会化行为由此也就退化为一般的生活行为，难以进入艺术感受的深层结构。相反，

---

① 《林斤澜文集》（六），北京师范大学出版社 2000 年版，第 7 页。
② 同上书，第 219—220 页。
③ 同上书，第 32 页。

倒是其间日常人生的感受性"症候",渗透了作家对于生活意义的独特体悟。林斤澜说,"在小说这里,显出'不走正路'的模样,不时打出'擦边球',叫人'侧目'"。①这种"不走正路"恐怕就不仅在对于时代主题的自觉疏离,而更在于作家将处于时代生活缝隙中的人生场景作为审美感受、表现的重点。又比如,在一组以大跃进为主题的作品《跃进速写》中,作家选取了多个劳动场景,但其中不少场景并不在于时代生活观念的宣扬;《松》中苗圃老人和姑娘们的劳作近乎游戏,充满童趣;《人造棉》中跃进式的民间工作则在"整个三合院在流水般知了的蝉声中"渗透着一种"人生目的明确"与否、"肯用思想"的生活感叹;《做饭的》更多是女儿对父亲的嗔怨情态,让我们更多想到的是一般家庭的父女深情;《夜话》则是初恋男女月夜下的"苏苏私语",又是一种"仿佛童话的世界";等等。

由此可见,社会集体性的生活意义在林斤澜初期作品中就被置于艺术感受的经验表层,并没有构成作家体验世界的导向性因素,意义也就被降解了。而作为一种文学趋向,这一背景下散见的生活"点状"感受也就构成人生价值世界的滋生基础,而作为审美体验被刻意书写。如果说初期作品中这一点还不是十分明显的话,那么后期这一取向则愈加显性化了。在《矮凳桥风情》等作品中,不仅社会性的时代生活已被虚化为一种经验性背景,而且也看不到明显一致性的创作主题,相反,所谓"风情"只是若干与"矮凳桥"相关的乡土生活片断的组合。这种组合的表层逻辑似乎是矮凳桥的地域性文化,但这主要是一种地理上的联系,并不具有文化逻辑的贯穿性。作家显然只把当下的故土温州作为感性人生的一片场域,寻觅、感受着不同的人生意趣。溪鳗的女性风情,丫头他妈的人生故事,章范父子的撒谎问题,袁相舟的朦胧恋情,"酒老龙"的酒后失态,等等。整个系列就是这

---

① 《林斤澜文集》(五),北京师范大学出版社2000年版,第3页。

类人生感受的片断，之间缺乏互文性的因果情节、人物的贯穿性联系。在作家眼中这些都是颇具意味的人生状态，它们就是一种本然的存在。事实上，对于常人而言，生活中又能有多少崇高、宏大的整体性意义呢！世俗的日常人生不过是琐碎的，偶然的，生命过程的自然而然，而人们的生命感觉也就在于对这一过程的不断体验罢了。

至于《十年十癔》等作品，作家也显然没有为历史作传的雄心，而对历史做了个人化的处理，塑造出的是一批在"很不正常的生活里，活出来的很正常的人"。"文革"生活的片断之间都是互不相干的记忆性场景，"我想写几篇忆，写下来却成了'癔'……十年'文革'十年后，凑它个十的趣味"①。显然，这种切片化的历史处理方式也就消解了对于"文革"历史意义的整体性反思，而只是作为一种特殊语境下的常态生存进行表现。林斤澜不写悲欢离合，不写大喜大悲，而是把"文革"的巨恶溶解在常人的生活过程中，传达他们在特殊语境下的人性常态感受。《万岁》中的教书先生虽然清高，但也只能靠考证"万岁"的"狠毒"本性来打发时间；其精神性的病态宣示的正是日常人生的被动、无奈；《顺竿》中的全家银在厄运之时"有点晕糊"，"其实也晕，岂在你的有意无意"，则又昭示出历史进程中的个人命运难以预测的变数；而《卷柏》中的"厨师的一生坎坷，都是偶然，细想起来又都不偶然"，面对突如其来的牢狱之灾，只能熬着，"可是活着，活着……"《紫藤小院》中的罗步柯面对劫难只能逆来顺受，竟不能如猫"摸爬滚打都是来得"；等等。历史展现给人们的或许就是一片"晕糊"，人只能茫然顺从而已，难以认清历史的面容和核心；或许这一姿态过于犬儒，但这就是作家所感受到的"文革"人生的度厄方式，其实这也是世人面对现实困境的基本情态。正如《氤氲》中所言，"此处无眼胜有眼，留

---

① 《林斤澜文集》（五），北京师范大学出版社 2000 年版，第 3 页。

得空白氤氲生"。生活的意义也就蕴涵在这一"氤氲"之中。

林斤澜说过，"细琢磨公认的杰作，往往一两百年也讨论不清楚，大致在立意上。因此有一种走向：立意的'抽象'，形体的'具象'，也是立意的'混沌'，形象的'丰富'"①。在作家看来，生活的"立意"也许就是这样一张"混沌"之网，"丰富"的具象割裂着生活，消解着人生的整体性意义，最终使生活世界"中断"成"散点"的片断组合，衍生着无限、抽象甚至困惑的"氤氲"。这是一种"瞬间生活"的组合。惟其如此，现实和历史，人性和非人性，生命与生存，现象与本质，荒诞和诙谐，质朴与扭曲等等，都成为了小说世界所接纳的内容。这一切由于感受性的运作，必然相互溢出、纠葛不清，使得人们无法在既有理论视野下对人生意义作出整体性的解释，进而孕育出作家笔下的"好大一片空旷"。由此，作家的艺术世界也就成为一种面向生活的零散与杂多意义的深刻回应，构建的就是一种"众声嘈杂的叙述体"。在此向度上，林斤澜创作的艺术实验性显然依托于现代生活杂多、丰富而变幻的意义，就不仅指向生活的丛生状态，也具有更为普遍、纯粹的人生意义诉求。

换言之，"感受"体验的叙述最终导致了"不可捉摸"的文本效果，掩映的又正是现代生活结构的信息变化，作家的艺术实验性由此具有了更加悠远的人生意味。或许，艺术创作就应该是一种艺术感受的随机性、偶然性、经验性，在生活中有所感就有所写。它"给不出终极答案的，它只使生活意义的活动伴随你的终身"，永远处于生活的"中介"位置②。林斤澜写出了这种艺术感受的丰富性、开放性，也就接近了生活的"感性之根"。某种意义上，就接近了人生的真实本义。其间艺术感受的运作轨迹，又蕴含着

① 《林斤澜文集》（五），北京师范大学出版社 2000 年版，第 429 页。
② 王一川：《艺术本体论》，中国社会科学出版社 2005 年版，第 129 页。

丰富的文学史意义。

四、结语：文学感受的美学限度

感受是文学的一种基质。正是由于个体感受性的存在，文学主体才能够在社会现实性的基础上不断生成着生命的感觉和意义，进而展现人作为存在主体的世界本身。就现实和历史而言，"人只有凭借现实的、感性的对象才能表现自己的生命"，"已经生成的社会，作为自己的恒定的现实，也创造着具有人的全部丰富性的人，创造着具有深刻的感受力的丰富的、全面的人"。①相当意义上，文学也就是一种感受美学。作为这一美学的基本领域，现代文学由此也就形成了普遍性的感受性品格。然而，由于文学感受的具体意向性和差异性，我们对于这一领域的认识也就存在着明显的歧异。由于近现代启蒙主义、人文主义以及社会革命观念的影响，现代文学普遍钟情于生活的集体性意义，形成的是一种以历史意识的深度模式为特征的美学传统。在这一传统看来，生活应当是一种集体性意义的诉求，而小说则是一种不断随集体性生活和意识形态变迁的话语转述，其文学价值并不在于表达个人化的感受和思考，而在于传达集体性生活和意识形态的变化。这就要求作家的创作能够融入某种既有的社会、文化、道德等整体性意义体系之中，体现某种集体性的意义主题。显然，这一传统中存在的文学感受性属于一种依托于集体性意义的社会性逻辑，连续性、整体性是其明显的表征。因此，这一逻辑最终建构的就是革命或启蒙观念下具有理想主义、人道主义色彩的文学体系，并一度构成了现代文学的主流话语系统。

但从艺术本体论的角度来看，这一笼罩于社会历史观念和精英化人文立场下的美学品格并不具备现代感受美学的本义，实际上属于一种轻视个体

---

① ［德］马克思：《1844年经济学—哲学手稿》，人民出版社1979年版，第121、80页。

生命感受意义的观念化的社会民族理性。感受属于生命结构中的本位力量，"感受力，在一定意义上，甚至可以作为衡量一个人生命力强弱的标志"①。它是比思想、观念更沉实，更内在于人生的"根本生存域"。而创作的"文学性"在本质上就是由个体感受力的意向性、延展度决定的。因此，个体的感受力就蕴含着文学的灵性、潜在性、能动性和无限性，它的向度就是人的本质自由舒展的向度。显然，感受的现代审美属性也就在于这一点。在此意义上，现代文学要想构建真正意义上的感受美学，就需要改变既有文学感受的社会化取向而转向个体生存感受的具体性、平凡性。比照于现当代文学的其他作家，林斤澜的小说创作由于以个体的生活"感受"推进着人生的审美体验，也就具备了这一意义，勾画出一条"活的感性"之路。在长达半个世纪的创作中，作家一直把对生活的具体感受视为"小说根基"，反映着现代历史语境下生存的生命律动，传达着人在"此在"空间多角度、多层次的生存形态，积累着人的有限感性并以此呼应着人生广漠的无限性。如此的作家展现了处于普遍社会化、理性化语境下的现代小说，对于个体感性生存的一次意味悠远的凝视，成就的就是一种现代文学史上的独特性存在。不仅截然区别于现代文学的既有传统，也在新时期以来趋于"无名"的当下文坛成就了一种"别样"。

如果将新时期以来的当代文坛谓为一个张扬感受性的场域，似乎并不为过。伴随着这一时期"人性解放"带来的第二次艺术启蒙，文学的个性色彩得到了多方位的展开，一定意义上，文学的"无名时代"就是对此的形象命名。但"个性的展开"无疑又是一种裹胁，存在着对文学美学特性的消解。"新写实小说"、身体写作等文学现象对人生的琐碎、猥琐、鄙陋以及人性潜意识本能等灰色因素的展现，固然提供了人生原生状态的真实

---

① 王一川：《艺术本体论》，中国社会科学出版社 2005 年版，第 121 页。

面容，但这种呈现更多的是对现实生活的世俗对应。这类"囿于粗陋的实际需要的感觉，只具有有限的意义"①，缺乏对生活现实的美学提升，如此被视为"人文精神的废墟"就是一种必然。文学属于美学，需要抵御日常感性卑陋因素的麻痹，以审美体验去发展一个新的生存需要系统，从而履行对人生世界意义的发见和呈现功能。"艺术的世界是另一种现实原则的世界。是疏隔的世界——而且艺术只有作为疏隔，才能履行认识论的功能：它传达不能以其他任何语言传达的真实"②，这是不争之论。而就林斤澜创作的"感受"特色而言，显然并不缺乏这一点。作家本人也曾指出，"少数真正的艺术家，飞翔在高天之下，波涛之上。只守着真情实感，只用自己的嗓音唱歌。波涛狂暴时，那样的声音当然淹没了。间隙时，随波逐流的去远了，那声音却老是清亮，叫人暗暗警觉出来，欢腾欢腾的生命力"。③虽然这一"欢腾的生命力"最终并没有被作家引向人生的诗性境界，但至少说明了作家对于"生活感受"的取舍存在着美学的尺度。孙犁认为林斤澜是"真正有所探索，有所主张，有所向往的严肃作家"④；而邓友梅说过的林斤澜"实际上是为文学献身"，相信也是有此针对的。显然，由于美学向度的存在，林斤澜创作的日常化、相对性色彩最终未能滑入庸俗感性的窠臼，其艺术感受观念中潜隐的非美学因素也就得以消解。作为一个从历史中走来的作家，林斤澜与汪曾祺神交多年，并深受沈从文等人影响，骨子里流动的仍是一种现代知识分子情怀，这最终将制约他创作的价值取向。虽然传统人文观念下那种"艺术世界对人生的诗性拯救"趋向，并没有构成创作主体必然性的审美选择，但作家的艺术实验性由此也就没有背离于现代

---

① ［德］马克思：《1844年经济学－哲学手稿》，人民出版社1979年版，第79—80页。
② ［德］马尔库塞语，转自王一川《艺术本体论》，中国社会科学出版社2005年版，第123页。
③ 《林斤澜文集》（五），北京师范大学出版社2000年版，第426页。
④ 程绍国：《上下求索——林斤澜的文学之旅》，载《当代作家评论》2007年第1期。

文学总体性的人文背景。这才使得作家疏离于当代文学诸如"新写实"等文学现象所普遍存在的文学感性趋于灰色、本能化现象的同时，也就又和我们现在通常所指称的后现代主义等"解构性"倾向下的"艺术"实践有着明显不同。在此意义上，作家创作差异性现象的背后，昭示的又正是当代文学所缺乏的感受"美学之维"。

而由于弱化（也可视为一种消解）了现代文学既有观念体系下的"人文主义"、社会革命等基础性观念，林斤澜的创作也就此溢出了传统意义上的文学限度。这不仅赋予了作家艺术实验的探索性空间，也使得作家的创作更加接近于文学的现代意义，传达出个体感受的丰富性、复杂性，成为一种"片断生活"的美学呈现。虽说这一切介入了启蒙理性主义话语以及革命历史观的背离意义，"好像缺乏理想主义的光辉"，但这样的创作更能体现小说艺术的本性①。而这不仅与人生的生物特性有关，也是现代生活的变化使然，在更深的层面，正是对现代人生感性生命意义发现的某种深度回应。如此的林斤澜必然难以在既有的理论框架中获得某种程式化的解释。比如，面对作家艺术世界的散点状态和意义的不确定甚至困惑，传统的人道主义观念囿于相对稳定的生活观念体系和清晰的人生价值意义诉求，就难于在本位观念系统中进行伦理学的评价；而在其他诸如现实主义等观念中，也同样如此。林斤澜虽然也曾宣称自己属于现实主义，但作家本身对于现代文学社会学色彩的"现实主义"就有所质疑，"我们是不是搞清楚了写实主义，这要探讨……道路又多种多样"②；作家所理解和表现出来的"现实主义"显然和传统意义的"现实主义"不是一回事，而主要是一种直面"生活的真实东西"的创作态度和立场，是一种个体性生存感受中的"现实"。由于

---

① 李洁非、张陵：《矮凳桥文体》，载《当代作家评论》1987 年第 6 期。
② 《林斤澜文集》（六），北京师范大学出版社 2000 年版，第 38—39 页。

长时期社会化文学思潮的影响，现代文学业已结构化的文学评价体系已然难以有效处理作家创作"变幻莫测"的实验性艺术张力，陷入阅读和批评的困境也就是一种必然。不妨说，林斤澜的艺术世界涉入了一个在各个历史时期都被忽视的文学意义场域，或许正如孙犁所说的是"别有洞天的所在"。我们虽有所察觉，但因其"艰辛"却缺乏深入，然而这样的作家不会被长期忽视的，他的"劳作中隐含着一部小说史"，[①]其意义将会愈加受到重视，相信这只是一个时间问题。

---

① 孙郁：《林斤澜片议》，载《当代作家评论》1998年第5期。

《浣衣母》：田园幻境的损毁与失落

对于废名而言，他的田园梦境不断经历着个体悲愁与现实风尘的浸染，有着过多的矛盾与纠结，最终影响到田园世界的整体失落。而如果放在作家创作的整体背景上来看，废名小说的这一指向其实早在《浣衣母》中就已得到奠定。作为作家初期的田园小说，《浣衣母》的田园诉求伊始就暴露在对立性的文化冲突之中，陷入了审美困境，文本间流露的艺术信息在昭示出自足性叙述理路的同时，又渗透着作家文学理想失落过程中的哀愁，预示了废名田园世界的普遍分裂与沦落。

从故事层面上看，《浣衣母》讲述了一个乡下女人李妈多舛的人生经历，但这个故事显然没有多少情节性的起伏和波澜，李妈的命运以及围绕她的人事也没有明显的场景和性格铺展。小说围绕着乡土世界在理想和现实、传统和现代等意义之间的冲突和纠结，展现了现实侵袭下田园世界的普遍沦落与困境。从表面上看，李妈作为"公共母亲"的存在似乎展现了乡土伦理和谐、古朴的一面，她的生活受到了太太们、乡下人以及"守城兵士"等人"客气"、热情的接济和帮助，这里没有社会性的阶层歧视，李妈"杨柳树下"的茅草房和乡场也成为小城人向往、流连的"自由世界"与"乐地"，"受尽了全城的尊敬，年纪又是那么高"，小城沿着一种朴实的伦理轨迹在滑行。然而李妈起始就是一个残缺的存在，丈夫早死，儿子一个早夭，一个不知所终，女儿残疾直至悲凉死去，伴随李妈的是内外交困的人生困境。

而且，乡土世界自始至终布满了异化力量，一方面"匪的劫掠""兵的骚扰"，"富人的骄傲，穷人的委随，竞争者的嫉视，失望者的丧气"，封建的伦理禁忌等等构成了无所不在的显性侵袭。而李妈作为表征古朴田园的"符号"，所谓"公共母亲"其实也不过是社会性生活中的假象，并不具备传统田园伦理的美好品质，相反，自私、爱讨点便宜、有点虚伪和小算计的精明又构成了一种反差。古朴的梦境短暂而飘忽，冲突性的田园世界不可避免地走向了颓败。

相当程度上，由于情节的淡化，叙事的重点转向话语过程中的情感以及价值意义的喻示，影响了叙事走向以及文本的内在展开。叙事话语游移在意义的冲突与纠结之间，交织出小说复杂的人生图景。在此意义上，《浣衣母》的"公共母亲"显然不具有性格生成的成长幅度，倒是丰富的意蕴寄寓使其成为表征田园多元意义的"核心"意象，围绕它的人事、环境等叙事环节的设置有着显在的意义功能规约。作为"公共母亲"，李妈"貌似"的平和、慈爱与大度虽然表征了小城的传统伦理意味，但这一切伊始就被置于历史的光影之下，存在着现实轨迹上的削弱、消解态势，而透过李妈个人命运的变迁，也就折射出乡土传统伦理在现实语境中的异变与沉沦。小说首先提供了一个关于小城生存的现实性图景。来自与李妈关系"那样亲密"且"从来不轻于讲话"的王妈关于她偷人的"离奇消息"，不仅打破了李妈"公共母亲"的幻象，而且将现实时间突出为李妈命运的主要背景，由此确立了现实原则对于田园的消解这一叙事的意义走向。李妈的家运早已"转到塞滞"，酒鬼丈夫"做鬼去了"，留给李妈的遗产只是两个儿子、"驼背"的残疾女儿，以及一间草房。虽然生计问题靠包洗城里太太家的衣服得以维持，也受到了小城人的多方照顾，但并不能阻滞其贫穷而不幸的命运。先是两个学徒儿子的不成器，而后渐渐显出"酒鬼父亲的模型"，"一个真的于是死了，那一个逃到什么地方当兵"，完全打破了李妈"朝前望"的"欢喜"和希望。当"驼背女儿死了"，李妈则完全失去了生活上的依托，命运终至陷入"不可挽回"的境地。对于李妈来说，残疾女儿固然可能是生活上的负担，但女儿的存在至少给她"冷冷"、"静寂"的生活提供了一些鲜活的安慰和寄托。而且由于女儿的存在，这个家庭才得以保留最后的形式，而随着驼背女儿的最终死亡，这一形式也就将完全损毁。

"家"是传统文化结构中最基本的意义单元，它的完整和稳定不仅是乡土人伦关系得以维系的基础，也是田园在传统古朴意义上存留的一个标志。作为"公共母亲"的人生要素，李妈起始就已陷入残破的家庭形式，其实也就是田园直接受损的文化表征，预示了李妈不幸的现实命运就是一种背离于传统伦理的非田园维度上的异变。而"驼背女儿"因为与公共母亲的密切人伦关联也显出了深层的象征意义。如果说李妈由于内外的局限和困顿使得"公共母亲"的形象最终沦为一种虚幻的假象，并不构成与田园生活的内在同构，那么"驼背姑娘"则在相当程度上具备这一意义。除去"身体上的缺点"，驼背姑娘勤劳、"驯良"、温柔，可以做饭，"捧茶"待人，身上不仅具备勤劳朴实的一面，而且有着近乎"笨拙"的善解人意与"真诚而更加同情"的秉性。显然，身体上的"异常"虽然导致了她的笨拙和"张皇"，以至于常受母亲的责骂，但身心上的残疾造成的感官滞钝和懵懂却有利于一种精神自足性的维持，使得这一人物在现实原则的侵袭下保持了田园古朴意义相对纯粹的精神遗留。驼背姑娘还"有一种特殊的本领——低声唱歌"，倘若"不知道她身体上的缺点，一定感着温柔的可爱——同她认识久了，她也着实可爱"。驼背姑娘的存在与"公共母亲"之间构成了某种内在的意义关联，她的朴实、驯良等为别人"所夸奖而且视为模范"指向了"公共母亲"的"前世"，而李妈不过是"公共母亲"的今生。不难设想，李妈的人生也有着一个品质嬗变的过程，只不过李妈的"正常"使她更容易为现实原则所同化，进而逐渐步入背离"公共母亲"的现实命运轨道。故此，当驼背姑娘"这小小的死，牵动了全城的吊唁"，田园的消亡也就获得了某种"仪式性"的告别，"死亡"构成了"公共母亲"本质意义上的消解。显然，驼背女儿的存在诠释了"公共母亲"的本然意义，而从驼背姑娘到李妈的转变，又显示出这一精神逐步滑落的现实化轨迹。或许，李妈与驼背女儿本身就是一种命运的"复合体"，我们只有将她们作为一个整体加以观照，才可能真正理解"公共母亲"的文化喻示。

如果说李妈母女象征了田园意义在不同程度上的存留，那么王妈与单身汉子等人物则主要充当了破坏性的力量，他们的出现直接推动了"公共母亲"与田园世界的损毁。王妈象征了乡土世界内部的自我异化力量。作为流播李妈谣言的始作俑者，王妈具有一种破坏田园世界的施动者功能，沟通着叙事空间与现实原则的关联，不仅将李妈与单身汉子的暧昧关系暴露在小城的公共视线之下，助推了李妈命运的末路，而且王妈身上过重的现实色彩，在反映出迥异于"公共母亲"意义的同时，又昭示出现实原则侵入乡土世界的普遍和深入。而王妈和李妈之间一度密切、无话不说的个人关系似乎也在暗示二者之间的某种统一性。如果不是因为家庭的变故以及单身汉子的介入，"公共母亲"向王妈等现实存在的转化其实并不会需要太长时间。一定意义上，"现在"的王妈也就是李妈的"将来"，处于现实原则的普遍笼罩之下，李妈必然有着被同化的趋势。相比较而言，外来的单身汉子则带来了一种更为强大的外在力量的侵入与破坏。他唤起了李妈"改嫁"的想法，在改变李妈"死一般的静寂"生活的同时，又将打破乡土生活的传统伦理秩序，构成了一种根柢性的文化伦理损害。传统文化伦理固然有着为现代性所批判的劣根性，但作为一种古朴的生存形态，田园往往需要借助这种以血缘、宗族为基础人伦关系的"超稳定性"保全自有文化空间的自足与封闭。外来者的陌生人身份意味着血缘性伦理关联的缺乏，而且不请自来的"侵入性"方式更多指向新异、他者文化力量的侵袭，对于自足乡土世界的破坏将是根本性的。单身汉子与李妈的关联也是一种虚假的人伦关系，并不具备传统的伦理向度，李妈出于"享不到自己儿的福，靠人的"功利逻辑，而单身汉子"一向觅着孤婆婆家寄住"，他们之间偶然、临时的男女组合关系也不具备"家"的意义。对于田园伦理根柢的损害，也就将抽掉这一世界的思想基础。在《浣衣母》而言，这种破坏固然才只是开始，但已引起了轩然大波，"谣言轰动了全城"，虽然"那汉子不能不走"，侵入者似乎已受挫而去，然而并未由此消除影响，相反，李妈最终沦为小城人所共同避讳的"城外的老虎"，彻底改变了自身以及整个小城的生活状态，而由"公共母亲"维系的哪怕是虚假的精神生活由此也就被完全抛弃，"三太太失了往日的殷勤"，"姑娘们美丽而轻便的衣篮，好久没有放在李妈的茅草屋当前"。小说对于此类人物的设置喻示了现实力量对于田园世界的深入损害，或许 "公共母亲"或田园生存只是一种历史深处的幻象，面对现代乡土家园的普遍沦丧，早就失去了往昔的古朴与雅致。而废名对于这一世界的营造虽还保留了一些古典的诗性意绪，但已无法构建出现实的合理性，李妈"在世界上惟一的希望"其实就是一种无望，沦落乃至消亡也就是一种必然。

《浣衣母》展现了一种无可挽救的田园沦落态势。而如果深入文本，我们也会发现小说的环境构成也有着与此相对统一的空间形态。如果说，传统田园空间是封闭的，虽然存在着进入桃源世界的通路，但也只是偶然开启，而后再不可得，反映出这一世界的恒常与安稳，那么《浣衣母》中的田园世界显然有着常态开启的进出道路，空间结构上已经有了破损。"公共母亲"

的茅草房位于城外，虽有着"包围县城的小河"的阻隔，但却保留了通联内外世界的"大路"、"石桥"等入口。空间的开裂提供了外在力量侵入的"缺口"，进而打破着桃源世界的恒常。由此，外来兵匪的劫掠、骚扰才能够进入小城，寄托着李妈生活希望的儿子才得以外出学徒谋生，并且出走而不知所终，那个导致李妈命运末路的单身汉子也正是经此进入，而驼背女儿的死亡又何尝不渗透着这些因素的内在影响。一定意义上，其间的田园世界就是一个开放空间，与外在世界的密切联系造成了异质文化的广泛侵入，再不能保持那份自足与稳定。动荡与喧嚣已成为这一世界的基本状态，即便还流动着古朴的意趣，也难以掩盖现实原则下的沉沦宿命。李妈的"杨柳树下"一度是小城人的"自由世界"，但过于繁杂，人来人往，纠缠了过多喧闹，"有水有树"，冬夏都是"最适宜的地方"，然而背后却是李妈的"空虚"与"别人的恐怖"。过度的"热闹"无疑背离了田园稳定的伦理节奏，乡场上的"繁荣"多少有些末世的狂欢气息，似乎又是田园残破之前最后的"盛宴"。而当单身汉子在此设下茶座，这种喧嚣无疑到达了顶点，作为环境的乡土又获取了某种功利性的市集特征。单身汉子靠着李妈的人气"生意必定很好"，而人们所谓的"不是从前的吝惜"，也权当是给李妈一个面子，"老实说，不是李妈，任凭怎样的仙地，来客也决不若是其拥挤"，虚假的客套之下则是李妈的赔笑，"然而不像王妈笑得自然；富人的骄傲，穷人的委随，竞争者的嫉视，失望者的丧气，统行凑合在一起"。至此，笼罩在"公共母亲"身上那层薄薄的温情面纱被完全掀开，失却了保全机制的田园空间已无法维持自身的伦理外观。显然，随着田园世界自足性的残破，现实原则已被激发成乡土背景上的显性存在，造成了田园世界的全方位损毁。

然而面对沦落中的田园世界，废名的态度显然又不属于冷峻和决绝，《浣衣母》的田园叙述还渗透着他的"哀愁"。作为现代意义上的知识分子，废名的田园诉求虽有着现代意义上的现实价值认知和判断，但面对其间诗性意义的失落，作家还有着深深的无奈和感伤，由"公共母亲"支撑的田园世界浸透着作家的愁肠。废名说过，文学是"选定一种生活的样式，浸润于此，醅醉于此，无论是苦是甜"①。周作人也曾指出废名小说的理想色彩，"这里边常出现的是老人、少女与小孩。这些人与其说是本然的，毋宁说是当然的人物……是所梦想的幻景的写象"②。而按照后人的说法，废名是在"用终极关怀之态度与眼光探索人生奥秘"，"从始至终都反映了作者对生命意义与价值的严肃思考和艰苦探索"③。对于废名来说，选取传统意味的田园作为小说的意义背景，其实还出于这一传统文化形态体现出的生存理想意义，包含着对于乡土诗性智慧的认同和选择。故此，废名对于田园的损毁与沦落往往又充满了惋惜与无奈，背后还渗透着对于这一世界的眷念和矛盾。文本固然缺乏对于这一情绪的集中呈现，但透过李妈不幸的宿命般气息，她的"寂寞"，"死一般的静寂"生活，驼背女儿"呜呜咽咽"的哭泣，城墙与河之间很大的荒地与坟坡，鬼火等叙事元素的交织，感伤已弥散为叙述的一种情调与氛围。而作家也似乎不忍心直接破坏这一世界，并没有将这种损毁置于一种显性的、强烈的变动之中，田园只是沿着一种相对自然的节奏缓慢地向着末路滑落，"公共母亲"以及乡场上的日常生活还有着相对古朴的田园形态和意味。显然，废名以一种间接的、比较潜隐的方式喻示着这一世界的失落，虚幻的田园表征维系了作品"田园小说"的印象。然而田园终归走向"不可挽回"的失落，小说写到此时的李妈已无法"使自己的空虚填实一点"，事实上，面对了浣衣母的"空虚"，作家何尝又"填

---

① 废名：《现代日本小说集》，《废名集》第三卷，北京大学出版社 2009 年版，第 1141 页。
② 周作人：《〈桃园〉跋》，《废名集》第六卷，北京大学出版社 2009 年版，第 3407 页。
③ 阎浩岗：《生命感伤体验的诗化表达》，载《中国现代、当代文学研究》（人大复印资料）2003 年第 7 期。

实"过自身的空虚呢！就此而言，废名在谈及《浣衣母》时也曾指出，"其实就现实来说，我所谓的事实都已经是沧海桑田，我小时的环境现在完全变了，因为经历过许多大乱"①。

废名说过，他的文章"都是睁开眼睛做的"②，故此，他的文学世界也就纠结了理想和现实、传统与现代等过多的意义矛盾与冲突，《浣衣母》只是一个开始。到了近乎"禅境"的《桥》，虽然有着近乎"乌托邦"的田园诗意极致，但却一直笼罩着由"坟"所预示的死亡与虚无阴影，孕育的又是"盛极而衰"的理想幻灭与失落；而至《莫须有先生传》则不仅陷入"我是这样的可怜"的自怨自艾，而且沉迷于"哲学家"的玄思，充满了偶发性、跳跃性的思绪凌乱而芜杂，晦涩、玄奥的语言所传达的人生感觉也颇多荒诞与怪异，成了"渐渐失了信仰的一个确实的证据"③。相当意义上，从《浣衣母》伊始，废名一直游移在田园诉求的矛盾之中，直至最终陷入"厌世诗人"的泥淖而难以自拔的"创作终结"，也正是由此纠结而成的某种审美偏至。由此《浣衣母》也就奠定出废名小说叙事理路的基本走向，这种走向固然还将发生调整与转化，但从整体上看，废名小说的意义嬗变并没有脱离由此昭示的路向。"废名的小说是耐读的：不仅耐得住不同的阅读空间，也耐得住不同的阅读时间和阅读对象。"④作为废名初期的田园短篇，《浣衣母》的丰富阐释性蕴含着废名田园小说的发生学意义，也就为释读他的小说世界提供出一个启示性的意义起点。

---

① 废名：《散文》，陈振国编《冯文炳研究资料》，知识产权出版社 2010 年版，第 100 页。
② 废名：《古槐梦遇小引》，《废名集》第三卷，北京大学出版社 2009 年版，第 1283 页。
③ 废名：《莫须有先生传·序》，《废名集》第二卷，北京大学出版社 2009 年版，第 660 页。
④ 严家炎：《废名小说艺术随想》，《史余漫笔》，生活·读书·新知三联书店 2009 年版，第 300 页。

《迟桂花》：“欲情净化”中的欲望迷失

作为郁达夫后期创作的代表性作品，《迟桂花》表现出的“欲情净化”色彩，使其被指认为郁达夫“最具诗意的作品”①。多年来，我们也习惯于在欲望净化的层面论析其间的人性升华和田园情怀等诗意的因素，称道其“自然人性的优美”，而对于“净化”造成的欲望主题的复杂性则很少注意。事实上，《迟桂花》的欲情净化表征了人性在欲望和道德之间的游移，意味着郁达夫欲望叙述的一种两难，最终使《迟桂花》游离了人性的“自然”之境。

《迟桂花》讲述了“我”到西湖畔的翁家山去参加多年未见友人婚礼的过程，其间主要内容在于“我”为友人的妹妹莲儿的健美所深深吸引，以及随之而来的欲念又被她朴实无邪的人格所净化；最终“我”向莲儿忏悔自己的精神犯罪，两人兄妹相待，陶醉在翁家山无所不在的清新山水之中。作者在翁家山的田园风光上倾注了大量的笔墨，使文本呈现出田园化的抒情氛围。问题是，当我们感受到这种诗情画意般的优美之后，更值得回味和思索的是主人公“我”的欲情在这一过程中的“净化”真伪问题，若是，精神的支点是什么，若否，所谓“净化”传达了一种什么样的内在精神理路？

鉴于“桂花”意象在作品中的重要性，我们仍可以从“桂花”入手开始探寻上述问题。初到翁家山的主人公似乎陶醉在翁家山的景物之中，其间

① 本文涉及的郁达夫小说作品参见《郁达夫小说全集》，乐齐主编，中国文联出版公司1996年版。

人伦和谐，景物优美，一洗郁达夫旧日作品的灰暗色彩，变得清新明亮，“桂花”是其中的焦点：“看得见的，只是些青葱的山，和如云的树，在这些绿树中，又是些这儿几点，那儿一簇的屋瓦和白墙”“……心里正在羡慕翁则生他们老家处地的幽深，而从背后又吹来一阵微风，里面竟含有说不出的撩人的桂花香气”。“桂花”的首次出场带来的是一种“说不出的撩人”，所指的不明朗意味着叙述方向的诸多可能性。但随着桂花的第二次出现，这种“说不出”被直接指认为“要起性欲冲动的样子”：“……可是到了这里，所闻吸的尽是这种浓艳的香气”，“我闻了，似乎要起性欲冲动的样子”。显然，优美的景物叙述并没有遮盖欲望，相反欲望的呼之欲出成为叙述的重要旨向，“桂花”在此也就成为欲望的某种表征。随着叙述过程的展开，这种欲望伴随着桂花香气的弥散一再被叙写。“看看她那一双天生成像饱使过耐吻胭脂棒般的红唇，更加上以她所特有的那一脸微笑，在‘知’的分子之外还不得不添一种‘情’的成分上去”；“……我竟恍恍惚惚，像又回复了青春时代似的为她迷倒了”；“她的肥突的后部，紧密的腰部，和斜圆的胫部的曲线，看得要簇生异想……那个高突的胸脯，又要使我恼杀……短而且腴的颈际，看起来，又格外的动人”。类似的女性形体描写和主人公的性欲冲动存在着明显的共生，预示着欲望已然成为叙述的一种结构性要素。可以说，这类欲望的描写在《迟桂花》的前三分之二部分成为阅读的主要印象。在这些篇幅中，郁达夫明显没有摆脱前期欲望叙述对于欲望的把玩、迷恋的心态，而如果不是在作品的后面部分改变既有叙述轨道，《迟桂花》显然将会湮没在郁达夫对既有欲望叙述主题的沿袭之中。

郁达夫说过，“性欲和死，是人生的两个基本问题，所以以这两者为题材的作品，其偏爱的价值比一般其他的作品更大”[①]。这似乎暗示着他的欲

---

① 陈子善等编：《郁达夫研究资料》，花城出版社 1985 年版，第 369 页。

望叙述和死亡之间保持了某种必然性关联。的确,《沉沦》中的"他"狎妓后投海自杀,《银灰色的死》中的"他"在放荡生活的自暴自弃中暴死街头,《清凉的午后》中老郑为妓女小天王的赎身和包养导致了最终溺死湖中等等。其小说中的主人公往往在欲望的追逐中陷入绝境,或死亡,或病情加重,或贫困交加,《茫茫夜》、《秋柳》、《怀乡病者》、《空虚》等作品中于质夫在物质和精神上的穷病甚至变态,《祈愿》中"淫乐"生活带来身体上的"倦弱"和精神的"孤独"等等。这似乎构成了郁达夫小说欲望叙述的基本状态,欲望叙述常常盘绕着赤裸的肉欲,性的颓废苦闷,人生的虚无、悲苦等浓重的非理性色彩,近乎欲望的"颓废"之旅。

《迟桂花》表现出了对既有叙述路向的游离,也就预示着既有欲望叙述方式的某种内在变化。主人公的欲望冲动在和莲儿有了身体的接触之时不可思议地终止了,欲情得到了突然的净化,其原因在于一种灵魂上的审判:"我的心地开朗了,欲情也净化了……我将自己的邪心说了出来,我对于刚才所触动的那一种自己的心情,更下了一个严正的批判。"而文中的友人虽然身染肺病回家等待死亡,但在自然景物之中,却得以痊愈,摆脱了死亡的追逐。某种意义上,这种死亡模式的改变也构成了一种呼应,预示着欲望的抒发将摆脱既有的非理性框置,进入一种新的路向。欲望过程的中断意味着主人公人格上的某种变异。罗洛·梅说过,"性欲,指向的是满足与松弛,而爱欲的目标是欲求,渴望永恒的拓展,寻找与扩张"。[①]显然,由于叙述轨迹的改变,肉身的欲望不仅没有被赋予满足,反而被一种反向的形而上的道德化力量逆转了。从肉身之欲向伦理之爱的转换,使欲望被"拯救"向道德向善的人格完善。主人公将此归结为"幸亏你的那颗纯洁的心,那颗同高山上的深雪似的心,却救我出了这一个险"。而小说在此将健美的女

---

① [美]罗洛·梅:《爱与意志》,蔡伸章译,甘肃人民出版社1987年版,第71页。

性“莲”作为道德力量的化身，形成了对主人公的灵魂拯救，显然意味深长。

对于郁达夫而言，其欲望叙述像是一场肉体和灵魂的战争，诚如周作人所言，是“性的要求与灵肉的冲突”，①这种内在冲突的存在使他一直存在着对肉身欲望的抗争。在其大部分小说中，欲望主体的这种抗争使叙述有着背离欲望的态势，即便是狎妓这种极端的肉欲行为，在他的笔下也往往有着爱情、家国等道德意义的附加。如《沉沦》中的“他”在祖国贫弱的积怨中嫖妓和自杀；《青烟》中的“我”将寻欢的动机归结为“亡国”；《秋柳》中的于质夫在和海棠的交往中掺杂着“救世”的慨叹；等等。而由于欲望主体常常深陷贫病交加的现实境遇，以及对欲望近乎病态的迷恋，往往最终堕入非理性欲望的泥潭。在此意义上，《迟桂花》表现出的这一转换虽然显得突兀而生硬，但不啻标识了作家对欲望非理性一面的放弃。当我与曾经的欲望对象“莲”结为兄妹之后，神圣的伦理之爱强制地实施了对肉欲的清算，“我们是已经决定了，我们将永久地结作最亲爱最纯洁的兄妹”。心灵的圣化，不仅标识了我的灵魂的净化，也使莲“满含着未来的希望和信任的圣洁的光耀来”，同时也使我对置身的俗世产生了鄙夷，“这一个伶俐世俗的知客僧的说话，我实在听得有点厌烦起来了”。救已和救世在此发生了统一，欲望的历程由于道德力量的介入而被中断，相应的，“桂花”形象也被赋予了神圣的伦理意义，而成为新生活的指代，“在这两株迟桂花的中间，总已经有一枝早桂花发出来了。我们大家且等着，等到明年这个时候，再一同来喝他们的早桂的喜酒”，而文终“但愿得我们都是迟桂花”则又近乎一种强调，将道德的净化意味突出为一种普泛意义，“桂花”又完全被转换成非欲望的明日理想生活象征。

①　周作人：《沉沦》，严加炎编《二十世纪中国小说理论资料》（二），北京大学出版社1997年版，第214页。

相当意义上，《迟桂花》成为了作家对欲望的一次告别，欲望在内在的转换中已然被"净化"、离弃，欲望叙述偏向了理性化、道德化的去欲望化。然而，《迟桂花》的道德净化并不能被简单地理解为一个道德与欲望的二元对立问题，其间蕴含了欲望叙述的复杂性。这里存在着一个误区，即对欲望的正视问题。毕竟，作为人性的本质性内容，欲望的存在有着必要性和合理性。"感性欲望的强烈，是健康的表现，是具有生命力的表现。"①在此意旨下，细加审视文本，我们就会发现"欲情净化"其实构成了一种对欲望的转移或压抑。由于作品将欲望置于道德净化的对立面，这就使道德净化成为文本后半部的叙述动力。然而这并未能消除欲望的潜流，相反，欲望在道德的压抑下陷入了叙述的两难，在消解欲望的同时，也消解着道德的净化力量和效果。如此，我们在净化中的主人公身上又可以"看到"另一幅图景：

面对莲的鲜活的肉体，净化了的"我"却不由自主地接受了莲"倒入了我的怀中……等她哭了一会儿后，就拿出一块手帕来替她擦干眼泪，将我的嘴唇轻轻地搁到了她的额头上。两人依偎着沉默了好久"。道德的力量显得如此的苍白，"兄妹"似乎成为一种行为道德上越界的借口；而"我"心思的浮动，又使我不禁失态，"不知不觉，在走路的当中竟接连着看了她好几眼"。而莲"因为我的脚步的凌乱，似乎也注意到了我的注意力的分散了"。即便作家一直在有意识地强化道德净化的力量，但仍遮掩不住欲望的面容；掩饰同样显得苍白甚至自欺。"在绿竹之下的这一种她的无邪的憨态，又使我深深地，深深地受到了一个感动"。语言上的强化透露的是一种深度的不自信，带来的是情感抒发的做作感，"我时时刻刻在偷看则生妹妹的脸色……在这一日当中却终日没有在脸上流露过一丝痕迹……就是则生和他的母亲，

---

① 刘再复：《性格组合论》，上海文艺出版社 1986 年版，第 451 页。

在这一日里，也似乎是愉快到了极点"。道德上的净化真的能够挽救我和众生，使之走向一种无欲的理想生活状态吗？似乎为了进一步掩饰这种潜意识上的怀疑和不自信，作家在最后用了"但愿得我们都是迟桂花"。作为一个指向将来的词汇，"但愿"无疑包含着对此前和当下行为的一种潜在否定。或许，"迟桂花"也就是一个道德上的幻象而已。与此相适应，即便此时主人公陶醉在翁家山的自然风光，也不能遗忘欲望的冲动，净化构成的转移也只是暂时的。"我看了不得不伸上手去，向她的下巴底下拨了一拨"；在绿的掩映下，他的无邪又让我"深深地受了一个感动"；即便宣称着心境的满足、和谐，但不时想到的还是"食欲高潮亢进"、"一股自由奔放之情"等等。试想，一个欲望得不到正确对待的个体真的能做到心性的平和吗？叔本华说过，性欲"是所有冲动中力量最强大、活力最旺盛的。它占据人类黄金时代（青年期）一半的思想和精力，它也是人们努力一生的终极目标"，"人类也可以说是性欲的化身"。①无疑也适用此处。

欲望和道德的这种矛盾和冲突来源于人性的复杂性。卡西尔说过，"人之为人的特性，也就在于他的本性的丰富性，微妙性和多样性"②。而正是这种丰富性和复杂性，才构成文本生态的巨大张力。只有正视这一点，我们才能发现《迟桂花》的欲情净化存在的人性表现上的局限。作者显然有着以道德上的净化来达到去欲望化的意图，他要对"自己的邪心""更下了一个严正的审判"，这制约了欲望在文本中的存在状态。道德"向善"的单极性追求构成了对于人性感性一面的遮盖，欲望处于了道德的阴影之下。比照于郁达夫其时的其他小说作品也构成了对于这一解读的互文性印证。比如说《蜃楼》近于一次欲望的非理性意义与道德意义的对决。富裕而年

---

① ［德］叔本华：《爱与生的烦恼》，陈晓南译，华龄出版社2001年版，第54页。
② ［法］卡西尔：《人论》，甘阳译，上海译文出版社1985年版，第15页。

轻的异域女郎冶妮像是欲望的终极符号，烂熟的青春肉体散发着浓亵难耐的魔力，然而随着陈逸群最终在意乱情迷中"高尚纯洁地在岸边各分了手"的觉醒，不仅象征性地实现了对欲望非理性的瓦解，也预示了欲望正常过程的终结，由此凸显了欲望的压制带来的所谓欲望"净化"或"异化"；《过去》中的李白时明明感到心里头"尽是一滴一滴苦泪"却强装笑容，并自批为"卑劣"；《迷羊》中则以伤害身体为由让谢月英遁失得不知所踪，象征性地放逐了欲望；而《她是一个弱女子》中两个漂亮年轻的女人，一个投身革命的去欲望转向，一个惨死于日军的奸杀，这一对照性情节同样预示了欲望的"净化"甚至消亡。

净化欲望的同时又在否定、遮蔽着欲望，《迟桂花》的人性表达也就游走在欲望和道德的两难之中，呈现出二者的矛盾纠葛状态，而这无疑将导致欲望叙述的某种困境，一方面，《迟桂花》存在着郁达夫旧有欲望叙述中那种非理性欲望的涌动，另一方面由于以道德化的伦理指向作为参照，又表现出对欲望的明显压制，最终阻隔了人性的自然状态。故此，《迟桂花》的欲望净化不啻一种欲望的迷失，意味着人性的非自然化，它的优美也就主要在于乡村田园的优美，而在人性向度上却又是走向不自然的。

《伍子胥》:"决断"中的不倦前行

创作于20世纪40年代的小说《伍子胥》是著名诗人冯至的代表作[①],由于艺术价值的"独特、超前、个人性"曾被钱理群先生誉为"不可重复的绝唱"[②]。作品具有浓厚的存在主义色彩,诠释了存在主义的"决断"观念,表现出一个现代知识分子对于生存问题的独特思考。"决断"是存在主义的重要思想,主要指个体对自身存在状态和意义的自由选择与决定,"本然的自我存在只有通过自由的无条件的决定才能实现"[③]。这种带有终极关怀色彩的价值诉求,源自于对贬抑人之存在价值的资本主义文明的反动,是一种将人生从"自在状态"提升到"自为状态"的意义历程。就该文而言,伍子胥的人生游历是在审美、伦理、宗教等"存在状态和意义"中的不断"决断"与转换,但作者并没有把人生的存在意义固着在其中的某一类形态上,反而审美、伦理、宗教等人生状态不过构成了人生过程中一次次短暂"停留","终点"又预示着"起点"。故此,一个古老的复仇故事最终也就转化为一种关于生存价值的探求过程,体现出存在之思。

小说取材于春秋时期"伍子胥复仇"的历史事件,是对一个古老复仇主题的现代生发。小说一开始就描述了伍子胥对边城如同"死蛇一般"生存状况的"焦躁与忍耐","三年来无人过问,自己也仿佛失却了重心,无

---

① 参见《冯至全集》第三卷,张恬编,河北教育出版社1999年版。
② 钱理群:《二十世纪中国小说理论资料·前言》第四卷,北京大学出版社1997年版,第13页。
③ [德]施太格缪勒:《当代哲学主流》上,王炳文等译,商务印书馆1986年版,第232页。

时无刻不在空中飘着……他们有如一团渐渐干松了的泥土","焦躁与忍耐在他身内交战"。显然，此处伍子胥的焦躁来自于对生存状况日渐"沉沦"的"体察"，正如解志熙所言，"'焦躁'不是一般的情绪骚动，而是生命失重、存在无意义的根本性焦虑"。[①]由此，"沉沦"中的"边城"也就成为现代人生"自在状态"的一种表征，有待于通过"决断"来唤醒人生的"自为"意义。"在这不实在的、恍恍惚惚的城里，人人都在思念故乡，不想住下去"，"只等着一阵狂风，把它们吹散"。"故乡"近乎"安息"的魅力构成了"自为人生"的神秘招引，因此，即便没有后来故事中楚国使者阴谋"诱杀"这一外在契机，伍子胥也可能会在其他因素的触发下沿着自身的行为逻辑展开人生的"决断"。他"面前对着一个严肃的问题，要他们决断……他觉得三年的日出日落都聚集在这一瞬间，他不能把这瞬间放过，他要在这瞬间作一个重要的决定"。显然，此时伍子胥面对的已不是所谓"复仇"的历史伦理问题，而是人生意义的"自由选择与决定"。相对于兄长伍尚为了父子的伦理人情冒死去郢城的"决定"，伍子胥则要"走出去，远远地走去，为了将来有回来的一天"。这样父兄的死对于伍子胥而言，"就是一个大的重量，一个沉重的负担落在你的身上，使你感到真实，感到生命的分量——你还要一步步前进"。生和死在此构成了人生的两个极端，也就具有了"先行到死"和"向死而在"的意义。人生的伦理意义一旦被转化为存在的勇气，也就促生了"决断"的意义转向，"他们怀念着故乡的景色，故乡的神，伍尚要回到那里去，随着它们一起收敛起来，伍子胥却要走到远方，为了再回来，好把那幅已经卷起来的美丽的画图又重新展开"。生存意义从伦理向审美向度的这一转换，意味着伍子胥名义上的为父兄"复仇"，实际上却是自觉谋求对现状的改变和摆脱，而文本之所以从伦理意义展开人生

---

① 参见解志熙《生的执着》，人民文学出版社1999年版，第189页。

的"决断"，不仅是因为作为一个特定历史事件的当事人，伍子胥必然要负载伦理的意义，而且还因为伍子胥的"复仇行动"是全文展开的叙事学背景。

"审美"意义上的生存思考和表现则是在楚狂夫妇隐居的"林泽"展开的。林泽的原野风情孕育着大地自然化的诗意，"像是置身于江南的故乡，有浓碧的树林，变幻的云彩……"，近乎一片桃源幻境。然而人世的现实侵袭却是生存难以回避的宿命，楚狂夫妇的隐居虽有着"与雉鸡麋鹿同群，比跟人周旋舒适得多"的好处，但是这种审美化的"安息"采取了一种"逃于天地之间"的原始方式，不仅悖于时代，更缺乏对存在的"已经在世"的现实承担和"认真为人"的积极生命态度。"离弃了现世"也就意味着背离了"存在"的根基，"存在"意义的缺乏注定了这一方式的不可取，沦为"幻境"最终就是一种必然。于是，在伍子胥眼中，楚狂夫妇"嘻笑中含满了辛酸，使人有天下虽大，无处容身之感"，"眼前只不过是一片美好的梦境，它终于会幻灭的"。接下来的"洧滨"、"宛丘"等章节中展现的生存状态，显然将这一侵袭审美意义的现实因素作了进一步的铺展。太子建等人的生存图景是阴暗的，平庸、自私、奸诈的堕落意味着现实"去道德化"的"非本真状态"，而对此的"不自知"显然又是一种"自欺"，意味着类似的"沉沦"已成为一种普遍的生存状态和现象。而"宛丘"讲述的则是一个远古圣地的沦落。太昊伏羲氏神农氏等故地的废墟化，意味着人性古老"神明"的丧失，与此形成对比的则是现实中司巫人格上的卑劣，以及贫穷酸儒不满、牢骚中如"火星"、"雨露一般"短暂而苍白的"衡门栖迟"般的精神告慰。古老的神性业已沦为一种暂时的缅怀，在寒夜的饥寒交迫中不可避免地隐入了历史深处。显然，对道德和古老神性的双重背弃最终宣示了实存中精神向度的失却，注定世人只能在"沉沦"中承受这一"灵性"丧失的后果。

相较之下，小说后文"延陵"一节生存状态展现出的"礼乐"交融、人伦和谐的乐园图景近乎一次"灵性"的复归。"这些地方使他觉得宇宙不完全是城父和昭关那样沉闷、荒凉，人间也不都是太子建家里和宛丘下那样卑污、凶险。虽然寥若晨星，到底还是有可爱的人在这茫茫的人海里生存着。"作为人生游历过程的一个节点，"延陵"的意义在于对实存中的"沉沦"进行了一次集中的拯救，使得伍子胥的"决断"得以暂时摆脱现实的钳制，进入生存的另一种高蹈境界。而文中伍子胥抵达"延陵"这一获救意义的"节点"则是通过三次象征性的过渡环节达到的，其间又涉及宗教意义等生存限度。

首先是"昭关"。一定意义上，这不仅是伍子胥"复仇"的现实阻碍，也是妨碍其生存意义提升的现实因素的凝结点。迈过它，就意味着人生的伦理、审美意义将得以充分转化提升，而且也将接近意义的"永恒"之境，"他想象树林的外边，山的那边，会是一个新鲜的自由世界，一旦他若能够走出树林，越过高山，就无异于从他身上脱去了一层沉重的皮"，"以一个再生的身体走出昭关"。于是，"迈过昭关"也就具有了重生的象征意义。对于"新鲜的自由世界"的渴望，不仅沟通着"天堂的盼望"，而且也意味着"奔向应许之地"的宗教返乡意义。而对昭关士兵死亡的所思，则同样将伍子胥的出关行为导向了"向死而生"的宗教指向，"子胥的心境与死者已经化合为一，到了最阴沉最阴沉的深处"，"好像自然在他身上显了一些奇迹，预示给他也可以把一些眼前还视为不可能的事实现在人间"。显然，此处子胥自然景观中的"反思"和"渴望"也就此进入到宗教的意域。

其次是"江上"。对于伍子胥而言，走出昭关后的"一个鸟影，一阵风声，都会增加他的疑惑"，"只有任凭他的想象把他全生命的饥渴扩张到还一眼望不见的大江以南去"，于是"疏散于清淡的云水之乡"的船夫对伍子胥的摆渡简直就是一次精神上的引渡，在形式和内蕴上都体现出宗教的意义。在子胥，"却觉得这船夫是他流亡以来的所遇到的惟一的恩人，关于子胥，他虽一无所知，可是这引渡的恩惠有多么博大……他享受到一些从来不曾体验过的柔情。往日的心总是箭一般地急，这时却唯恐把这段江水渡完，希望能多么久便多么久与渔夫共同领会这美好的时刻"。引渡指向了一种神秘的安息之境，只要归属它就足以平复躁动的心灵，使人格得以净化。"你渡我过了江，同时也渡过了我的仇恨"，"他再一看他手中的剑，觉得这剑已经不是他自己的了"。近乎皈依的精神告白传达了对于一种超验性情感的眷念和渴望，宣示了宗教对于生存意义的永恒魅力。

而"溧水"一节中浣衣少女与伍子胥的遇合又颇似一个"信徒"的"受洗"，又以近乎宗教的仪式图像将这一意义加以完成和凝定，"这是一幅万古常新的画图：在原野的中央，一个女性的身体象是从绿草里生长出来一般，聚精会神地捧着一钵雪白的米饭，跪在一个生疏的男子的面前……也许是一个战士，也许是一个圣者。这钵饭吃入他的体内，正如一粒粒种子种在土地里，将来会长成凌空的树木……它将永久留在人类的原野里，成为人类史上重要的一章"。村姑的"米饭"与"施与"使人想起基督教观念体系中的圣母、圣餐以及相应的宗教仪式，而"把一钵米饭捧给一个从西方来的饥饿的行人"、"泰伯从西方来"等又从方位上进一步强化了读者对于西方基督教意义的联想。这一系列形象化的场景再一次昭示了神性意义在"存在"上空的惠临和闪耀。

然而对于"探求者"伍子胥而言，这一切是否就此凝定，人生之旅也就此停步了呢？显然不是，这一切仍然"是一个反省、一个停留、一个休息"[1]。作为一个现实的个体，它不得不受制于"处境"的影响而有所停留，而后

---

[1]　冯至：《伍子胥·后记》，张恬编《冯至全集》第三卷，河北教育出版社 1999 年版，第425—427页。

方可能通过一次次"决断"继续前行。或许一切早已注定，伍子胥只能从属于一种"在路上"的意义探求，不断前行是他作为"过客"的宿命。"延陵"中的乐园之境虽然可以视为"昭关"等上述三次象征性环节的一种必然结果，然而同样也难以被规避直至离弃的命运。由此可见，"延陵"展现的宗教意义在此并没有成为终点，相反，"终极"的"永恒"其实更多意味着无限与超越。受存在主义的影响，冯至总是在人生的"自在"和"自为"状态的对照、共生中表现"存在之思"，这不仅有着类似于尼采"生活在险境中"的人生沉沦化警示，也包含着作家对于人生存在意义的矛盾性和过程性的深刻认识，并指向一种不倦前行与探求的过程。

"延陵"一节中伍子胥想到季礼时"精神恍惚了许久"，"他知道往前走的终点是吴国的国都，在那里他要……早日实现他复仇的愿望。……若是说他复仇的志愿，又何必到季礼这里来？若是叙述他仰慕的心，走出季礼的门，又何必还往东去呢？"伍子胥的矛盾其实就是停留抑或前行的矛盾，前者意味着人生意义的终结和凝定，人生也将就此堕入"安于现状"的沉沦，后者则意味着意义的历险，充满着挑战性和不确定的艰难。而一旦停留，人不仅会"穷尽自身"，而且又将背弃自身的责任。考虑到存在意义的"无限性"状态，此处作为探求者的伍子胥必然又将背弃这一"现状"，选择继续前行！尼采说过，"对于这个生存之谜，我们必须选择一条大胆的不顾危险的路来解开它"[1]。此时的伍子胥不得不再次"决断"，"他加紧脚步，忍着痛苦离开延陵"。然而在已然经历了人生的三次基本意义之后，人生的基本意义已得以较为"充分"的展现，再次"决断"后又将面向何方？虽说人生的意义不可能被穷尽，但作者此时显然已难以提供其他的答案。于是，"人的憎恶者"专诸对母亲的"孝道"，宁静而质朴的女性，礼乐、林泽田野等

---

① 参见解志熙《生的执着》，人民文学出版社 1999 年版，第 18 页。

等再次成为伍子胥(其实是作者)思考的对象,伦理、审美等意义在"吴市"一章中以一种集体的面目再次闪现。既有意义和形态的汇聚指向了作者生存思考的局限性,显出了作者在这方面的苍白,然而同时也让我们领悟到人生意义的多元与丛生,杂多与变动,抽象和无限。毕竟,人之生存不是简单的生或死的问题,也不是简单的审美、宗教或伦理的问题,它指向的是一种开放性和无限性。这样的"决断"也让我们感到了人生探求的无奈。由于复仇者最终离开了安宁和诗意,"忍着痛苦离开延陵","沉浸在雪地仇恨里",成为一个世人眼中的"畸人"。伍子胥的追求也就具有了疏隔于现实人群的形上向度,成为一种不为现实所认同的边缘性精神和状态。其间的冲突和分裂又多少意味着人的自由仍是"在处境中的自由",这或许说明,存在的"自为"拯救往往充满了矛盾和悖论,又可能受到"此在"无所不在的暗算,必将伴随着现世的隔膜,以及肉体和精神上的苦行和艰难嬗变。生存本然的局限性无情地制约了人们的选择。小说结尾的"司市"面对子胥,"他没有旁的办法,只好把这事禀告吴王"。结尾的戛然而止,把这一点留在了文外,余味的悠长仍在说明,意义的探求本身就没有终点,而只是一个不断寻求与"眺望"的动态精神历程。

在存在主义思想的启发下,冯至对传统题材做了一次现代意义上的翻新,"两千年前的一段逃亡故事变成了一段含有现代色彩的'奥德赛'"。其意义在于,反映"一些现代人的,尤其是近年来中国人的痛苦",并在"危机"中寻找生路。①由此可见,《伍子胥》表现出的"存在之思"凝聚的是作家对现代人生存处境的深刻反思。存在主义色彩是现代文学的重要特征之一,然而由于存在着作家审美旨趣和文本阅读效果的差异,现代小说史上其他小说家作品的存在主义色彩往往偏重此在人生状态的展现和反思,

---

① 冯至:《伍子胥·后记》,《冯至全集》第三卷,河北教育出版社 1999 年版,第 425–427 页。

比如鲁迅小说表达的主要是人生"幻灭的体验和'黑暗'的思想",钱钟书则在于"人生的困境和存在的荒诞"等等。因此虽然和该文的"存在之思"有着一定意义的交集,但由于他们缺乏对于人生"存在之境"的明显构建,也就和《伍子胥》的存在主义色彩有着明显的差别。在此背景下,《伍子胥》不可不谓"不可重复的绝唱",而在现代文学史上成就一部独特的文学经典。

从小说到戏剧的诗意跨越

——汪曾祺戏剧创作论

对于汪曾祺来说，戏剧创作既非其初衷，也非其主攻方向。自 20 世纪 40 年代涉足文坛，汪曾祺就以短篇小说写作及理论探讨见长。如果不是后来因"摘帽右派"无所存身的尴尬处境而被北京京剧院"收留"的机缘巧合，汪曾祺不大可能走上这一道路。然而出于历史原因改弦更张的无奈，并没有改变汪曾祺创作的基本理念和审美取向，关于小说的抒情观念仍然以一种历史惯性影响其戏剧创作，成为影响后者的重要因素。一定程度上，这构成了其戏剧创作与小说写作的互文性，使得戏剧创作成为汪曾祺小说观念的跨文体实现，在思想内容、叙事方式、语言风格等文本形态方面表现出明显的抒情特质，个中的纠葛与缝隙，客观上使得汪曾祺的戏剧创作成为某种跨文体性的"复合物"。这虽然有助于汪曾祺构建戏剧作品的独特艺术魅力，但同时也在消解戏剧创作的叙事本性，最终影响到戏剧创作的发展和收获。

一、两栖的自觉：把戏剧"变成一种现代艺术"

在汪曾祺的戏剧创作中，一直不乏外在历史力量的影响。从编辑《说说唱唱》，在"想写作，又写不下去，没有生活，不免发牢骚"状态下"不经意"写的《范进中举》[①]，到"尊奉"政治任务意义下的《沙家浜》，汪曾

[①] 段春娟编：《汪曾祺说戏》，山东画报出版社 2006 年版。

祺的戏剧创作往往有着过多身不由己的被动因素，难以割断与现实政治语境之间的联系。一定程度上，这也是汪曾祺剧作难以摆脱意识形态观念"覆盖"的主要原因。诚然，政治上的观念赋形或者回应可以说是其早期剧作的一大特征，但我们似乎并不能就此抹杀汪曾祺在戏剧创作中的艺术能动性。从艺术生产的角度看，任何艺术生产都是多种因素"合力"作用的产品，既有着被动承受社会历史意识形态的影响，也有着汪曾祺主观上的艺术想象和创造。这一点往往也被认为是"十七年"文学创作之所以能够突破政治"非文学化"束缚而产生出诸多"红色经典"的一个重要原因。衡量汪曾祺的戏剧创作，无疑也要考虑到这一点，不能简单视为政治化语境的被动产物，而要尽力寻求外在政治历史因素掩蔽下还可能存在的文学能动性，从而获得一种整体性的文学视野。

汪曾祺是一位有着鲜明艺术个性的作家，20世纪40年代伊始就有着一种超越政治意识的审美主义创作态度，视文学为一种思索方式、情感状态和人类智慧的一种模样，表现出现代意义上的文学想象和人生思考。即便新中国成立后陷入意识形态和权力旋涡而"改行专业"，也一直没有摒弃这一点，且和他的老师沈从文一直保持着不离不弃的深厚师生之谊，体现出鲜明的人文操守。是凡作家的创作都存在着某种相对稳定的内容，正如有的学者曾指出的那样，"在作家一生的创作中必然存在着某种联系，在各个不同的故事中，也存在着一个基本的'内核'"。[①]在这样一位有着较强艺术坚持的作家身上，我们似乎找不出多少具有说服力的理由去判定他对相关艺术规律的背离，而在戏剧创作中忽视甚至偏离自身艺术的"内核"设定，即便戏剧是属于一种有别于小说的文类。事实上，从汪曾祺关于戏剧创作为数不算多的论述中，这一点也不难得到佐证。汪曾祺说过，"我搞京剧，

---

① 格非：《小说叙事研究》，清华大学出版社2002年版，第59页。

是想来和京剧闹一阵别扭的。简单地说，我想把京剧变成'新文学'。更直截了当的说，我想把现代思想和某些现代派的表现手法引进到京剧里来"。①"把京剧变成一种现代艺术，可以和现代文学作品放在一起，使人们承认它和王蒙的、高晓声的、林斤澜的、邓友梅的小说是一个水平的东西，只不过形式不同而已"②。而在汪曾祺不同时期的戏剧作品中，这种文学的审美诉求也是有迹可循的，即使是产生于新中国成立后政治高压年代的作品，作家也能在政治的缝隙中标示文学性因素的存在。1955 年的《范进中举》中对于"邻济"等场景的增设和改变被认为是增加了作品的平民色彩和人道主义色彩，是"最具创造性的改变"；而像《沙家浜》这样一部"样板戏"，汪曾祺仍能"把他对于京剧艺术的思考带进新的剧本中"，将现代革命内容和京剧艺术结合起来，赋予剧作语言很高的审美价值，使得当时"大街小巷到处流传着汪曾祺编写的阿庆嫂的精彩唱词：'垒起七星灶，铜壶煮三江'"③，甚至历时性地保留到 2006 年播放的电视连续剧《沙家浜》的主题歌中。至于 20 世纪 80 年代初期创作的《一匹布》，汪曾祺则直指为"抒情闹剧"，"把李天成、沈赛花写成了青梅竹马。最后县官断案，成就他俩"时的理由却是"诗情"；《一捧雪》则要"引起我们对历史的反思"，思考"人的价值"④。虽说创作的历史语境在不断发生变化，但渗透其间的文学思考显然是一叹贯之的，戏剧创作中一直存在着或显或隐的艺术能动性，从而在不同时期都能表现出相对意义上的艺术自觉和自由。而在跨文体的阅读视野中，我们又显然无法将其间颇具现代意识的艺术取向看做是戏剧自身所本有的东西，而只能在作家的小说观念等方面去寻找理论来源，辨识其

---

① 魏子晨：《假如组建一个汪曾祺京剧团呢？》，载《上海戏剧》1989 年第 3 期。
② 段春娟编：《汪曾祺说戏》，山东画报出版社 2006 年版。
③ 季红真：《汪曾祺与"样板戏"》，载《书屋》2007 年第 6 期。
④ 汪曾祺：《一捧雪·前言》，《汪曾祺全集》（六），北京师范大学出版社 1997 年版，第 432 页。

间的互文性牵涉。因为在作家本人看来，传统戏剧存在着诸多的不足，诸如陈旧的历史观、人物性格的简单化、结构松散、语言粗糙、缺乏生活气息尤其是文学性的不足造成了"戏剧文学的危机"；"从他和'五四'以来新文学发展的关系来看，从他和三十年来的其他文学形式"特别是小说等方面的成就相比较来看，也是很落后的。①在《中国戏曲和小说的血缘关系》一文中作家也曾指出小说在结构方法、情节冲突等方面影响到戏剧的艺术特性，认为它们之间具有艺术精神和文体形式相互影响的亲缘关系。显然，就汪曾祺而言，关于戏剧的现代化诉求更多得益于小说观念向戏剧的注入和衍化，戏剧在观念上和小说之间的内在通联构成了戏剧创作的先入机制。汪曾祺曾坦言自己是"两栖类。写小说，也写戏曲"。②可见，这种"两栖"跨越不仅在于汪曾祺创作文类的多样性，也更在于一种小说话语优势下的深层次文学沟通，即参酌于自身小说经验而在戏剧创作的内在思想和话语形式等方面形成的一种艺术赋形的优势。

二、文学性：戏剧中的人生诗情

汪曾祺的文学"内核"在于一种诗化人生的审美情怀。早在 20 世纪 80 年代的《短篇小说的本质》一文中，汪曾祺就曾指出："小说家才真是个谪仙人，他一念红尘，坠落人间，他不断体验由泥淖至清云之间的挣扎，深知人在凡庸，卑微，罪恶之中不死去者，端因还承认有个天上，相信有许多更好的东西不是一句谎话，人所要的，是诗。"③文章对于文学本质把握的"早慧"，多年后仍被引为"现代"和"先锋"（李锐语）。至于文学创作，汪曾祺则宣扬要"把生活中美好的东西、真实的东西，人的美，人的诗意

---

① 汪曾祺：《从戏剧文学的角度看京剧的危机》，《汪曾祺全集》（六），北京师范大学出版社1997年版，第382—383页。

② 汪曾祺：《两栖杂述》，《汪曾祺全集》（三），北京师范大学出版社1997年版，第196页。

③ 汪曾祺：《短篇小说的本质》，《汪曾祺全集》（三），北京师范大学出版社1997年版，第29页。

告诉别人"①，蕴含着诗意生存的现代人生美学和哲学内涵。凡此表明，汪曾祺的文学诉求其实属于一种审美的诗情，属意于文学人生在现实和理想之间的诗意向度。作为标识汪曾祺小说品格的主要方面，这种颇具乌托邦色彩的理想主义情怀构成了汪曾祺从《鸡鸭名家》到《大淖记事》、《受戒》等代表性作品的基本特征，普遍弥散于文本的人性诗意，已被学界普遍指认为诗化的情怀。而作家想把戏剧变成"新文学"，希望戏剧能"附和现代的审美观点，用现代的方法创作，使人对当代生活中的问题进行思索"等审美观念上的相通与交融②，也就使得小说的抒情性"内核"延展为戏剧文学形态的重要构成。剧作成为一种和小说共生的话语系统，也具有了诗意人生的清晰面影。

要说明这一点，戏曲《一匹布》可谓是一个样本。作为一个"旧戏新编"的作品，这是一个变相的"典妻"故事。然而剧本既缺少传统戏剧的说教成分，也没有戏剧性叙事的传奇色彩，相反，剧本给我们的深刻感受在于蕴涵的生活诗情，这当然不仅在于结尾县官断案凭依的是一种"诗情"，而更在于文本整体上可以被看做是一个两情相悦的诗化爱情故事。李天龙和沈赛花成为青梅竹马的童年玩伴，有着"绒花树下"能"记一辈子的小时候的事"，如果不是张古董的"插圈弄套"的"阴差阳错"，二人本该是很美满的一对儿。剧本没有如传统旧戏那样突出张古董的无赖嘴脸，也没有展开沈赛花和张古董婚姻生活的诸多困顿，转而以一种诗意的笔触渲染沈、李重逢后对少时往事的浪漫记忆和情感苏醒。基于童年记忆的情感萌生构成的叙事动力正向推动着沈、李二人的情感苏醒直至成婚的结局，人

①　汪曾祺：《美学感情的需要和社会效果》，《汪曾祺全集》（六），北京师范大学出版社1997年版，第285页。

②　汪曾祺：《从戏剧文学的角度看京剧的危机》，《汪曾祺全集》（三），北京师范大学出版社1997年版，第382—383页。

性化的情感书写成为借妻叙事的重点。类似的感情诗意明显沿用了小说《受戒》中明海和小英子的"两小无猜"、《大淖记事》中小锡匠和巧英好事多磨的爱情"受挫"模式，并有所叠加，渗透着日常生活的幽默和诗意。不妨说，"旧戏新编"的"新"就在于将一部颇具民间风趣的荒唐借妻闹剧演化成一个好事多磨的情感故事，增添了沈赛花、李天成二人的童年感情经历，奠定了二人结合的人性化基础，而这就淡化了故事的道德规训色彩，使得二人的结合突破了传统旧戏"无爱"婚配与性格、生活错位的故事套路，被赋予一种内在的现代人生诗情。而历史剧《擂鼓战金山》虽取材于宋末韩世忠、梁红玉的抗金故事，但剧本并没有突出反抗异族侵略的战争故事，即便对于"兀术脱逃黄天荡"这一著名的战争事件也缺乏正面表现的笔墨，相反战争几乎被处理为一种渲染韩梁夫妻情感关系的背景，对于韩世忠赳赳武夫的大男子主义、梁红玉集贤妻良母和深明大义于一身的巾帼性格等个性形象都有丰富展现，在夫妻二人的性格矛盾、龃龉等情感层面有着较多的心理刻画。一定程度上，对一个传统民族战争故事进行的情感衍化，淡化了剧作对于家国、民族的观念宣扬，而转向了日常人伦化的抒情。而汪曾祺的其他剧本也多或显或隐的具有这一取向，存在着相关意义的表现或寄寓。《小翠》有着诗化现实的笔触，淡化宫廷权贵争斗的艰险，转而抒写封建家庭中的小儿女情感，叙事的浪漫主义色彩给封建豪门的日常人伦染上了浓浓的温情。《一捧雪》则在一个"恩将仇报"的古老故事中寄寓着不乏现代色彩的"人生问题"，又渗透着对历史道德、民族心理和人性的反思。而以历史人物为表现对象的《大劈棺》则是一个"哲理剧"，作者借庄子之口探究人的欲望，肯定人性的意图显而易见。至于作家晚年编写的电影剧本《炮火中的荷花》则更清晰地表现出作家审美文学观念得以在戏剧创作中赋形的优势地位。剧本糅合了孙犁的《荷花淀》、《嘱咐》、《苇荡》、《山地回忆》、《吴召儿》、《风云初记》等几篇小说的基本情节和人物，风格清新优美。作为现代小说的重要作家，孙犁和汪曾祺同属"诗化小说"的作家谱系，而孙犁的上述几部作品更被视为这一类创作的经典。不难看出，汪曾祺基于上述几篇作品进行的电影剧作编撰，显然在于相关作品在艺术趣味上和作家审美心理结构上的深层契合。当然，这样说并不意味着作家的戏剧创作都可以直接视为其"诗化"小说观念的跨文体实现。对于汪曾祺不同时期、不同题材的戏剧作品而言，这种生活诗情的体现也存在着明显的程度差别。如果从文学主体性的显隐程度来看，无疑"文革"前后的剧作文学性相对明显，"文革"期间则要薄弱得多。这主要因为"文革"极端化的政治语境在很大程度上压制了汪曾祺的艺术能动性，制约了剧作的文学性，因此造成了诸如《沙家浜》、《雪花飘》等"文革"剧作审美艺术性的相对弱化。而伴随时代语境的改变，汪曾祺的审美趣味也将发生方向性的变化，进而彰显出文学性的内蕴。概略而言，这种文学性表现在旨趣选择上既包括对传统历史题材的现代抒情性改造，也包括现代政治语境中对日常人生诗意的发现，既有着传统人伦情怀的诗意表达，也有着相对玄深的人生哲思，最终体现出一个"现代抒情诗人"在戏剧领域中对人生诗情的跨文体书写。

三、戏剧的诗意：消解叙事的小说化文体

按理而言，戏剧都应该重视情节的叙事性。希腊悲剧和莎士比亚等戏剧之所以不朽，原因也多在于此。阿诺德曾指出："不在语言，而在情节结构的优越"，杜国清则认为，"在戏剧化的表现技巧上，首重情节的安排"，"情节的构成，包括急转、发现与受难，以造成对比、反讽、惊异、哀怜等效果"。[①]

---

① 杜国清：《诗情与诗论》，花城出版社 1993 年版，第 135 页。

就中国戏剧而言，叙事性也是一贯性的艺术诉求。作为中国古典戏剧理论的代表人物，李渔就在《闲情偶寄》中将"情节"和"事"突出为戏剧综合性结构的核心。关于这一点，汪曾祺也有论断，"自从传奇兴起，中国的戏剧作者的戏剧观点、思想方式发生了很大变化，同时带来结构方式的变化。……或直截了当地说：是小说的，中国的演义小说改编为戏曲极其方便，正因为结构方法相近"。[①]显然，汪曾祺不仅指出了戏剧的叙事性本质，同时也指明了其与传统小说叙事的密切联系。然而汪曾祺的戏剧创作却并不具有类似的可比性，他的剧作更多属于一种淡化情节转而强化抒情的文体构建，很大程度上成为了对自身小说抒情的间接实现，传统小说和戏剧的故事性结构并未在戏剧中产生明显的影响。一定意义上，这种转向抒情的戏剧写作也就背离了戏剧的叙事特性，进而影响到戏剧的文体建构和审美效果。

汪曾祺的小说创作往往以平淡见长，并不具有高密度的情节节奏和矛盾冲突，而多蕴涵主体情绪感受的表达和超越现实的诗性人生诉求，消解叙事、强化抒情氛围成为重要的结构特征。关于这一点学界已多有论析，此处也就不再补缀。这种小说文体"内核性"的叙写方式进入到戏剧中，必然造成戏剧的去情节化，淡化矛盾冲突，造成文本空间的转向。汪曾祺曾说过，"中国不很重视戏剧冲突。有一个时期，有一种说法，戏曲就是冲突，没有冲突就不成为戏剧。中国戏剧从整体上看，当然是有冲突的，但是各场并不都有冲突"，进而认为自己的戏剧属于一种"不假冲突，直接抒写人物的心理、感情、情绪的结构"，"闲中着色"、涉笔成情的艺术方式和手法。[②]

---

① 汪曾祺：《中国戏曲和小说的血缘关系》，《汪曾祺全集》（四），北京师范大学出版社 1997 年版，第 384—386 页。

② 汪曾祺：《中国戏曲和小说的血缘关系》，《汪曾祺全集》（四），北京师范大学出版社 1997 年版，第 384—386 页。

当然，这并不意味汪剧不具备叙事性，只是在相对的层面上，他的剧作叙事性色彩较淡。和其他现代剧作家比较起来，汪曾祺的戏剧确实讲了太少的故事。姑且不和叙事性强的现代历史剧、地方戏剧相比，即便和诸如田汉、曹禺、洪深等现代抒情戏剧作家相比，即的剧作也一总缺乏如《获虎之夜》、《原野》、《北京人》、《雷雨》等高度紧凑集中的矛盾冲突和戏剧场景，使得表演性、观赏性不强，难以获得舞台表演的戏剧性效果。事实上，汪曾祺的剧作得到实际演出的机会也并不多，早期的《范进中举》只是获得了北京市戏曲汇演的"剧本"一等奖，即便是作家"很下工夫"的《裘盛戎》也只演了"一两场"。显然，造成这一接受困境的原因虽然有着对白、唱腔和动作等"唱念做打"的表演性因素，但更主要的原因则在于，人生诗情的介入在赋予文本较强文学色彩的同时，也就改变了戏剧的叙事结构等戏剧性空间，削弱了戏剧传播的世俗基础。在文学形态学层面上，这是必然的。这是因为抒情需要一种意蕴含蓄、悠远的张力型艺术空间，如果不削弱情节叙事空间的相对实化和有限，也就不可能做到这一点。汪曾祺的一些小说作品曾被称为"意境小说"，也正是因为如此。而汪曾祺也曾声言，"决定一个剧种兴衰的，首先是他的文学"。[①]然而戏剧毕竟属于一种具有大众文化色彩的艺术样式，决定其流行和兴衰的因素是复杂的，还要充分考虑戏剧产生和流行的世俗性社会基础。过于强调文学性，也就削弱了民间性和通俗性的接受空间，影响到现实的传播。从传播学的角度来看，抒情性并不具备叙事那样的传播优势。叙事作为人类认识、表达世界的基本方式已经内化为人类的本能，传奇性的戏剧叙事似乎总是能逗引起人类追逐的欲望。某种意义上，汪曾祺戏剧的小说化带来了戏剧文学性的提高，但却

---

① 汪曾祺：《从戏剧文学的角度看京剧的危机》，《汪曾祺全集》（六），北京师范大学出版社1997年版，第382—383页。

造成了对戏剧叙事乃至其社会性接受基础的相对消解，不能不说这种戏剧的现代化也同样未能摆脱相关艺术革新得失互见的"窠臼"。汪曾祺的戏剧革新过于注重文学性的因素，可谓一种审美上的"偏至"。可以说，类似"曲高和寡"式的审美偏至也正是目前现代戏剧尤其是先锋戏剧等剧种割裂因果叙事、追求形式试验的结果，进而被边缘化的重要原因之一。

　　汪曾祺的戏剧诗意展现了一种抒情化品格，似乎使其融入了现代戏剧抒情化的演变格局。"抒情性是整个中国现代戏剧一个不容忽视的特征。"[①]现代戏剧的抒情性沿着"淡化情节"、"淡化故事"、人物心理化一路演变，形成了以浪漫主义戏剧、现代戏剧等为代表的戏剧主流形态。然而汪曾祺的戏剧却难以被整合进入上述主流话语，他的抒情诗意既不同于现代浪漫主义戏剧在复杂矛盾冲突中、丰富的心理描写中所渲染的浓郁诗情，也缺乏西方戏剧抒情的现实批判反思和神秘冥想色彩。它是日常淡淡的诗意，自然、淳朴、健康，是绚烂至极后的平淡，是一种在边缘处孕育的别样诗意。如果要给他在戏剧史上寻找一种理论上的位置，他或许缺乏西方化的激越诗化气质，却多一份东方智者的趣味和幽默，虽缺少主体性的感伤、灵肉冲突的心理强度，却颇多一份东方至善至美文化传统浸润后的闲淡和智慧。汪曾祺说，他的小说要有益于世道人心，是谈生活，不是编故事。[②]作家在小说中投射了太多的人生诗意，淡化叙事的抒情性延展了文学感受的意向性，为创作的文体跨越提供了内核性的基础和参照，最终使得戏剧创作成为小说诗性本质自由舒展下的观念接受和话语赋形，呈现出小说化的文体品格。

---

① 傅学敏：《论中国现代戏剧语言的抒情性》，载《戏剧》2004 年第 4 期。
② 汪曾祺：《桥边小说三篇·后记》，《汪曾祺全集》（三），北京师范大学出版社 1997 年版，第 462 页。

附　录

20世纪80年代以来"现代抒情小说"研究综述

　　关于"现代抒情小说"研究的升温肇始于新时期以来所谓的"沈从文热"。20世纪80年代初随着文学政治评价标准的突破，学术界表现出了对于以沈从文等为代表的一批现代抒情作家的普遍关注。而随着研究和评论的拓展，这批作家获得了深入而系统的观照。时至今日，"现代抒情小说"已成为一个有着比较稳定内涵与外延的概念，其本身也已成为现代文学史上一种丰富、复杂的经典文学现象，成为目前现代文学研究的重要领域。

一

　　20世纪80年代前后，随着这批作家的发现，他们就被作为一个群体开始得到普遍关注。这方面，凌宇、张国祯具有开拓的意义。凌文《中国现代抒情小说的美学特征》较早以"现代抒情小说"概念整合、梳理了这批作家，认为其开源者是鲁迅，经过废名、沈从文、萧红、艾芜、孙犁的自觉创造，"形成一条虽不宏大，却清晰可寻的艺术之流"；不仅为现代抒情小说廓定了一个基本的作家构成，也对小说文体、内涵等层面作了开掘与界说，指出"中国现代抒情小说"是"五四以后诞生的、以小说为本，引入诗歌、散文因素而成的新文体"，表现了"形式美"和"人性美"①；而张国祯的《郁达夫和我国现代抒情小说》则致力于"抒情小说"流变的具

---

　　① 凌宇的长篇论文《中国现代抒情小说的美学特征》，分别以《中国现代抒情小说的发展轨迹及其人生内容的审美选择》、《中国现代抒情小说的形式美》为题载《中国现代文学研究丛刊》（1983年第2期）和《上海师范学院学报》（1984年第2期）。

体问题，突出了郁达夫在现代抒情小说发生过程中的地位和作用，认为"在以郁达夫为代表的一些'五四'作家创作里完成了它的初创阶段……在倾向不尽相同的沈从文、萧红等作家手里有了更广阔的发展。而郁达夫抒情小说作品中始终一贯地对人性美的追求，几乎给从沈从文到孙犁各种风格特点互异的抒情小说创作提供了重要的契机。"①总体上看来，他们的研究坚持了文学史的研究思路，对现代抒情小说的概念、文体、内容风格等方面进行了整体性观照，明显影响了后来的研究。

然而将"现代抒情小说"视作一个群体，概念的一经提出就存在着宽泛的倾向。作为一种"描写整个情绪世界的小说"，情绪的多样性决定了它不仅包括带着感伤色彩、有着诗情氛围的现代小说，也应包括"内心独白"或者"意识流"小说、心理小说，以及张扬人生的晦暗本能情绪等不同情感向度的现代小说。作为研究角度固然是开放的，但同时也充满了不稳定的缝隙。赵园在《关于小说结构的散化》一文中较早对此提出了质疑，认为其"太过空泛"、主张用"不是通常意义上的'抒情'，而是充满感情意味的具体场景……这是一些较之'情感性'、'抒情性'原为细腻、微妙的美感"，指出了此类定义的模糊性。②解志熙在《新的审美感知与艺术表现方式》则提出以"散文化"的"边缘交叉文体"这一特征作为对抒情小说艺术特征和审美优长的直感把握和总体概括，③季桂起则将抒情小说和写意小说并置，认为是体现着现代小说艺术革新倾向的基本体式，④都体现出对"抒情小说"概念空泛问题的解决意识。由于术语存在的泛化倾向，因此，"现代抒情小说"的说法也就一直处于动态的调整之中，一方面，现代抒

---

① 张国祯：《郁达夫和我国现代抒情小说》，载《中国现代文学研究丛刊》1981 年第 4 期。
② 赵园：《关于小说结构的散化》，载《批评家》1985 年第 5 期。
③ 解志熙：《新的审美感知与艺术表现方式》，载《文学评论》1987 年第 6 期。
④ 季桂起：《中国小说体式的现代转型与流变》，山东大学出版社 2003 年版。

情小说、散文化抒情小说等概念虽仍被沿用，但这些概念的含糊之处更多被研究者所注意，比如说，"散文化抒情小说"的提出主要是为了和情节模式相区别，与故事小说相区别，"乡土小说"则基本指向叙述背景的农村地域等等；另一方面，部分学者也提出一些比较具体的概念，不仅进一步界定了"抒情小说"的审美独特性，也提供了一些新的研究角度，"诗化小说"就是其中主要一种。

基于小说研究的诗学视阈，"诗化小说"概念突出了抒情小说"语言的诗化与结构的散文化，小说艺术思维的意念化与抽象化，以及意象性抒情，象征性意境营造等诸种形式特征"①。近年来由于钱理群等人的大力倡导已出现了一批有反响的成果②，如吴晓东的《现代"诗化小说"探索》，以西方的象征主义诗歌等为参照背景，进行比较诗学的研究，探索"诗化小说"产生和发展的文学渊源③；从意念和心象的传达和表现的复杂途径去解读废名小说《桥》的晦涩，分析文本的语言发生等问题（《背着语言的筏子：废名小说〈桥〉的诗学解读》）；张箭飞从节奏和旋律的角度分析鲁迅小说的诗化特征（《鲁迅小说的音乐式分析》）；刘洪涛以牧歌整合《边城》的诗性意义，揭示出"民族抒情之本质的一个重要而有效的诗学范畴"（《〈边城〉与牧歌情调》）等等④。"诗化小说"研究立足于文本的细读，注意提升出一些诗学范畴，也是一种文化诗学的研究，对现代抒情小说的复调的诗学、回忆的诗学、牧歌等范畴的挖掘，深入了抒情小说的内在审美机制，揭示出文本与文化、历史的复杂性途径，是"对以往的研究思路和理论资源构

---

① 吴晓东、倪文尖、罗岗：《现代小说研究的诗学视阈》，载《中国现代文学研究丛刊》1999 年第 1 期。

② 关于这一点，吴晓东曾说过这一思路"首先是由钱理群先生提出"的话。后来在《对话与漫游》中钱理群本人也明确指出过"诗化小说"研究的重要性；2000 年又撰文《文学本体与本性的召唤》再次倡导这一领域的研究。

③ 吴晓东：《现代"诗化小说"探索》，载《文学评论》1997 年第 1 期。

④ 三文均参见《中国现代文学研究丛刊》2001 年第 1 期。

成一定的挑战的课题"。

还有一些研究者提出"写意小说"、"散文诗小说"等概念，较之前者的初成规模，这些概念下的研究成果相对较少。方锡德、季桂起等人可为代表，方的博士论文《中国现代小说与文学传统》多次论及抒情小说的写意性，认为写意接续了意境传统，表现为情感的含蓄暗示性、自然山水描写的诗意画境，人物叙写的哲理性等特点[①]；而季桂起的《略论五四时期的写意小说》则从内容和技艺层面辨析写意小说的意趣或情趣渲染，传达神韵、写出叙事者对事物的独特感悟或意趣的艺术特色，指出了写意小说"很有些诗的特点，在语言运用上的讲究"的特色[②]等等。

二

抒情小说家们往往被称为"文体家"。面对这样的对象，研究者不约而同地将目光投注在现代抒情小说的文体研究上，这使文体研究成为近年研究的重要方面。作为不同于传统故事小说的新小说文体，抒情小说显示了一些独特的形式特征，如淡化叙事，经验的零碎化，"向诗倾斜"过程中对意象、意境等抒情范畴的跨文体融合。研究者多方位地捕捉了这些变化，首先从文体革新的意义上给予肯定，这主要体现在以下几个方面：

一是作品的情绪性，认为抒情小说淡化了情节，不再有完整的故事，有的只是场景、片段、印象、心境。方锡德认为现代抒情小说"对诗意境界的追求，淡化了情节要素，突破了小说要以情节为结构中心的形式规范"，形成了"以作家的情绪律动连缀生活的片段或贯穿简单的故事情节"的情调结构；[③]研究者普遍认同情感抒发作为抒情小说的艺术轴心，认为"抒情

---

① 方锡德：《中国现代小说与文学传统》，北京大学出版社 1992 年版。
② 季桂起：《略论五四时期的写意小说》，载《齐鲁学刊》2001 年第 5 期。
③ 方锡德：《文学变革与文学传统》，北京大学出版社 2003 年版。

小说"追求的是人性美、社会生活与自然界的美,但由于现实的击碎,情绪基调往往又是感伤的。二是小说结构形式的散文化。由于以抒情为中心,而情感的抒发是非逻辑性的、断片和印象的,抒情小说也就注重寻觅适合自由抒情的灵活的结构形式。赵园认为这是在传统散文影响下的"无结构的结构"①,汪曾祺则将之比喻成平平静静的流水式或树型的结构。②三是文体的意境特征,认为"意境"是现代抒情小说的核心审美范畴。凌宇认为"在'五四'以后出现的现代抒情小说中,意境始成一种自觉的创造"。③方锡德则认为意境之于现代小说具有本体论地位,其结合传统和西方、哲学思想和象征派等理论背景进行的作家作品意境分析论述,得出的结论很有说服力。④四是语言的风格。已有研究成果普遍认为现代抒情小说的语言是诗化的、干净的,语言风格是朴素亲切、自如舒卷的。凌宇认为,抒情小说的语言具有音乐美和色彩美;杨联芬则将语言置于本体地位,指出抒情化小说的语言以节奏、音调为感性特征,又是"诗化"与"文人化"的。⑤

现代抒情小说的文体研究呈现了抒情小说的诸多形式要素,同时还注意到了小说外部研究和内部研究的沟通。一种普遍的观点是现代抒情小说在"形式美"之中"偏重于表现人的情感美、道德美"以及人性美方面的价值,⑥探究其艺术渊源,在研究方面有着系统辨析的特色。这方面可见"传统渊源"和"外国渊源"两种观点,它们往往在不否认对方的前提下,主张现代抒情小说更多地受到了传统文学、哲学或外国文学等的影响。20世

① 赵园:《关于小说结构的散化》,载《批评家》1985 年第 5 期。
② 汪曾祺:《小说的散文化》,《晚翠文谈新编》,生活·读书·新知三联书店 2002 年版。
③ 凌宇:《从边城走向世界》,生活·读书·新知三联书店 1998 年版,第 300 页。
④ 方锡德:《文学变革与文学传统》,北京大学出版社 2003 年版。
⑤ 杨联芬:《中国现代小说中的抒情倾向》,北京师范大学出版社 1996 年版。
⑥ 这一观点较早见于凌宇的《中国现代抒情小说的发展轨迹及其人生内容的审美选择》(载《中国现代文学研究丛刊》1983 年第 2 期),后人多有沿用,也有人提出现代抒情小说的人性美、人情美、人物美、诗情画意等等,内容多重复,缺乏有新意者。

纪 80 年代中期王瑶先生在《中国现代文学与古典文学的历史联系》一文中指出现代文学和民族文化传统的深刻关系,对中国文学"抒情诗"传统对现代抒情小说影响的明确定位,为后来的现代文学研究确立了"传统渊源"的思路;①方锡德的博士论文则较全面分析了现代小说的抒情性和传统抒情心态的关系,并在散文化、写意、境象、意蕴等具体范畴上,展开对现代抒情小说传统渊源的论述,又形成明显推进。罗成琰认为"传统哲学与文学同现代中国浪漫文学思潮的联系才是根深蒂固沦肌浃髓的",抒情小说受到的是道家"安命无为"、超然旷达的人生哲学的影响,始终保持乐天知命、清淡高远的生命情调,西方浪漫主义的影响只"停留在一个较浅显的层面"②等等。解志熙等人多持"向外看"的思路,认为中国抒情文学传统作为"抒情本能","起着潜在的作用",无意识地影响了作家们的艺术趣味和审美选择,外国浪漫—抒情文学主要是近现代浪漫抒情小说,是中国现代抒情小说"产生和发展的直接文学渊源";③吴晓东也从西方的象征主义、纯小说等文学观念出发,论析西方小说领域的美学变革对中国现代抒情小说产生、发展和表现的影响和关联。④显然,产生于跨文化语境的现代抒情小说必然承袭本土文化和西方文化的深刻影响,关键在于不同作家的表现程度是有差异的,有的偏向西方,有的倾向于传统,这就需要研究者区别对待,而不能笼统观之。更何况,即便在同一作家的不同作品中,这种表现也是有所区别甚至大相径庭的,上述成果在这些方面着力较少,也就必然会带来"共性有余、个性不足"的遗憾了。

作为文学研究的重要方法,思潮流派的文学史观照也是 20 世纪 80 年代

① 王瑶:《中国现代文学与古典文学的历史联系》,载《北京大学学报》1986 年第 5 期。
② 罗成琰:《现代中国浪漫文学思潮的传统渊源》,载《文学评论》1991 年第 4 期。
③ 解志熙:《新的审美感知与艺术表现方式》,载《文学评论》1987 年第 6 期。
④ 吴晓东:《现代"诗化小说"探索》,载《文学评论》1997 年第 1 期。

以来抒情小说研究的重要内容。严家炎在《中国现代小说流派史》中，将此类创作归入"京派小说"加以定位和辨析，认为京派作家的思想、审美观念、审美情趣也是现代的，其回归田园也并非要倒退回中世纪去等等，论断超越了既有的简单化思辨模式，呈现出流派视阈中的抒情小说风貌；李德的《论京派抒情小说的民族特征》也在"京派"的群体归属中，研究民族文化的优长和亮点在这批作家身上的表现和弘扬，认为他们的传统性在于描绘具有自然和谐的风俗画与风景画、塑造具有传统美德人格的人物以及借鉴传统诗文的"追求意境"等技巧。[①]关于抒情小说的流派研究，为考察作家之间，作家与流派、地域之间、一定的思潮之间的共生状态提供了新的参照系统，无疑为抒情小说的整体研究开拓了一个富有张力的领域。思潮研究方面，浪漫主义是主要的视野，认同它们是"传统自然审美观念的产物，一种土生土长的浪漫主义"，是田园抒情小说。[②]陈国恩的《浪漫主义与20世纪中国文学》以废名、沈从文为例论述浪漫主义的"寻找精神家园"涵义，指出他们回归自然趋向中的"禅意"和近于道的"佛性"品格；[③]朱寿桐认为"从废名到汪曾祺"走的是一种"乡野的、田园的浪漫"等等。[④]现代抒情小说往往联系着乡土，这也使"乡土文学"成为一种研究视野，许志英、倪婷婷的《中国农村的面影》指出沈从文、废名等人走的是"田园小说"的路子，"提供了另一环境下的乡村生活，表现了农民的厚重、善良、热诚的品质"，从艺术成就和思想价值两方面肯定了这类小说。[⑤]也有研究者称之为"乡土抒情文学"、"乡土小说"等等，说法虽有差异，但在对象的外

---

① 李德：《论京派抒情小说的民族特征》，载《中国文学研究》1988 年第 2 期。
② 陈思和：《中国新文学发展中的浪漫主义》，载《学术月刊》1987 年第 10 期。
③ 陈国恩：《浪漫主义与 20 世纪中国文学》，安徽教育出版社 2000 年版。
④ 朱寿桐：《中国现代浪漫主义文学史论》，文化艺术出版社 2002 年版。
⑤ 许志英、倪婷婷：《中国农村的面影》，载《文学评论》1984 年第 5 期。

延和内涵上并无明显出入。①文学思潮是一种复杂、流动的现象与过程，其中的审美情趣涉及作家的思维方式、文化人格、社会情境等等，这样的研究是多种合力的结果。新的理论和研究视野，深化了我们对这批作家的认识，不足之处在于，由于普遍的做法是将这批作家或其中的几个作家作为其理论框架中的一个支点或方面，在本土文化和外来文化的多元视野下对他们进行理论框定，因此，对这部分作家的研究往往就被湮没在理论的设置和泛泛的论述之中，有待进行细化、具体化的"微观工程"，这是当前值得关注的课题。同样的情况也存在于文化研究方面。文化研究具有综合西方文化与民族文化的宏大视野，注意结合作家的民族意识、文化信仰、审美意识、生活习惯、心理意识等层面加以考察，显示出了研究的理论深度和广度，但目前这方面的成果较少，当前能够看到的，主要有王本朝的《20 世纪中国文学与基督教文化》涉及了沈从文、许地山等少数作家抒情的宗教色彩②；王学谦的《自然文化与 20 世纪中国文学》从自然文化角度分析了部分抒情作家的生命和谐、伊甸园情结等理想及表现。③由于研究往往是将抒情小说作为一般性"大文本"某种散落的点结加以看待，因此多非对抒情小说的文化专题研究，也就难以沟通、呈现抒情小说文本与文化、历史的复杂性途径、关系与表现，削弱了文化研究在抒情小说研究中的理论张力。

三

综观 20 世纪 80 年代以来的"现代抒情小说"研究，业已经过作家作品的发现与重评，文本的细读、细部的专题研究、整体性的系统审视等由窄趋广，由宏入微地逐步细腻多样化地开放发展过程，在文体研究、思潮流

---

① 曾媛：《都市里的田园之歌》，载《中国文学研究》1987 年第 1 期。
② 王本朝：《20 世纪中国文学与基督教文化》，安徽教育出版社 2000 年版。
③ 王学谦：《自然文化与 20 世纪中国文学》，吉林大学出版社 1999 年版。

派研究、文化研究等领域构成了深入，使研究生成为目前现代文学研究的重要领域。应该说，研究视野的开阔，研究方法的多样，注重从文学、美学、哲学、心理学、叙事学、文化背景等的综合考察，形成了多学科交叉的趋势，但是，客观看这些研究成果，也存在一些不足。一是过于侧重个案研究、文体研究。有的作家甚至成为多年不歇的"热"点，受到研究者的"追捧"。"热"固然是好事，但随之也容易造成研究主体的被"对象化"，从而导致不能客观地看待研究对象或接受新观点的褊狭和封闭，或人为地放大评论的声音从而"覆盖"研究对象的现象，使不少作家（如汪曾祺）变成了"很难作出明确判定而又被大量判定（评论文章）所覆盖"的作家；系统深入的内在研究较少，既有成果大多偏重文体形式，相对忽视了文化、历史等深层意蕴，尤其是对研究对象进行深层次的价值审视。正如一位论者所言，"这种关注也往往局限于一种文体学的范围之内，却很少有人深入探究这种文体背后的文化依托，或者只将它归结于传统文化的范围之内，浅尝辄止。这种现象的背后是对价值理性的无视、怀疑和动摇"①。二是相关概念的重复命名问题，除了"抒情小说"、"诗化小说"，还有"散文化小说"、"诗体小说"、"诗小说"、"抒情诗小说"、"意境小说"、"抒情写实小说"等等，众多概念意义的模糊与交叉造成了在不同的层面上使用概念的芜杂甚至近于混乱的状态。三是研究中还存在着一些薄弱环节，比如说对现代文学发生期的抒情小说创作研究较少，多集中于鲁迅，对郁达夫、冰心也有所关注，但对诸如王统照、许地山等人缺乏重视；而史学方面的归理，也多纵向地梳理罗列，而对文学现象演变过程的横向、阶段性、系统性的"丛生状态"缺乏进一步厘清和研究。

造成上述不足的原因是多方面的，既涉及研究对象世界的开放性带来的

---

① 王学谦：《自然文化与 20 世纪中国文学》，吉林大学出版社 1999 年版，第 140 页。

研究的"空间化"和困惑，也有现时文化语境的冲击侵蚀和研究群体的学养心态、趣味选择等问题。要"缝合"其间诸多的缝隙、多重的艺术想象，推进现代抒情小说的研究，就需要认识、解决好这些问题。首先是对既有概念范畴的厘定问题。众多的概念往往基于创作的某一种文体特征的概括等不同尺度，不仅有着"新时期以来的小说艺术的革命"形式化倾向的影响，而且还有近年来流行贴标签的"跟风"影响，疏漏本就在所难免。而从操作实际看，对语言文体的关注惯性也会导致对内涵的"轻视"，突出了形式意义，却弱化、降解了内涵的意义。这样一来，混乱也就出现了，一些概念也经常被混用，比如"'诗化小说'的概念也只是称起来方便而已，很难称得上是一个严格的科学界定。假如换个说法，称其为'散文化小说'也未尝不可"①。抒情小说、抒情化小说、抒情诗小说也有类似情况。而所谓的情调小说、意境小说、意象小说，通过诗学原则的细致化、准确化，在类型上进行重新区分、界定，总体做法上仍有明显的形式化倾向。形式和内容是一个共同体，当一个概念过于向形式层面倾斜而"狭义化"了概念本身，就应该引起注意了。再说，情绪、意境、散文化等在具体的抒情小说文本中也有其程度性和复杂性差异，缺乏涵盖的普适性，也存在着以偏概全乃至以"外在"形式遮蔽"内在"意蕴的倾向。同时，众多概念造成的理论尺度的模糊与不确定，也会对一种文学的研究存在着分解乃至消解的作用。

其次，面对研究的现状，就需要引入一种整合的思路。小说体式的探讨，如果失去了整体质的规定性把握，就难免陷入局部，甚至迷误，多年来关于"现代抒情小说"多种界说的歧异也正根源于此。为此，从理论内涵的价

① 吴晓东、倪文尖、罗岗：《现代小说研究的诗学视域》，载《中国现代文学研究丛刊》1999年第1期。

值建构入手或许是可行的。应该说，诗性是"现代抒情小说"的核心和本质，它不仅涉及象征性、暗示性、意境性等文体的特征，也不仅是指追求回归自然，回归乡土，回归单纯朴质生活的情性，"产生美感的东西以及来自审美满足的印象"①，还是"对存在的追问与探询"，具有审美的超越功能和意义赋予功能。显然，建立一种对抒情小说全面、深刻的理解秩序，有利于整合既有概念。在此基础上，不仅可以因应上述研究中存在的混乱现象，有助于突破研究的文体化、个案化等状况，也有助于认识现代小说的意境化、诗意化等品格，对其抒情性的在世结构、精神向度、宗教色彩等诗性内涵进行观照；而且，通过这一整合也可以防止各种概念的泛化，防止将欲望化、平面化、世俗化的存在性表达张扬为诗性的东西。诗性固然是一种感性化的生命力，但它指向"肉身的澄明性"，是一种内在超越力量，要对情感、现实进行过滤和升华，生命本身没有涤尽的原始性、人生的苦难等等并非诗性本身。如此也可以区别开一些异化于诗性的文本，过分主体性色彩的文本，区分、界定这类创作的具体形态与意义。

再次，要拓宽、深化目前的研究，还需要进一步提升"史"的意识和视野。这不仅指向史料的搜集整理，还需进一步厘清这一文学现象在各个历史时期发展的阶段性、一致性以及变异与拓展，注重不同时期"抒情小说"演变的横截面状态，丰富其文学史架构。目前这些方面还都比较薄弱，比如说，还缺乏关于现代抒情小说的"断代史"研究，对"五四"等各时期"抒情小说"在传统和现代、前后时代之间的转型、发生发展等问题，缺乏深入研究。既有成果多集中于文体变革的角度，未能进入转变背后的文化转型、历史意蕴、精神内涵的变化及内在机制等深层。研究对象也需要拓展，要坚持中外融合的开放性视野，打破长期以来将"诗性"价值等同于意境化

---

① ［法］让·贝西埃等：《诗学史》，史忠义译，百花文艺出版社 2002 年版，第 533 页。

等传统审美品格的单一指向,丰富"抒情小说"多元面貌和复杂内蕴的认识,充分看取这一谱系作品所提供的乡土、荒原、革命、民间、宗教、存在等多元向度上的历史性文学经验。不妨认为,"或许正是这样的传统的与外来的文化精粹的汇合,成为中国现代文学中诗性特征能够得到比较充分的发展(发挥)的资源性的原因"①。

现代抒情小说大都有一种动人的抒情品质,能在诸多层面唤起整个社会的、民族的乃至人类的集体记忆和生命的深层意识,这使它在其他一些曾被奉为经典的作品大都销声匿迹的时候,仍焕发出不朽的生命力!面对如此对象的研究应该成为一种本体研究。当然要想促成这种变化还需多方面的努力,又涉及方法的重视与转变、理论平台的建构、当前文学研究的大语境等等问题,又是更加繁杂、深入的工作了。

---

① 钱理群:《对话与漫游:四十年代小说研读》,上海文艺出版社 1999 年版,第 151 页。

后 记

似乎不经意间，进入现代文学专业已经十几个年头了。想当初从黄海边一个遥远的盐区中学决定报考现当代文学的研究生，并不曾认为以后会从事这一领域的研究工作，很大程度上就是想通过继续求学改变当时的生活工作环境，换一个好点的"饭碗"。而那时在中学从教已近十年，从1988年师范毕业后，就在家乡教书，其间结婚生子，平平淡淡地度过了我的青春时光，读书时的热情和梦想也渐渐离我而去。我们一帮同学以及前后分来的年轻老师平时最大的业余活动就是打打扑克，然后喝喝酒发发牢骚，一度并不以为有什么不妥，因为祖祖辈辈就是这么过来的。生活在暧昧不明中晃动着，就这样度过了20岁前后的光阴。直到由于家庭、工作等原因各奔东西，作为丈夫和父亲的责任和义务使得一帮人不得不为寻求生活的改观而各显神通，有的因此疏远，有的远走他乡，而同事间有的找了借口回了城，有的通过关系改了行……而对于我这个土生土长的盐工子弟来说，这些路都难以走通，唯有读书时养成的那份刻苦精神似乎能为改变提供希望。于是，考研就成了理所当然的选择。为此，在经过了两年多的自学考试以后，又投入了考研的紧张复习，那一段时间早上四点半钟就早早起床，晚上在空寂的办公室独自看书，两年的苦读，从英语、政治到专业课一门门啃下来，终于考到济南读研究生。

当时孩子刚满三岁，由于我们夫妻一个忙于工作，一个忙着考研，孩子一直跟着外公外婆。读研时就想着快点毕业，回家乡考个公务员，好好照顾他们，因此也没有想着考博的事，以至于导师对我的"不求上进"一度不快，还好，老师也很宽容，觉得我这样也是负责任的表现，并不强求。研究生毕业后也曾如愿进入公务员行列，然而却并不喜欢那种一眼就可以看透犹如凉白开般平淡乏味的生活，每天看看、改改、写写一些不痛不痒的稿子，偶尔接接电话，出去应酬一下，和"熟悉的陌生人"吃吃饭。而公务员行业耽于背景和等级的划分，一切又显得那么缺乏人情味而了无生机，于我并不适应，况且那种论资排辈的机制也并没有给我们学生式的文人多少发挥的空间。相反，有一些人将我们视为竞争对手。逐渐地，也就萌生了考博转行的念头。当然，这一次的改变并不是为了生活的改观，也不仅是机关生活那份感觉上的冷漠，而主要是因为那种生活让我缺乏生存的价值感。固然在有些人看来这多少包含一些小知识分子的酸腐，但我已逐渐意识到了读博、进入高校从教于我自身个性的适合。

而后就进入了高校，其间读博，做博士后，有幸在师友的引导和帮助下进入现代文学研究。虽说离开了机关生活圈子，使一些关心我的人对我舍弃"铁饭碗"而有所惋惜，但我并不后悔，相反却有着较多的庆幸。这不仅在于高校和学术生活相对的宽松、自由能够提供更多精神上的呼吸，而且也因为我自小就在黄海边长大，故土的海风、海水吹拂和浸泡出的那一份文学情怀使我一直比较喜欢过一种自由的生活，或许学术性的高校教师生活的那份较为独立、自主的精神空间比起行政机关清规戒律的约束更适合我的发展。山东师大的王万森先生、南京师大的杨洪承先生、苏州大学的刘祥安先生在我的求学道路上不避我的稚拙，将我忝列门墙。如若不是当时痛下决心，考研、读博离开我一度习惯然而并不中意的环境，也就无法聆听导师们的谆谆教诲，无法感受到他们对我的真挚关怀和提携。同样，也不可能与温潘亚、范卫东、赵普光等一帮师兄弟把酒言欢，酣畅淋漓地臧否时事，也无法结交谢波、靳新来等学界朋友，感受每一次相聚时那无关出身的深情厚谊……他们在我的学术研究道路上给予了诸多热诚的指导和帮助，使我得以初窥这一领域的堂奥，实现自身那一份单薄文学情怀的释放。为此，我将永远铭记！

按理来说，像我这样的学人是不够资格出个人研究论集的，但为了学科建设的需要也就只好"遵命"勉为其难了，将近年来关于中国"现代抒情小说"审美批评和研究的部分成果结集成书。收入论集的文章除《〈浣衣母〉：田园幻境的损毁与失落》未及发表外，其余均曾在《文学评论》、《文艺理论与批评》、《文艺争鸣》、《江苏社会科学》、《齐鲁学刊》、《南京师大学报》、《中国文学研究》、《扬州大学学报》、《名作欣赏》等国内期刊上发表过。相关文章主要涉及"现代抒情小说"思潮的诗性价值重估以及经典作家作品的诗性叙事解读，故此论集也就相应分为两个部分：第一部分"文学思潮论"主要是关于"现代抒情小说"的审美精神、诗学体式、主题谱系以及近现代发生、发展等方面的研究，侧重于在整体性的文学史研究思路中，对"现代抒情小说"诗性写作策略和美学风格的系统研究。第二部分"作家作品论"则主要是对"现代抒情小说"谱系部分经典作家作品的重读，意图借助生动的作家论研究和文本细读，勾勒诗性叙事的具体生成路向和结构图景，呈现具体创作内部复杂而丰富的文学性问题。由于这些过去的文字并不成熟，整理过程中对少数文字进行了简单的调整。

在此，我还要感谢远在家乡的那一帮从小学到中学乃至走上社会仍然情同手足的同学兼兄弟。他们是黄文成、马素宝、江海、翟广春、高峰、张学成、安树源、王新军、邱胜龙、陆建彬、张志军、汤建军。是他们使我感受到乡土友情的温暖。即便远在异乡，同学们的每一次电话和问候，仍然让我心潮起伏，而每一次回家，同学们都会相约欢聚畅谈；广春同学虽远在广州，却每每成为我来海南的中转站，对我的叨扰不以为意且每次都盛情款待我，让我在异乡也感受到同学间的那份亲切无间。

同时，也要感谢连云港师专的钱进校长和陈留生副校长。作为曾经的领导，他们也是我的学长和师兄，在我于师专中文系从教的多年时间里，他们给予了我良好的工作环境和生活照顾。时至今日，他们仍然关心着我在海南的工作和生活。

最后，还要感谢我的妻子左思艳女士，没有她的理解和坚定支持，我将很难完成学业，也无法走到学术研究的今天。

整理论集的过程让我想到了很多……它是我对于文学的一份热情和梦想，它让我永远记住了一些人，也永远感激一些人。因为他们，在生存的艰辛中我体会了感动，感受到生命的美好。学术研究虽有其枯燥的一面，但也是激情的心灵友谊的漫步。于此，我深深地体会了这一点……

2012 年 5 月 2 日上午于海口